脉

Human Geography of China

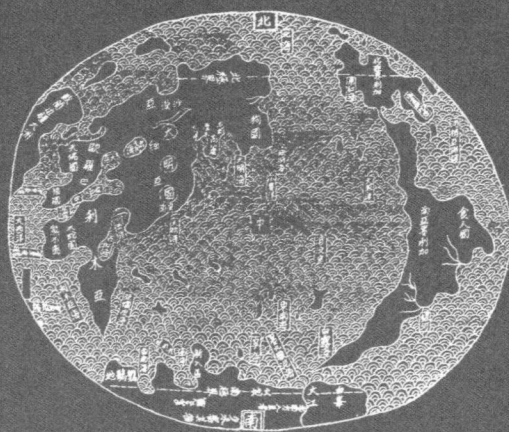

晚明时，意大利传教士利玛窦制作的《坤舆万国全图》

山河万朵

Human Geography of China

中国人文地脉

南方卷

白郎 著

广西师范大学出版社
GUANGXI NORMAL UNIVERSITY PRESS
·桂林·

山河万朵
SHANHE WANDUO

图书在版编目（CIP）数据

山河万朵：中国人文地脉. 南方卷 / 白郎著. 一桂林：
广西师范大学出版社，2016.11
ISBN 978-7-5495-9034-6

Ⅰ．①山… Ⅱ．①白… Ⅲ．①随笔－作品集－中国－
当代 Ⅳ．①I267.1

中国版本图书馆 CIP 数据核字（2016）第 256313 号

广西师范大学出版社出版发行

（广西桂林市中华路 22 号　邮政编码：541001）

　网址：http://www.bbtpress.com

出版人：张艺兵

全国新华书店经销

桂林广大印务有限责任公司印刷

（桂林市临桂县秧塘工业园西城大道北侧广西师范大学出版社集团
有限公司创意产业园　邮政编码：541100）

开本：710 mm ×1 010 mm　1/16

印张：18.75　　　字数：400 千字

2016 年 11 月第 1 版　　2016 年 11 月第 1 次印刷

印数：0 001~5 000 册　　定价：68.00 元

康藏高原的松格玛尼石经城 陈新宇 摄

山河万朵

[南方卷]

中国人文地脉

Human Geography of China

目录 CONTENTS

仕女图　汪念先 画

山河万朵

Human Geography of China

中国人文地脉

[南方卷]

目录 CONTENTS

吹笛图 汪念先 画

1871 年, 福州金山塔寺　约翰·汤姆森 摄

晚清，江南婉约映象 唐纳德·曼尼 摄

金色夕阳中的云南牧羊人　白郎　摄

桥洞中的徽州老屋 白郎 摄

民国时，成都华西协合大学的钟楼

旧时的武汉黄鹤楼

朝霞中,梅里雪山的吉安仁娃峰 白郎 摄

山河唤回昨日

　　奥克塔维奥·帕斯说:"对现代性的追寻让我们回到传统。"昨日是一面祖先的镜子,镜光射向明日,当我们凝视这镜光,可测试出今日的深浅。

　　把国喻为龙,是一个极端比喻。天地的筋骨透出一点蓝,龙缥缈绝尘地浮在光中,闪动着神秘的亮鳞和灵趾,吸收日月的精气,姿态绝伦,舌上衔着朵洁白大花。龙滑过天地,一点点与天地融为一体,成为天地的一部分;天地在龙的里面,也在龙的外面,龙来自于天地,亦归于天地。

　　百川赴海,千峰向岳。水是龙之血,山是龙之骨。中国的苍茫龙体,横贯一万里,上下五千年。

　　悲歌可以当泣,远望可以当归,思念故国,郁何累累。山河唤回了记忆并将它收拢于自己漫长的额头。寥廓一笑间,顺着龙之脉,我们驾一叶扁舟逍遥于昨日烟海,顺着龙之脉,我们乘一匹高头大马驰骋于昨日大地。

　　一尘举,世界起,一花开,大地收。生死契阔,归路云深。里尔克说:"生与死,同属一个核心。谁了解自己本来的家世,谁就会将自己酿成葡萄酒,投身于最纯粹的火焰。"这个核心是大地之爱,归根,复命,在钢筋混凝土时代,怀揣乡愁,努力做有根的中国人。

绵竹木板年画《福寿童子》

南北人文地脉

　　人文地脉是文化中国的一个载体和气场。作为巨大复杂的文化实体,中国的地域性差别是非常大的,对这种差别最简单的划分是将其划分为南北两大块。按照自然地理,以秦岭—淮河一线为界(淮河是中国结冰的河流中最靠南的一条大河);而按照文化地理,那么明清以来以长江为界大概更为合理,更有说服力。

　　一则幽默说:让来自不同国家的人以大象为论题写一篇文章,德国人写的是《大象的思维》,法国人写的是《大象的情爱》,俄国人写的是《俄罗斯的大象是世界上最伟大的大象》,中国人写的则是《大象的伦理道德》。

另一则幽默说:一幢杂居着各国人的大楼在失火后,犹太人首先背出了钱袋,法国人立即抢救情人,中国人则奋不顾身地到处寻找老母。

这两则幽默形象地把隐藏在心灵世界中那种浓郁的民族文化特质渲染出来了。

一方水土养一方人,近朱者赤,近墨者黑。淮河以南的橘树能结出又大又甜的橘果,移栽到淮河以北后只能结出又小又酸的枳果。作为人文地理秘密塑造出的涂满釉彩的鲜活个体,生命从来就不外在于人文地理的母胎,人恰恰是区域性人文地理深境中活态文化的一种呈示。

巴克尔认为有四个主要自然因素决定着人们的生活和命运:气候、食物、土壤、地形。泰纳·勃兰克斯认为种族、环境和时代是决定人文地理深境中民族文化的三大要素,其中特别突出的是种族因素,他断言种族因素中的天赋、情欲、本能、直观是决定民族文化特征的"永恒冲动"。荣格一生都在强调"集体无意识"的巨大影响力,在他看来,每个人一生的行为都受到背后一只无形大手的控制,这只大手就是长期以来积淀在传统中具有文化同构特征的综合价值观念——从一个角度讲,这只"无形大手",就是由自然生态和人文生态叠加而成的人文地脉。

人文地脉线团状的长期性沉淀极大地影响了中国南北文化的差异。刘师培说:"大抵北方之地,土厚水深,民生其间,多尚实际。南方之地,水势浩洋,民生其间,多尚虚无。"梁启超说:"燕赵多慷慨悲歌之士,吴越多放诞纤丽之文,自古然矣……长城饮马,河梁携手,北人之气概也;江南草长,洞庭始波,南人之情怀也。"北方辽阔的黄土地和黑土地,景色壮丽,气候干燥寒冷,天空高旷,植被贫乏,在这种环境下,人物的性情多厚重、强悍、豪爽、严谨。而南方水流纵横,山色清华,植物繁丽,气候温暖湿润,云霞低垂清灵,在这种环境下,人物的性情多柔婉、细腻、灵捷、浪漫、精明。北方人的主食是玉米、大豆与小麦,所以培育出了北方人魁伟与刚健的体魄,同时,这些作物的耕作需要人们之间的协作,所以人与人之间的合作精神与政治意识就凸显出来了。而南方人以稻米为主食,所以有着灵巧的心性,同时,"水稻栽培往往促进分散的离心力而不是合作的向心力"(乔伊斯·怀特语),所以南方人散淡的漠视政治的个性就较为突出。鲁迅曾说:北人的优点是厚重,南人的优点是机灵,但厚重之弊在愚,机灵之弊在狡,从相貌上看,北人长南相或南人长北相者为佳。王国维对南人和北人的评价是:"南方人性冷而遁世,北方人性热而入世,南方人善幻想,北方人重实行。"下面林语堂的这番话,是比较能抓住南北人文差异特点的:

　　北方的中国人，习惯于简单质朴的思维和艰苦的生活，身材高大健壮、性格热情幽默，喜欢吃大葱，爱开玩笑。他们是自然之子。从各方面来讲更像蒙古人，与上海及江浙一带的人相比则更为保守，他们没有失掉自己种族的活力。他们致使中国产生了一代又一代的地方割据王国。他们也为描写中国战争与冒险的小说提供了人物素材。

　　在东南边疆，长江以南，人们会看到另一种人，他们习惯于安逸，勤于修养，老于世故，头脑发达、身体退化，喜爱诗歌、喜欢舒适。他们是圆滑但发育不全的男人，苗条但神经衰弱的女人。他们喝燕窝汤，吃莲子。他们是精明的商人，出色的文学家，战场上的胆小鬼，随时准备在拳头落在自己头上之前就翻滚在地，哭爹喊娘。他们是晋代末年带着自己的书籍和画卷渡江南下的有教养的中国大家族的后代。那时，中国北方被野蛮部落所侵犯。

　　一阴一阳之谓道，北方属"阳"，南方属"阴"。北方文化像高山一样崇高、庄重、敦厚、朴实、壮阔，南方文化像流水一样灵秀、柔情、细腻、飘逸、梦幻。这实际上是同一文化的两种异质。20世纪后期，全新形态的移民浪潮呼啸而来，南人与北人的交融达到了前所未有的高点。

　　若以区域文化详细划分中国文化的话，可以划分出很多，主要类型有燕赵文化、三秦文化、三晋文化、吴越文化、齐鲁文化、关东文化、荆楚文化、草原文化、岭南文化、青藏文化、巴蜀文化、滇云文化、西域文化、台湾文化等。本书对其中典型性板块的经典细部进行了深度挖掘，想要在综罗百代与广博细微之间找到一扇散发着微香的"月亮门"。

　　在广袤的怅惘和流逝中，中国那无比古老、硕大漫长的鲜活身影浮现在本书中。历史是中国的羁绊也是沃野，如费正清所说，如果中国人要想对今天作出正确的评断，就得面对这样的挑战："中国四千年所有的历史遗址都紧密地靠在一起。对我们来说，这就好像是使徒摩西在华盛顿山上接过了经牌，希腊的帕提侬神庙建筑在波士顿的邦克山上，汉尼拔越过了阿勒格尼山脉，恺撒征服了俄亥俄，查理曼大帝于公元800年在芝加哥举行加冕礼，梵蒂冈俯视纽约的中央花园一样。"

　　瞄准"中国人文地脉"这一靶心，我们大可以施展身手，因为中国实在是太大了，历史更是长得令人目瞪口呆。这和喜欢回忆历史的美国人大不相同，美国历史就算从1776年算起，到今天也只有200多年，难怪法国人讥讽说，美国人喜欢回忆历史，但一回忆到他们祖父的父亲那里就再也回忆不下去了。

18 世纪西方人描绘的孔子像

国外大家说中国传统

　　怀着对东方的憧憬，1795 年，美国费城富商斯蒂芬·吉拉德组建了一支专门与中国进行贸易的船队，船队所属的四艘大船分别被命名为伏尔泰、卢梭、孟德斯鸠和爱尔维修。在吉拉德看来，这四名西方哲人都对中国文化怀有特殊好感，但很显然他并未认真阅读这四人的书，否则不会如此轻下结论，四人中伏尔泰确实怀有某种对中国的敬仰，其他几人却未必。法国启蒙运动时期，宗教在中国社会中的位置引起了伏尔泰的高度关注，他以此来猛烈抨击教会对欧洲社会的干预，在论述世界历史的《论各民族习俗与性格》一书中，伏尔泰将中国作为世界文明史的开端，他甚至令人吃惊地以中国纪年而不是圣经纪年来论述世界。卢梭认为中国式教育对人性中本来的高洁品质形成了阻碍，有人曾批评科举考试制度说，"消磨天下英雄气，八股文章台阁书"，也许卢梭是在表达类似的看法。18 世纪最初的几年，二十多岁的孟德斯鸠曾和长期生活在巴黎的中国天主教徒黄嘉略有过较深接触，孟德斯鸠意识到儒家思想中有一种美好的"世界精神"，同时非常反感中国株连无辜的连坐法，认为类似的谬误在中国法律中还不少，正是这些谬误极大地遏制了个人自由。孟德斯鸠觉得自己比较了解中国，但在地理学笔记中他却写下这么一句话："我相信，我们永远都不可能真正了解中国人。"

　　黑格尔认为中国文化存在着一种停滞性,中国社会深陷在僵硬的政治体制中。以中国文化的停滞性为轴心点,法国学者阿兰·佩雷菲特在 20 世纪 80 年代后期出版了《停滞的帝国》一书,佩雷菲特认为,长期以来,"中国以十足的中国方式在造中国的反……就这样翻来覆去地从过去的杀戮又恢复到过去的状态"。该书的最后一句话是"循环无穷的中国呀"。

　　也许拉尔夫·爱默生的话集中体现了 19 世纪大量西方知识精英的看法:中国要想进入近代世界,就必须得由西方人来"重塑"一番。

　　1634 年夏天,北美洲五大湖发生了严重的部落冲突,这些冲突威胁着法属殖民地的皮毛交易,一个叫杰恩·尼克雷的人从魁北克出发前去解决问题。一天,一个土著居民带他去密歇根湖,尼克雷深信,这个无边无际的大湖对面就是中国,为了给中国人留下一个好印象,他准备了一些礼物,还特地穿了一件不知从什么地方弄来的中国绸袍,上面绣有漂亮的花朵和彩鸟。尼克雷的"中国往事"令人发笑,但却是那个时代的真实。四百多年过去了,世界变得面目全非,中国变得面目全非,在狂飙突进的巨大轰鸣中,人类已处于高速运转的"地球村"时代,无论赞扬还是否定,许多旧日的评价犹如尼克雷的发现,已不适用于当代语境。

　　今天,全球化实质上是以西方为主轴的一张世界图纸,在无可奈何的枯萎中,中国传统的精神根脉和深境在很大程度上已被遮隐。从现代性的诉求和程式来看,中国传统中存在的缺陷和种种弊端是毋庸置疑的,但对于两次世界大战后深受物质文明泛滥之苦的人类来讲,中国传统人文精神中那种与自然同体的世界主义的东西,无疑对未来的世界有着极大启示,因为对人类来说,"世界必须稳定下来,这才是避免陷于悲惨结局的唯一道路"(汤因比语)。

　　四百多年前,意大利出版了一本轰动整个欧洲的书,这是门多萨用西班牙文写的《中华大帝国史》,该书用理想化的笔调,对中国这个"沉静而有才智的民族"作了政治、经济和文化上尽善尽美的描写。现在看来,该书显然不尽正确,甚至荒谬之处颇多,但书中对中国人文精神的颂词,却一直在引发人们的关注。

　　在欧洲历史上,康德、谢林、亚当·斯密、威尔斯、托尔斯泰、沙畹、雅斯贝尔斯、弗赖、托尼、李约瑟等大哲都高度关注过将人与自然视作一体的中国人文精神。汤因比是其中的代表人物,当有人问及如果允许他在世界历史的某一瞬间重新降生,愿选择何时何地的时候,他毫不犹豫地带着向往的神情说,愿意降生于公元 1 世纪的中国新疆(也就是那条刚刚兴盛起来的闻名世界的丝绸商道上)。汤因比生前曾多次提及,中国在未来将扮演人类文化主轴的角色。他之所以这样说,主要是基于以下几个方面的考虑:

　　第一,中华民族的经验。在已过去的 21 个世纪中,中国始终保持了迈向全世界的帝国实体,成为名副其实的地区性国家的榜样。

第二，在漫长的中国历史长河中，中华民族逐步培育起来的世界精神。

第三，儒教世界观中存在的人道主义。

第四，儒教和佛教所具有的合理主义。

第五，东亚人对宇宙的神秘性怀有一种敬畏，认为人要想支配宇宙就要招致挫败。这是道德带来的最宝贵的自觉。

第六，这种自觉是佛教、道教与中国所有哲学流派共同具有的（除去已灭绝的法家）。人的目的不是狂妄地支配自己以外的自然，而是有一种必须和自然保持协调而生存的信念。

第七，以往在军事和非军事两方面，西方人虽然在把科学应用于技术的竞争中占有优势，但东亚各国将可以战胜他们。

汤因比显然对 20 世纪以来中国人自己否定传统后的无根化状态认识不足，但他所强调的中国文化所具有的温和的世界精神，有一件事情可从一个侧面来证明：著名的意大利耶稣会教士利玛窦于明朝万历年间来到中国，他发现明朝军队是他周游世界所见到的数量最庞大、装备最精良的军队，与此同时他还发现这支强大的军队完全是防御性的，中国人没有想过要用强大的武装去征服世界（见利玛窦《中国札记》）。

莱布尼茨认为中国人的两大特点是爱好和平与敬神尊祖。费正清强调中国的人文主义特点是：忍耐、爱好和平、讲调和、守中庸、保守知足、崇拜祖先、尊敬老人和有学问的人等等，这一切体现了以人而不是以神为中心的人本主义；而与山水自然融为一体的"采菊东篱下，悠然见南山"式的保守安逸生活，正是中国人理想中的生活。李约瑟则认为中国人的特征是道德伦理观念较重，具有恭敬的自谦的处世心态和人道主义精神，另外，中国人的世界主义和大同思想也是非常突出的。

在歌德看来，传统中国是一个在一切方面都保持节制的民族，这正是它的文化从不间断地传承了几千年之久的原因。这一点，汤因比和池田大作也深刻地认识到了。

学者出身的印度前总统拉达克里希南则认为，美一直拯救着历史上的中国人，并将继续拯救中国人："中国人是爱美的。整个国家就是一座巨大的艺术宫殿。一切物体——城市与庙宇、田野与花园、桌子与椅子、小小的茶杯与筷子等等，中国人都想使它们变得美丽。最贫穷的仆人也以美的方式吃光剩饭。美是他们生活的面纱，是他们田园的色彩。"

《阴符经》开篇即言："观天之道，执天之行，尽矣。"透过中国人文精神那陈旧静美的阔大面庞，穿过中国深厚而古老的传统大地，蓦然回眸，我们实际上已经察觉到，无论是灿烂的荣光，还是沉重的耻辱，中国古老传统最动人之处，在于人与自然之间神秘而敞开的亲密交流，以及这种交流所形成的生活和文化。正所谓："云烟影里见真身，始悟形骸为桎梏；禽鸟声中体自性，方知情识是戈矛。"

世纪中国的灵告之声

　　失败之年——1895年,海军出身的"海归"严复在甲午战争后的一团愤懑之火中抛出了《天演论》译本,此举引发了轩然大波。《天演论》的原本是英国生物学家赫胥黎此前两年发表的《进化论与伦理学》,在该书中,赫胥黎坚定地维护生物达尔文主义,反对社会达尔文主义,书的后半部分讲述的就是人类社会不同于自然界,不适用生物进化论——这也正是达尔文本人的看法,尤其在晚年,达尔文更加旗帜鲜明地反对社会进化论。然而,正值国难当头之际,严复毅然只翻译了《进化论与伦理学》的前半部分,把后半部分删掉,将社会进化论思想引入中国,"物竞天择"这一高度影响此后百年中国的判词首次登上历史舞台。第二年,在上海读到《天演论》的梁启超,在"物竞天择"的基础上,阐

木版年画《新春大吉》

发出"适者生存"的观念,发表了激烈宣扬社会进化论的《新民说》《新史学》等影响极大的文章,振聋发聩地宣告"进化者,天地之公例也",呼唤进行社会变革是中国唯一的出路。在19世纪末的急风暴雨中,社会进化论思想风靡整个中国。

由此,20世纪在中国成为与祖先为敌的新世纪,达尔文的进化论在中国被误读,并一步步激化,逐渐成为时代的主流思想。当时有一个小孩叫胡洪梓,在他成年后,将名字改为"胡适",取自"适者生存"。在新文化运动中,胡适尚能强调中国接受现代新文化的同时应使原有的古老传统重获新生,而不是完全代替它。但绝大多数精英却认同新文化必须和旧文化决裂的极端理念,如在鲁迅看来传统的代名词是"吃人",塞满了黑暗和愚昧,如闻一多宣称自己在中文系任教,"目的是要和革命者'里应外合',彻底打倒中国旧文化"。

对此,余英时感慨道:"中国知识分子接触西方文化的时间极为短促,而且是以急迫的功利心理去'向西方寻找真理'的,所以根本没有进入西方文化的中心。这一百年来,中国知识分子一方面自动撤退到中国文化的边缘,另一方面又始终徘徊在西方文化的边缘,好像大海上迷失了的一叶孤舟,两边都靠不上岸。"

中国文化的态势何尝又不是"两边都靠不上岸",古老的《周易》中有一个"阳主阴从"的原理:万事万物都有其主体性,也就是"阳",而"阴"是各种各样来自外部的推动力,只有"阳主阴从","阳"不断获得肯定,"阴"不断被"阳"所用,方是事物流衍过程中的正道。拿中国文化来说,它长期以来形成的富含本土特质的内核,就是主体性,也就是"阳",从历史性的角度看,只有不断肯定这一主体性,并很好地吸纳时代大潮的各种养分(也就是"阴"),中国文化才能保持良好的、具有时代内在均衡感的文化生态场。但是一百年来,中国文化命途可以说走的是一条"阴主阳从"的道路,在这个过程中,中国人的生活逐渐走向了非中国化生活,中国文化逐渐走向了非中国化状态。

在一系列令人眼花缭乱的混乱中,面对现代化与传统的鏖战,朱学勤说:"一个国家的现代化,它的文化传统,它的经济模式的选择,它的政治制度模式的选择,这三者可以有相对的独立性,是并行不悖的。"

与欧洲文明截然不同,传统中国文化属于极度亲自然的道德伦理型文化,这种文化最大的特色之一是人和自然的一体化,如陈寅恪所说:"求融合精神于运动中,即与大自然融为一体。"作为中国文化的深境,自身没有孕育出基督教式的一元性神格宗教,它的母胎内从来就没有出现过先验的至高创造神。类似于西方的神格宗教因素被人心中无限的宇宙和人与人之间的伦理亲情取代了。

认识孔子的"礼""仁""乐"思想,有助于真正认清中国式人文精神的要旨。在孔子看来,人类始终处在某种混乱黑暗当中,所以,为人类建立恰当的具有规范性的秩序和制度是必须的,在这种合理化的秩序和制度里,人与人能够美好地共处,即这种秩序能够给人类提供最大的安全感与亲和力。这种秩序就是"礼",它是人们必须遵从的社会伦理律令,也只有遵从它才能出现一个良好的外部人文环境,所谓没有规矩不成方圆。另外就是"仁",如果"礼"是外在的人文秩序原则,那么"仁"就是内在良知的示现,这种心灵深处的充满善和爱的力量,从内向外散发出来,成为自觉的心灵实践。一个遵从"礼"和"仁"的人,就是道德意义上的君子,如果大家都是君子,世界又何至于"礼崩乐坏"呢?反过来,"仁"同时是一种内在的自我约束,它限制人自身的"恶",引导人向"善"靠拢,所以中国古代的有德之士总是要"慎独",即自己观照反省自己,而不是向神忏悔。再就是"乐",这里的"乐"已不简单指的是音乐了,而是超越了一切内在、外在桎梏的心灵觉受,是泛宗教情感意义上的一种来自内心的灵告之声。一个人如果真正懂得了"乐",那他就已和光同尘置身于天地的无限性之中,与其融为"不一不异"的一体,实现了生命自身的解放,尽可"从心所欲而不逾矩",完成生命自身的超越和感恩。总括起来说,"礼"是外在的秩序,"仁"是内在的约束力,"乐"是对自我的灵性解救。"伦理"(礼)、"道德"(仁)、"天人合一"(乐)三者复合地统一起来,就是孔子为人类开出的救世救心的药方,它向人们表明了人生实际上是本自具足的美学盛宴,生命能够自己实现解放,它的救赎和施洗之路并不来自神秘的、外在于万物的至尊神性。

在中国文化中,外在的自然界是一个整体,而人自身也是一个包裹着"灵"与"肉"的有机体,这两个的整体即"大宇宙"和"小宇宙",它们互为依存,熔融直贯。所以方东美的这段话是有意思的:

在中国人看来,自然全体弥漫生命,这种盎然生意化为创造神力向前推进,即能巧运不穷,一体俱化,恰如优雅的舞蹈,勃力内转而秀势外舒。自然乃是一个生生不已的创进历程,而人则是这一历程中参赞化育的共同创造者。所以自然与人可以二而为一,生命全体更能交融互摄,形成我所说的广大和谐……

辜鸿铭曾经指出中国人和中华文明的四大特征是深沉、博大、纯朴和灵敏。他拿毛笔来比喻中国人的精神,颇为精彩独到:是的,用毛笔书写和绘画非常困难,好像也不容易精确,但一旦掌握了它,就能得心应手,创作出精妙优雅的书画来,而用西方坚硬的钢笔是无法获得这种效果的。

"高山仰止,景行行之",在中国古代,拥有最高理想人格的人是那种达到了"天人本一"境界的君子,他是深谙中庸之道的高尚仁者,所作所为有如"和"这种乐器。"和",相传是上古时代的一种乐器,它发出的声音能够协调世间的一切声音。对于这种圣人境界,曾国藩曾教育自己的儿子说:求功名富贵,半由人事半由天命,而努力学做一个圣人,则完全靠自己的努力。

在论及圆满的心灵时,影响巨大的禅宗高僧百丈怀海说:"灵光独耀,迥脱根尘。体露真常,不拘文字。心性无染,本自圆成。但离妄缘,即如如佛。"百丈怀海此言,让人想起克里希那穆提说过的一句话:"爱并不在时间的尽头,如果它不在当下出现,便永远不会出现了。爱一不见,地狱就在眼前了。地狱里的改革,其实只是把地狱装潢一下罢了。"

某种神秘主义紧紧抓住了中国人的内心,这种神秘主义把大自然、社会、个体生命、个体心性视为一体,在它蓬勃而博大的气象驱使下,人们觉悟到将责任和自由统一起来的心地良知,这一良知的精神原点犹如一棵蓬勃灵动的长生之树,在生活中外化为仁、义、礼、智、信五个树杈。

古语道,以类万物之情,以通神明之德。天命之谓性,率性之为道,"道"之法乳一直喂养着古老土地上的子民,沐浴着这片土地上的每块石头、每片树叶。上善若水,无为而为,"道",灌满"爱之灵力",将压住心脏的黑夜掀翻,让天光和春风淌进喉咙。

与此同时,值得反思的是,从公元前2100年左右的夏王朝开始,中国就一直处在家国一体化的宗法血缘制维系下的权力社会,伦理道德往往成为权力的一张王牌,在道德的氛围中,社会体系无法冲破帝王专制的大网,在此过程中,中国形成了一个高度程式化的社会,个体遭到政治的严重束缚,老百姓得不到西方式的民法服务。对于这种状况,黄仁宇曾给出了明确的解释:

血缘关系和礼仪制度促进了中国文化的统一。同样,"仁"的学说也是促进中国社会统一的力量。伴随着对血缘关系和礼仪制度的热衷,这一学说日渐成为中国社会过重的负担。几乎紧随着青铜时代而来的是早期帝国的大一统,正由于此,地方习俗和传统实践根本没有机会发展为成熟的民法……

人天眼目,灵机活泼,一条鱼静静汲满月光,一匹马静静踏遍寒山。游走于山河万朵,是在振衣与濯足之间,谦卑地体验有无。无论溃败,还是新奇,土地都是母怀;"天"中有"人",像哈利波特的隐形斗篷,那无限之花,无心者通之。云气,飞鸟,古樱,樵歌,谷音,紫芝,菜根,独立岩头,山河是两函经。

历史讳莫如深的洗牌方式全然不可思议,"人定胜天"的结果,必然是"天定胜人"。每个人都是大地的一部分。大地之上绝无尺规,毁坏大地就是毁坏我们自己,对中国的拯救最终将来自大地。今天,在钢筋水泥和马赛克的挤压下,人们心中的故乡之火正在大面积熄灭,希望本书能为读者唤回一片野云,让更多的人在日月临身的感恩中,亲近脚下的大地。

冷翡翠江南

Cold Jadeite Kiangnan

碧眼紫髯的孙权，长着双瞳孔的项羽，"伤心词祖"李煜，江南只出偏安一隅的半吊子帝王。

林语堂说：吃大米的南方人，没有福气拱登龙座，只有让那吃馍的北方人来享受。

基辛格说：历史从来不产生于南方。

江南是温柔富贵之乡、花柳繁密之地；是青山软水、泽国古镇；是十里洋场、七里山塘、二十四桥的明月；是西湖香荷、鲈鱼莼菜；是杨柳风里的寒山寺钟声，是朝霞共绸衣一色的丽人。《易经》里说"天地氤氲，万物化醇"，这样吉祥流转的句子令人想到江南。

梁启超在《中国地理大势论》中精妙地阐释说："燕赵多慷慨悲歌之士，吴楚多放诞纤丽之文，自古然矣。自唐以前，于诗于文于赋，皆南北各为家数；长城饮马，河梁携手，北人之气慨也；江南草长，洞庭始波，南人之情怀也。散文之长江大河一泻千里者，北人为优；骈文之镂云刻月善移我情者，南人为优。"

枪杆子里面出政权。然而江南人的花拳绣腿哪里是虎颈燕颔的北方好汉的对手，他们文弱的身体适合于画画儿写诗，弹琵琶唱越剧，喝绿茶采红菱，要么做精明的商人或温良的小农。他们的胆子太小，文思太敏捷，体态太轻盈，皮肤太白嫩，语言太柔软。总之他们不适合于战争，不适合于拔剑见血、骑马闯天下。

一个典丽的江南盒子已经被我们打开了，它绝不会是潘多拉的盒子。在美的悼亡中，我们折返于昨日江南。

人人尽说江南好，游人只合江南老。春水碧于天，画船听雨眠。垆边人似月，皓腕凝霜雪。未老莫还乡，还乡须断肠。

骏马秋风蓟北，杏花春雨江南。

春江桃叶莺啼湿，夜雨梅花蝶梦寒。

一江春水向东流，流出楚楚动人的江南来。我们且找只绍兴水泊里的乌篷船，拨开那高过人头的莲花，款款生情地向它划去。

雨入花心，自成甘苦，说来说去把江南说成个绸衣璎珞的妙人了，头上倭堕髻，耳坠明月珠，缃绮为下裙，紫绮为上襦，如雪的香腮明净而羞涩。但江南也出专诸、要离这样杀气浩然的侠客，方孝孺、王思任这样不怕死的硬骨头文人，尹凤这样乡试、会试全部名列头名的骁勇悍烈的武状元。"满堂花醉三千客，一剑霜寒十四州"，如此雄豪的诗句不也出自江南诗僧贯休？"天悲悼我地亦忧，万里河山带白头。明日太阳来吊唁，家家户户泪长流"，如此狂放的绝命诗不也出自江南奇才金圣叹？

满人骑着高头大马杀向南方的时候，"嘉定三屠""扬州十日"不也发生在江南吗？

1860 年代, 苏州虎丘塔 约翰·汤姆森 摄

晚清，上海龙华塔

1945年秋天，在水边洗衣的杭州市民 威廉·迪柏 摄

民国时，南京郊外的南朝石兽 海达·莫理循 摄

江南的半吊子王气

外国人是挺相信星象学的,连美国前总统里根身边也有专职的星象学家。中国古人则对风水术情有独钟,帝王将相的屁股后面跟着一大群风水先生,他们被供养在专门的国家机构——司天监里,明朝十三陵、清朝东陵和西陵都是这帮人的杰作。民国时期,国民党的一方大员、上将陈铭枢竟让个会算命的风水先生当他的参谋长。

英国的李约瑟博士指出:中国四大发明之一的罗盘针(指南针),在北宋时期被用于航海之前,竟是长期被风水先生用来测试风水的一种仪器。

古语道:"气乘风而散,界水则止。聚之使不散,行之使有止,故谓风水。"明朝的开国新都南京城的建造是在风水术的测算中进行的,被民间描述得神乎其神的刘伯温精于风水术,正是他主持了这一庞大的工程。

孙中山笑赞杭州的华丽山水道:"天地之间,乃设此许多幽雅之境,以供吾人休养,而无暇消受之,不亦辜负造化耶。"

特朗斯特罗姆在《上海的街》中说:"我们在阳光下显得十分快乐,而血正从隐秘的伤口流淌不止。"在过去与未来的双重打击下,现实日渐衰弱,江南汉风的消褪,是劫数也是定数。

019

六朝故都龙蟠虎踞

有人报告说在遥远的咸阳看见了东南方向华光飘忽的天子气，秦始皇坐不住了。

公元前333年，楚国猩红的军旗在硝烟中徐徐招展，威风凛凛的楚威王熊商灭掉了越国。作为战争胜利的纪念品之一，一座叫金陵的新城在石头山（南京清凉山）下建成了。在山水葱郁的浩荡灵气中，这座楚国新城显得不同凡响。

楚王身边的风水先生立即向他指出说，这个地方的王气非常旺盛。于是熊商赶紧下令在石头山上埋藏黄金，并为新城取名为金陵，目的是镇住地下的王气（五行中，金克土）。

一百多年后，建立了伟烈丰功的秦始皇被有关金陵王气的消息搞得心烦意乱。有人报告说在遥远的咸阳看见了东南方向华光飘忽的天子气。秦始皇坐不住了，他下令把金陵改名为秣陵，并在城内挖了一条通往长江的河道，以切断地脉、将王气疏入江水，使其自然流泄。这条新挖的人工河就是烟水明艳软玉温香的秦淮河——中国最具有脂粉气的河流。

历史上的南京一直披着一层扑朔迷离的风水面纱。在六大古都中，野史里关于它有帝王之气的记载是最多的。南京曾经是东吴、东晋、宋、齐、梁、陈、南唐、明朝、太平天国、中华民国的首都，在习惯上人们更喜欢把它称作六朝故都。

按照风水术的看法，长江是中国最大的水脉，它的流程越远，所挟带的地气也就越旺盛。南京的地理位置刚好处在长江和中土南方干龙尽头的交汇之处，所谓"襟带长江而为天下都会"。

然而南京作为一大山水交汇的吉壤，它的神奇之处还在于拥有形局开阔、祥瑞无比的"蟠龙"。南京北临长江，城北有玄武湖、莫愁湖，四周群山环绕首尾相连，西面为象山、老虎山、狮子山、八字山、清凉山，南面为牛首山、岩山、黄龙山，东面为钟山、灵山、青龙山，北面为乌龙山、燕子矶、幕府山。周围四环形的山川钟灵毓秀，融结为形局完整的"蟠龙"。南京城内的石头山也是风水中的吉山，因为它的状貌形同一只两脚前拱伏蹲地上的老虎。古人把这种山称做虎踞或伏虎。李思聪在《堪舆杂著》中谈及南京风水时说："若南京牛首之龙，自瓦屋山起，东庐山至溧水蒲里，生横山、云台山、吉山、祖堂山而起牛首双峰，特峙成天财土星。左分一支，生吴山至西善桥止，复于肘后逆上，生大山、小山。右分一支，生翠屏山，从烂石冈落……起祝禧寺，至安德门，生雨花台，前至架冈门上方门而止。"

据晋代的《吴录》，实际上"龙蟠虎踞"的说法来自诸葛孔明。公元208年，长江北岸的船队舳舻相接，彩色的战旗辉映着滚滚的波涛，横槊赋诗的大枭雄曹操带领他的千军万马轻取荆州，把卖草鞋出身的皇叔刘备追赶得鸡飞狗跳。在秋天皓白的芦苇掩护下，诸葛孔明受刘备之托驾舟来到东吴，准备联合孙权组成联军共同抗击曹操。于是在罗贯中的生花妙笔下，《三国演义》里"舌战群儒""草船借箭""巧借东风"等一幕幕精彩纷呈的故事便发生了。在东吴期间，诸葛孔明骑马在石头山上观察南京的地理局势，他见此地山水交合，天地间灵气氤氲，不禁赞叹道："钟山龙蟠，石头虎踞，真乃帝王之宅也。"后来于谈笑间力劝孙权建都于此地。

"生子当如孙仲谋"，孙权是第一个把都城建在南京的帝王。有一次有人在山上挖到一个二尺七寸长的铜匣子，里面有一只长形白玉如意，手柄处刻了许多龙虎及蝉形图案，孙权看到后不知道这东西是干什么用的，就派人去问精通风水的胡综。胡综说，当年由于金陵有天子气，所以秦始皇派人挖断了城周围的几座山，并在其他山上埋了许多宝物来镇压王气，以达到"厌胜"的目的，这东西大概就是那时留下的。风水中的厌胜，就是用金器、铁器、玉器建塔，埋腊鹅，堆土山等多种方法来镇住地气，使它难以同人发生感应。

《明史·冯国用传》载，冯国用曾对朱元璋建议："金陵龙蟠虎踞，帝王之都，先拔之以为根本。"以"秃驴"之身取天下的朱元璋很中意南京的龙脉走势，大军一夺取这个地方，他便迫不及待地宣布把首都建在这里，尤其是山色如黛的钟山引起了朱的好感，他下令把自己的陵墓建造在上面，把这座天光霞影下的如绣青山当做永恒的人生归宿地。规模宏大的明孝陵现在仅剩下遗址，花木扶疏、崇丽高耸的宫殿以及巨大的云片纹饰已渺不可寻，除了神道上的几十尊苍灰色的石像生之外，明孝陵地表以上的部分已没多少东西了。

明孝陵正南方向不远处的梅花山，是孙权墓穴所在地，当手下人请示是否要挖掉梅山修造笔直的神道时，朱元璋把马脸一扬，说道："孙权算是一条好汉，就留下他为我看守墓门吧！"朱元璋没读过什么书，却在一家阄猪店门口题过一副很大气的对联："双手劈开生死路，一刀割断是非根。"有个叫邓伯言的书生知道皇上特别喜欢钟山，就绞尽脑汁写了首钟山诗进献上去，想狠狠地拍个马屁，诗中有"鳌足立四极，钟山蟠一龙"之句，朱元璋看完连连称赞，一时兴起，不禁拍案高声朗诵起来，邓伯言以为皇上发怒了，吓得屁滚尿流，昏倒在台阶下，被人扶出东华门后才苏醒过来。

明代人杨文敏认为，天下能够作为帝王之都的地方不过两处，一是南京，一是北京。"天下山川形势，雄伟壮丽，可为京都者，莫逾金陵。至若地势宽厚，关塞险固，总扼中原之夷旷者，又莫过燕蓟。虽云长安有崤函之固，洛邑为天下之中，要之帝王都会，为亿万年太平悠久之基，莫金陵、燕蓟若也。"

021

朱熹曾说:建康(南京)山水形局严密,土地辽广,是东南地区帝都的首选之地。

1912 年 3 月,刚刚辞去临时大总统的孙中山在钟山明孝陵东面的中茅峰上极目四望,见周围崇山翠秀,无边的江南大地在云天下朝气勃勃,秦淮在望,迎山带水。他不禁长叹一声,笑着对身边的人说:"待我他日辞世后,愿向国民乞一抔土,以安置躯壳尔。"17 年后,也就是 1929 年 6 月 1 日,中山先生的灵枢在白色的帷幔中由北平运抵南京正式安葬于中山陵。

南京前前后后做过十个朝代或政权的都城,但从未做过长期一统天下的都城,这是这座江南帝王之都的一大憾事。

婉约杭州消磨意志

郁达夫调侃说:"杭州的出名,一大半是为了西湖。西湖就像是一位'二八佳人体似酥'的狐狸精。"

宋人周密啧啧称赞杭州的香山软水道:"青山四围,中涵绿水,金碧楼台相间,全似著色山水。独东偏无山,乃有鳞鳞万瓦,屋宇充满,此天生地设好处也。"

杭州是南宋和五代时期吴越国的都城,这是两个偏安一隅的王朝。据柴虎巨的《杭州沿革大事考》,杭州的"杭"字,是因"禹末年,巡会稽至此,舍航登陆,乃名杭,始见于文字。"

郁达夫调侃说:"杭州的出名,一大半是为了西湖。西湖就像是一位'二八佳人体似酥'的狐狸精。"

据史料记录,在六大古都中,只有杭州和南京不断被司天监里的风水官指出有飘忽的五彩王气出现。这种所谓的王气不知是真是假,它为山水清雅的西子湖平添了一道镀金的灵光。唐高宗咸亨年间,望气的风水师报告说杭州有王气,于是朝廷命侍御史许浑把玉璧埋在凤凰山上以压王气。到了北宋初年,又有风水师向宋太祖赵匡胤报告说杭州虎头岩有王气出现,于是太祖慌忙命令挖凿虎头岩除掉王气,直到现在仍可在残岩上看到刀斧凿过的痕迹。无论从哪个角度来看,杭州作为帝王之都都显得有点勉强。它梦幻般华丽的湖光山色,天然就具有美学倾向,把它当做强悍的权力中心是对自然的一种亵渎。古谚说英雄难过美人关,雄才大略的帝王是不会选择杭州做自己的首都的,因为他们深知美丽的西子湖对于政治来说是可怕的,它将轻而易举地形成巨大的诱惑力,把他们身上的雄心壮志和血气棱角统统消磨殆尽。而御驾天下的帝王之尊一旦没完没了地沉湎在佳山丽水中寻欢作乐,便意味着王朝的丧钟已经敲响,亡国的日子已经不远了。

鲁迅说:杭州是一个消磨意志的地方,在这里人很容易失去斗志。

同为江南名都,南京充满了博大与明朗的神秀之气,而杭州则显得过于柔媚,有如一个小家碧玉的绝代名姝。

山外青山楼外楼,西湖歌舞几时休。南宋统治者过度的奢华堕落招致了后人普遍的指责,他们贪图安逸富贵,笙歌宴饮通宵达旦,直把杭州作汴州,早已将亡国的"靖康之难"忘到了九霄云外。南宋作为历史上最不思进取的王朝,抑或是杭州之罪?

在杭州做过官的杨孟瑛认为:"杭州地脉,发自天目,群山飞翥,驻于钱塘。江湖夹挹之间,山停水聚,元气融结……南跨吴山,北兜武林,左带长江,右临湖曲,所以全形势而周脉络,钟灵毓秀于其中。"

李思聪在《堪舆杂著》中说:"杭州干龙自天目起,祖远不能述。从黄山大岭过峡后,一支起南高峰,从石屋过钱粮司岭,起九曜山,越王山,过慈云岭。起御教场、胜果山、凤凰山,过万松岭,起吴山入城。一支起北高峰,从桃园岭青芝坞断,起岳坟后乌石山,从智果山保俶塔入城,来龙沿江而下,皆自剥星峦遮护,隔江诸峰,远映护龙,直从萧山至海门。生天弧天角星,从别子门石骨渡江,起皋亭诸山,作下砂兜转。右界水自严州桐庐流入钱塘江,左界水自余杭西溪流入官河,惜两界分流未合,城中诸河塞阻秽浊,脉络不清。"

从风水上看,杭州最大的灵钮之地一处是西湖,另一处是凤凰山。西湖是杭州城内气丛生的源泉,它积蓄生气催发万物,使周围人物荟萃、英才辈出,四方财富汇聚。但西湖的出水不好,所以需要经常疏通湖底沉积的淤泥,以保持清鲜活泼的水源。凤凰山因为形状像一只双翅舒展的凤凰故而得名,它的一只翅膀南挽大江,另一只翅膀北牵西湖。凤凰山是风水中的一座吉山,杭州的"一郡王气,皆藉此山",吴越国和南宋建造都城都是以它作为始点的。

尽管杭州在战略上东临大海,南有钱塘,北有长江,保有"重江之险",但从整个中国的角度来看其局限性是非常明显的,它偏处东南,并没有那种雄视天下的地理优势。在地理上杭州显然处于一个暗角,南宋的北伐名将张浚就说:"临安(杭州)僻在一隅,内则易生玩肆,外则不足以号召远近、系中原之望。"

朱熹也评论说:把杭州作为首都就像在一间大房子的角落里坐视四方,外面的世界难以响应。

公元1178年,名臣陈亮给南宋的第二代皇帝宋孝宗上了一道奏折,强烈要求把都城迁移到南京。然而他提出的理由是杭州僻狭的一隙之地,本来就不足以容纳万乘的国都,现在它的山水承受了五十年的重压,地气早已枯竭,失去了灵性。

023

仕女图 陈洪绶 绘

仕女图 汪念先 绘

1945年，江南帆船 艾伦·拉森摄

一半是山水一半是丝绸

　　想起明代施绍莘的《长相思》来："秋山青,秋水平。秋水秋山绕废城。秋花发古汀。秋虫鸣,秋露横。淡淡秋云两翼生。秋声客耳听。"悠悠云根,苍苍水气。绽放复飘零,飘零复能绽放? 今天,传统江南已大面积坍塌,传统元气耗蚀一空,幸好瘦山素水间,还遗留了一些古村落,这些灵息醇正的古村落令人想起琏——以前宗庙中盛黍稷的器皿,连绵马头墙挽留暮晚金辉的深切之细中,倍感琏的气息,琏的光晕。日出而作,日入而息,凿井而饮,耕田而食,这些PM2.5时代的超现实主义生活,尚在边缘处镂鹤刻月的斑驳甲第间存在着,令人追思"漫研竹露栽唐句,细嚼梅花读汉书"的老日子。

樱桃红破江南春

晋人写的春歌道：春林花多媚，春鸟意多哀。春风复多情，吹我罗衣开。

海日生残夜，江春入旧年。

春江流粉气，夜色湿裙罗。

杨柳绿齐三尺雨，樱桃红破一声箫。阳春三月，江南草长，从扬子江到富春江，春水涟漪，杂花生树，群莺乱飞。

一首叫《春江花月夜》的唐诗把明月、落花、丝竹和朦胧的女人全都揉碎在脉脉含情的春水里。

晋人写的春歌道：春林花多媚，春鸟意多哀。春风复多情，吹我罗衣开。

繁花绿树掩映着春水，使稠湿的花气承天接地。船娘烧好了菜，清清嗓子，对着盈盈的水光软酥酥地唱上一曲吴歌。在远处，茶山上白云隐约，采茶女在采茶。

吹面不寒杨柳风，春水油油地变成了梨花雨。春雨润如酥，钻进地里，"春八鲜"芦蒿、荠儿菜、豌豆叶、蒜苗、春笋、蘑菇、莴笋、蚕豆便长起来，西湖莼菜那深绿的椭圆形小叶子也探出了水面。

绿波里鱼儿在跳，灰白的松江鲈鱼、洁白的燕子矶刀鱼、莹白的太湖银鱼。春秋时候的枭雄夫差酷爱吃鲈鱼做的鱼脍，而另一个大枭雄曹操则对刀鱼赞不绝口。

渺渺春水，淡雅欲笑，翔翔春山，绰约欲飞。一个叫袁石公的文人陶醉在江南春天的翠色中："山色如娥，花光如颊，波纹如绫，温风如酒。"

农历二月十二这天，按照吴中旧时迎春的"赏红"风俗，未出嫁的闺女们要在清晨剪出五色彩缯，贴在各种各色的花卉上，以图吉利。另外，她们还要把彩缯扎成漂亮的绢花插在秀发上，去七里山塘街参加祭祀花神的庙会，据说敬奉花神，便会出落得花容月貌。

到了清明，云水深处，到处是上坟的人，坟头添了一抔抔新土，周围撒满纸钱白幡。信佛的香客们腰间斜挂着缥黄布袋，撑着船儿去庙里进香，就像《儒林外史》第十四回写的："见那一船一船乡下妇女来烧香，都梳着挑鬃头，也有穿蓝的，也有穿青绿衣裳的。"

若是在水木清华的绍兴,这时家中若添了女儿,人们便会在女儿出生当天,把一坛好酒埋在桂花树下,待到他年儿女出嫁时,再把这坛"女儿红"老酒挖出来做喜酒。

江南才子胡兰成在《五四运动》一文中抒情道:"五月的杭州紫气红尘,浣纱路上千柳丝,汲水洗衣的女子走过,有晴天的润湿鲜明,旗下包车叮当,菜担柴担花担和露带泥。沪杭铁路城站的喧阗,如潮来潮去,亦如好花开出墙外,游蜂浪蝶并作春意闹。西湖的水色淡素,白堤上寂历禅院无人到,栅门掩着,里边石砌庭阶,桃花李花都开过了,那花呵,开时似欲语,谢时似有思,都付与了迟日疏钟……刘朝阳来杭州住在一家小旅馆,房里只有板壁、床与桌椅。板壁上日光一点,静得像贴上金色。床上枕被,因为简单,因为年青,早晨醒来自己闻闻有一股清香。桌上放着一部古版《庄子》,一堆新上市的枇杷。"

繁花与清光,菱歌与浓影,西湖的春天给大才子袁宏道留下了至深印象:

西湖最盛,为春为月。一日之盛,为朝烟,为夕岚……湖上由断桥至苏堤一带,绿烟红雾,弥漫二十余里。歌吹为风,粉汗为雨,罗纨之盛,多于堤畔之柳,艳冶极矣。然杭人游湖止午、未、申三时,其实湖光染翠之工,山岚设色之妙,皆在朝日始出,夕春未下,始极其浓媚。月景尤不可言,花态柳情,山容水意,别是一种趣味。

月漉漉,烟波玉。江南的春天,最可看者,西湖的花月、太湖的烟波、普陀山的碧海、虎丘的茶花、扬州的芍药、牛首山的春光、九溪十八涧的雨意、富春江的倒影……

落花深一尺,楚辞云:"湛湛江水兮上有枫,目极千里兮伤春心,魂兮归来哀江南。"

鹤梦烟寒水含秋远

江南的秋天是在菱歌和桂花中渐渐扑向大地的。

江南的秋天没有一碧万顷的高旷蓝天,只长长地浮着几行温凉的纤云,看上去像是绣棚里挂着的几条白绸。

采莲南塘秋,莲花过人头,低头弄莲子,莲子青如水。荷塘里,枯荷阔大的叶子犹在,一朵朵莲蓬直直地挺在水面上。穿着白米粒青布薄衣的江南女在采莲子,荷叶多的地方,人影散乱,水光拂动着青青的莲子。

029

一船船的红菱雪藕在水乡飘着,飘进了古镇集市。鲜紫的菱角个儿大,壳硬饱满,剥开一看,里面的菱肉乳白脆嫩。吴中的雪藕是很有名的一种藕,孔小,质地细腻,清醇甘美,它光洁的形状常常被喻为红粉佳人的皓腕。吴中雪藕曾经是皇宫里的贡品。苏州的葑门外河塘纵横,丰腴的黑泥淤积,自古以来就盛产各种藕、菱、芡实、菰米、慈姑、荸荠。说到藕,南京莫愁湖的花香藕也是一种尤物。

彩霞满天里,芦花白,鳜鱼肥。寒鸦数点,一湾儿秋水。几棵水杨柳旁,一间茅屋低垂,开着菊花的篱笆上斜摆着渔叉渔网。

澄明远水生光,重叠暮山耸翠。鹅黄的山色缀着彩边,使玉露生凉的水木多了一些深邃的清冷。钱塘江的乌桕树红了,涨潮的季节就要到来。海上明月共潮生,潋滟随波几万里。

江南的秋天是在菱歌和桂花中渐渐扑向大地的。在晴朗的日子里,可以看得见大雁的身影掠过西湖。

秋水无涯,秋天的柔光,无边无际。柔光照着江南,把它清华的风骨打开。

江山扶绣户,日月近雕梁。小镇的雕楼朱栏、酒旗拱桥全在雨水里暗下来。小楼一夜听秋雨,明朝深巷卖黄瓜。卖菜蔬的商贩沿街叫卖,一担担的红菱鲜藕从船上运下来,妇女们挽着装满熟老菱的木桶,上面盖了荷叶,肩背一杆小秤走街串巷,边走边喊,甜亮的声音细细地洒在秋天。

秋风乍起,想起晋人张翰来。张翰在洛阳朝廷里做大官,是当时才学超群的名士。他对黑暗混乱的时局充满了无奈与失望,并预见到天下不久将会发生大的动乱。一天,秋风吹起来,令他无比地思念江南故乡的菰菜、莼羹与鲈鱼脍,他叹息道:"人生贵得适志,何能羁宦数千里,以要名爵乎?"于是马上辞官回乡,立志做一名不求闻达、亲近自然的吴中俗人。不久后,历史上最惨烈的一次大动乱果然爆发了,与张翰在朝廷里共事的大多数官僚都遭到了屠杀。张翰为人旷达重义,他关于虚名有过一句著名的话:"使我有身后名,不如即时一杯酒。"

由于张翰"莼羹鲈脍"的典故,秋天的鲈鱼便成了洁身自好的一种象征之物,品尝鲈鱼佳肴便暗含了人生哲思在里头。江南文人是很喜欢吃鲈鱼的,包括自称"桃花仙人"的唐伯虎。鲈鱼,又叫"玉花鲈",色白有黑点,头大,巨口,通体裸露无鳞。春末溯江而上,到了秋天游入近海。江南鲈鱼最出名的是松江四腮鲈鱼,体型较其他鲈鱼小,腮盖上各有两条橙红色的斜条纹,好像四片露在外面的腮叶,故而得名。

江山扶绣户,
日月近雕梁,
小镇的雕楼朱栏、酒旗拱桥全在雨水里暗下来。
小楼一夜听秋雨,
明朝深巷卖黄瓜,
卖菜蔬的商贩沿街叫卖,
一担担的红菱鲜藕从船上运下来,
妇女们挽着装满熟老菱的木桶,
上面盖了荷叶,
肩背一杆小秤走街串巷边走边喊,
甜亮的声音细细地洒在秋天。

1928年秋天,于大胡子于右任在太湖之滨欣赏桂花,太湖36000顷浩淼的秋波使这位以书法驰名全国的陕西人神志高逸。他乘船尽兴而归,途中在离灵岩山不远的木渎镇石家饭店吃了顿晚餐。石家饭店始创于乾隆年间,拥有风味独特的二十大名菜,其中尤其以鲃肺汤做得最好,色泽清雅鲜气扑鼻。于大胡子尝了一份鲃肺汤后大饱口福,觉得自己走遍南北此味第一,于是又连要了几份。吃罢,诗兴大发,他提笔在饭店中堂的旧画上写下了一首诗:"老桂花开天下香,赏花走遍太湖旁。归舟木渎犹堪记,多谢石家鲃肺汤。"墨迹酣畅传神,令在座的人击节叹服。此事很快被上海报界的消息灵通人士知道了,于是在报纸上渲染报道出来,引得江南文人纷纷驱车前往品尝。石家鲃肺汤自此扬名于江南。

秋渐浓,月照颅。如布罗茨基所说:"每样事物都有其局限,包括忧伤。"蒹葭苍苍,白露为霜。霞铺江上,雁落平沙。江南的秋天适合沽一壶黄酒,在被箫声击落的繁花下沉入苍茫幽情:

"银烛秋光冷画屏,轻罗小扇扑流萤。"这是闺阁里的江南秋。

"细雨梦回鸡塞远,小楼吹彻玉笙寒。"这是雨中的江南秋。

"月黑江村树,鸡鸣古戍边。才分渔火岸,正及稻花天。"这是金色稻香中的江南秋。

"鱼吹浪,雁落沙,倚吴山翠屏高挂。看江潮鼓声千万家,卷朱帘玉人如画。"这是涨潮时的江南秋。

"寒声两岸虫,秋怀千顷荻。雨断月初明,孤蓬犹滴沥。"这是孤月寂照的江南秋。

"玉树歌残秋露冷,胭脂井坏寒螀泣。到如今,惟有蒋山青,秦淮碧。"这是思古的江南秋。

晚清，上海富家女

历史是一场江湖

在南中国文化中,吴越文化、荆楚文化、岭南文化、滇云文化和巴蜀文化是五个特质突出的区域文化,其中尤以吴越文化最为柔丽清婉。

梁漱溟形象地把中国文化比喻为富有韧性与弹性的"牛皮糖"。吴越文化无疑是这块"牛皮糖"最华润的部分。

像许多著名的大学者一样,英国人贝尔纳指出:"中国许多世纪以来一直是人类文明的巨大中心之一。"但这个巨大中心自身却如同风水先生描绘的地气一样,不断发生着令人眼花缭乱的变迁,吴越文化就是在这种历史变迁中逐渐丰茂灿烂起来的。

吴越多灵山秀水,多亡国之君,多才子佳人。

大上海的花花世界,南京神秀的山水,姑苏的小家碧玉,绍兴的师爷,宁波的商帮,温州的个体户,杭州的贵族气息……自古以来吴越就是士农工商的大舞台,吴越人玩不来弯弓射雕的把戏,舞弄不动鬼头大刀,难以仗剑横行天下,却也将江南装点得遍地珠玑秀色可餐。

南漂，万事幽传一掌间

孔雀东南飞。垂死的西晋的最后一线曙光就是退守江南。

19 世纪时，美国考古学家约翰·斯特芬在中部美洲约卡坦半岛的热带丛林里发现了一座幻境般的城市。这里有壮丽而古老的宫殿群和庙宇，但荒无人迹，断垣残壁中土拨鼠在乱窜。肃穆雄伟、形状独特的塔身高耸，上面描绘着图案精美的壁画。然而，令人毛骨悚然的蛇头在攒动，健壮的美洲豹自由自在地走来走去，它们成了这儿的主人。这座被厚厚的原始森林所包围的古城就是古代玛雅文化的一个遗址，它为什么会消亡，这是个谜。

大约在公元前 4 千年，非洲撒哈拉一带的热带森林和苍苍沃野消失了，巨大的沙漠割断了中南非洲与北非、地中海地区的联系。这无疑是气候变化的结果。

文明的变迁全然不可思议，但它却是历史过程中的一条重要原则。

除了良渚文化漂亮的玉器和河姆渡文化的牙雕小盘红色漆碗等寥若晨星的杰作之外，与北中国黄河流域比起来，遥远的吴越时代仿佛成了历史的一个暗角，一条茫茫大江和漫长的海岸线使得沟通北方异常困难。崇山秀岭上尽管居住着不少山越人，但他们被认为是射生饮血火耨刀耕的落后民族。

那时，吴越一带到处是湿热的沼泽，毒虫及闷热的天气常常传播瘟疫疾病。在太伯仲雍奠基吴国、吴越人无余称王创立越国前，吴越大地在历史上沉寂了很长的一段时间。

直到东汉末年，吴越地区仍然是中国一块无足轻重的鸡肋。

吴越文化的历史性里程碑是在三国时期树立起来的，它姗姗来迟，并从此像一艘乘风破浪的海船，开始了充满着痛楚与希望的旅程。

一个叫孙权的紫髯翁是这次旅程最初的洗礼者和舵手，在他足智多谋深得人心的政治策略下，江南被经营得井井有条，土地被大面积开垦出来，经济得到发展，有真才实学的人纷纷崭露头角，所谓兵精粮足据长江天险而治。

一代枭雄曹操不由得在马上摇鞭赞叹道："生子当如孙仲谋。"

公元 184 年后，整个北方笼罩在充满血腥味的滚滚狼烟里，有充分的数据表明大多数北方人在这次漫长的动乱中惨遭不幸。而江南在这一时期要稳定得多，长江天险扮演了护身符的角色，使江南人最起码用不着整日整夜忧心忡忡地生活在恐惧之中。幸存下来的北方人脑壳大都较为灵光,勇气和智慧是他们躲过浩劫的重要因素,他们被迫像惊弓之鸟一样大量逃向南方。素有仁德的孙权下令接纳这些可怜的人,使他们获得一个栖身之地,他高瞻远瞩的炯炯目光已经隐隐感到他的国家需要这些精明能干的农民来开发,这些北方佬带来的先进农耕技术将是未来江南发展的重要能量。

沦落江南的不仅仅是农民,还有不少饱学之士及举家南迁的名门望族。他们在江南虽不能与朱、张、顾、陆四大贵族比肩,但对推动吴越文化的发展也起了不可估量的作用。

一百多年过去了,江南人制造出的雕纹楼船尽可载着绫罗绸缎漂洋过海,自由地往来于南北,然而大海并未平息下来,无边的铅灰色乌云密布,暴风雨就要来临了。

"永嘉之乱"是在北方游牧民族狂飙突进的号角声中拉开序幕的。这次史无前例的大动乱之剧烈程度简直无法用语言形容。整个富饶的北方都成了血流成河的屠宰场,一千多年后我们仿佛仍然听得到冤魂不散的鬼魂们泪水涟涟地发出无比悲惨的哀叫声。

这时候西晋仅仅才实现了 36 年的统一历史,皇帝争权夺利的残酷内讧使这个年轻的王朝毁于一旦。它使我们想起了在蛮族入侵下古罗马帝国灭亡的情景。中国气象学的奠基者竺可桢指出:五千年来中国的气候在不断地发生变化,这种变化对于古代中国有着至关重要的影响。两晋以后的相当长一段时间里,气候变得寒冷,北方的大片草场南移,使得以放牧为生的游牧民族大量南迁。

南移内迁的游牧民族数目是惊人的,据有的数据显示前后共有 870 万人左右。他们与农耕的汉民族之间的冲突在所难免。在这场争夺生存空间的波澜壮阔的厮杀中,西晋王朝极其不光彩地全面溃败了。

以鲜卑、匈奴、羌、羯、氐五个民族为主的游牧人纷纷占山为王,瓜分了宽阔的北方。他们先后建起十几个王朝,使政权更迭有如儿戏。人们活着就是为了在战争中死去,一个黑暗的时代到来了。

孔雀东南飞。垂死的西晋的最后一线曙光就是退守江南。一支由皇室子弟门阀世族为首的逃亡大军浩浩荡荡向南开去,他们的人数大约有 70 万到 100 万,他们如此惊慌失措,只是为了早日到达江南以逃得性命。

江南的土著、地头蛇及贵族对此显然缺乏充分的思想准备。作为吴国的臣民,他们的亡国之恨还在隐隐作痛,他们对庞大的流亡势力充满了敌意。但是,不管江南人是多么不情愿如此众多的北方佬闯入自己的家园,历史都将证明这次移民狂潮对于南方经济文化所起到的决定性影响。兵荒马乱的北方把巨大的文化光环抛向了江南,连同它的一大批风华正茂的精英人才,这意味着江南将成为传统文化灼灼其华的一个新窝。

　　经过短暂的阵痛之后，一个仍然由司马氏家族作为统治者的东晋政权在江南出现了，在此以后的近三百年里，南方政治上的黑暗、军事上的无能与经济文化的迅速发展形成了巨大的反差。

　　南渡之后，大批训练有素的北方种田能手勤劳耕作，不久就使江南的黑土地变成了粮仓。而积淀深厚的中原传统文化一经与江南清秀的山水糅合，马上就绽放出神奇的瑰丽姿采。那些疆场上战战兢兢如履薄冰的士族，再也用不着只恨爹娘少生了两条腿似的抱头鼠窜了，他们尽可以放心大胆地继续纸醉金迷的生活，尽可以穿着宽大华贵的衣服大摇大摆地显示风流倜傥的小骨骼。他们在明媚的青山绿水间谈玄论道，谈累了就吃宴摆阔，吃累了就弹琴赋诗，如果兴致好的话，还可以写字画画儿。江南的江山如此多娇，江南的丽人沉鱼落雁，士族们的创造灵感被空前地激发起来。他们楼上看山，城头看雪，舟中看霞，植花邀蝶，垒石邀云，筑台邀月。与此同时"永嘉之乱"所带来的亡国之痛逐渐地被淡化，就像西班牙殖民者占领南美洲后，他们的后代令人啼笑皆非地不承认自己是西班牙人而把生他养他的南美土地视为故乡一样。

　　这是一次胜利大逃亡。江南的经济和文化得到了根本的开发，北方佬开始用仰慕的眼神来上下打量它的富饶。一些年之后，一条贯通南北的大运河将把江南的粮食源源不断地运往北方。

　　不管怎么说，江南从此成为了人文荟萃之地。事实上，中国的绘画、书法、诗歌、音乐都是在这一时期剃面涂粉抹胭脂的江南士族手里成熟起来的。

　　士族发达的头脑和高冠博带掩盖下的软弱四肢体现了中国历史的一种方向。一部中国历史也就是游牧民族不断入侵中原然后被同化的历史，它很容易使我们想起马克思著名的论断："野蛮的征服者总是被那些他们所征服民族的较高文明所征服，这是一条恒定的历史规律。"恩格斯则说："只有野蛮人才能使一个在垂死的文明中挣扎的世界年轻起来。"

　　法国学者谢和耐在其名著《蒙元入侵前夜的中国日常生活》中说："一旦笼罩住其轮廓的迷雾散去，我们就将发现，中国的历史并非存在于延续性和不变性之中，而是存在于接踵而至的一连串剧烈震荡、动乱和毁坏之中。从公元 6 世纪到公元 10 世纪，中国经历了一个其面目全然无从辨认的时期。当时，草原的游牧民族盘踞了北方各省，而佛教的全面胜利也留下了至深的印迹。"

　　时光悠悠地飘向 12 世纪。欧洲的基督教徒组成的十字军正在大批向耶路撒冷开拔。而那时，在中国，一个天纵其才的画家却当上了皇帝，他低劣的政治才能把北宋王朝治理得一团糟。

1127年，一支最初由一万人组成的女真族骑兵部队血洗了整个辽国后，南下践踏了北宋都城东京，他们将这座宏伟富丽的大城市洗劫一空后，用一队牛车将两个皇帝和三千名王公贵族运往冰天雪地的遥远北方。北宋的百万大军刚伸出白嫩的小胳膊比画了几下，国家就可耻地灭亡了。

江南又一次露出了诡秘的微笑。这微笑黯然伤神，充满着深深的无奈。有谁能理解江南历史的根脉，谁就会为一个文化博大的农耕民族的苦难感到悲哀。

福斯特说："我觉得，对于一个民族来说，最大的不幸莫过于他们所居住的地方天然就能出产大部分生活资料和食物，而气候又使人几乎不必为穿和住担忧。"福氏的话仿佛使我们明白了为什么统一天下的往往是北方人而不是南方人，为什么面对外族的屡屡入侵我们总是束手无策，柔弱得像个娘儿们。

从群体意义上讲，农耕民族在战争中是危险的。与一万犀利的女真族骑兵相比，百万宋军如同绣花枕头，然而平常的他们仅会耀武扬威，白白吃掉了那么多上好的大米。

风起云涌的南渡浪潮中，除了少得可怜的人作了宁为玉碎不为瓦全的选择之外，半数以上的北宋人都拖家带口加入了逃亡的队伍。如果没有长江挡住骁勇的女真人，真不知道他们还能往哪逃。

历史上最没有进取心的南宋王朝在风雨飘摇之中建立起来了。当金兵已到长江南岸的消息传到首都临安（杭州），高宗皇帝赵构经过一番乔装打扮之后，跑到海上的船舱里躲起来，至于他有没有男扮女装，史料里倒是没有明说。赵构的拿手好戏就是把对自己忠心耿耿、屡次大败金军的名将岳飞干掉。

北宋人打仗不行，搬家却极为麻利，所有能带走的东西都被一锅端到了南方。金国女真人在小聪明上脑袋瓜显然不开窍，等他们意识到问题的严重性时为时已晚，这些欢呼雀跃的胜利者，他们夺取的江山空空如也，早已不是先前繁荣的景象。

大量的移民被妥善安置在长江以南的各个角落，他们不久以后就发现，脚下这块温润美丽的土地并不只是避难之所，它楚楚动人的沃野远胜过北方故里，丰收的喜悦使他们忧郁的情怀如释重负。

一个受伤的民族在江南水土的抚摸下渐渐缓过气来，接着便心安理得地在半壁河山中苟且偷生，并且经济文化比从前发展得更快。

江南巨大的潜力淋漓尽致地被发挥出来。北方的鱼羹宋五嫂、羊肉李七儿、离菜羹李婆婆之类的传统美食在西子湖畔红火起来。移民们早先的大嗓门慢慢在山水的清辉中甜腻得像一只黄莺从花底滑过，他们逐渐对老白干失去了兴趣，转而喝绿茶或黄酒，他们开始喜欢穿花哨的绸衣，粗枝大叶的眉眼开始水汪汪地顾盼传神。而北方七夕饮酒穿针，用胡桃做腊八粥，用地窖贮存冰块等等古老的风俗也在江南盛行起来。

临安(杭州)在这一切中有如一件缀满了明珠的华服。多得难以形容的财富很快就使这个一百多万人口的大城市在西子湖的石榴裙下手脚酥软。

王公贵族们每天要做的事除了消遣还是消遣。他们春天到孤山的月下看梅花，到八卦田看菜花，到虎跑泉试新茶，到西溪楼吃煨笋，到苏堤看桃花，到保塔看晓山。夏天到湖心亭采莼菜，到飞来洞避暑，到三生石喝茶。秋天到满觉陇赏桂花，到胜果寺望月，到六和塔听秋潮。冬天到旗海楼观晚月，到西溪道玩雪，到三茅山望江天雪霁。总之凡是消遣的事，他们都要弄上几把。商船蔽日的临安成了寻欢作乐的场所，报仇雪耻只是几个血性诗人不切实际的梦想罢了。

无可奈何花落去，北方的繁荣时代一去不复返了。现在，南方将彻底地取代北方，它满头的荆棘换上了璀璨的桂冠。

三个帝王的悲伤江南

公元 547 年正月一个寒冷的夜晚，梁武帝在粉色的帷帐里做了一个梦。

世事漫随流水，算来一梦浮生。南京这地方有些意思，尽出有名的亡国之君。

唐朝人把南京称做六朝故都——六个偏安江南的小朝廷的首都。

钟山龙蟠，石头虎踞。我们捉摸不透南京葱郁的"王气"，它居然孕育出了那么多玩物丧志的帝王。

公元 547 年正月一个寒冷的夜晚，梁武帝在粉色的帷帐里做了一个梦，梦见北朝的魏国官吏纷纷献出土地向他投降，他坐在巍峨的大殿里接受降书和满朝文武的拜贺，禁不住哈哈大笑起来。

这个梦被认为是吉祥的征兆。梁武帝对此深信不疑，他对身边的人说不久将会有好的事情发生。

果然,到了这一年的三月份,东魏大将侯景由于同权臣高澄不和,派人拿着河南十三州的地图前来洽谈投降的事。梁武帝大喜过望,当即封侯景为河南王。许多大臣反对说:"我们刚刚跟东魏和好不久,边境上相安无事,如果现在接纳他们的叛臣,恐怕未必妥当吧? 侯景对于梁朝是颗灾星。"

梁武帝对此很不以为然,将这些人视为胆小怕事的缩头乌龟。他命令善于纸上谈兵的侄子萧渊明引兵北上接应侯景。

面若白玉的萧渊明是个金玉其表的纨绔子弟,他的军队在彭城遭到剽悍的东魏军迎头痛击,全军覆没不说,自己也做了阶下囚。

老谋深算的高澄阴险地望着南方,他狡猾地想起了鹬蚌相争这个寓言。他带信给梁武帝说,这次战争纯属不得已之举,只要交出侯景,东魏愿意同梁朝重修旧好,并将萧渊明放回。

梁武帝读完这封语句恳切的信,长长叹了口气,不顾大臣的反对答应交出侯景讲和。

消息传出,侯景暴跳如雷眦睚尽裂,他决定采取最严厉的报复行动。

羯族人侯景带领穷凶极恶的大军挥戈南进。猩红的军旗上龙虎图纹面目狰狞。在侯景眼里,梁朝仅仅是一只鸡。现在,杀鸡的时刻到了。

梁朝人完全低估了侯景的实力,他们在猛烈的进攻下溃不成军。首都建康城(南京)很快被围住。

直到这时梁武帝才明白自己干了件无可挽回的蠢事,他披着金黄龙袍在仕女的搀扶下犹想作困兽之斗。然而一切都晚了,侯景把皇帝所在的台城围了个水泄不通。

月光如水水如天。月光使梁武帝格外伤感,他借着月夜的台城柳色饮酒浇愁,并命人取来焦桐古琴亲自拨响沉郁的琴音。他想起了竹林名士嵇康在临刑前弹奏的绝响《广陵散》。

台城里很多人在饥饿中死去,高大的城墙发出一阵阵恶臭,坚守了 130 天之后,城终于被攻破了。侯景冰冷的身影出现在皇宫中,他用马鞭指着梁武帝,吩咐左右将这个满头银发的倒霉蛋活活饿死。

繁华靡丽,过眼皆空,五十年来,总成一梦。梁武帝死的时候有 86 岁,身子骨尚硬朗,如果没遇上"侯景之乱"的话,能活到一百岁也未可知。这位南朝梁国的开国君主是中国皇帝中的一个特例,他建立了一个富裕的小朝廷,在位时间长达半个世纪之久,最终却在晚年悲惨地饿死。

1870 年代的江南母子 威廉·桑德斯 摄

晚清, 江南挑夫

1870 年代的上海雨具 威廉·桑德斯 摄

1870 年代, 江南小吃摊 威廉·桑德斯 摄

魔鬼终结者侯景下达了杀无赦的军令。大屠杀开始了。东吴以来经营了两百多年的建康由壮丽的大都会变成了废墟，成千上万的梁朝人像蚂蚁一样死去，血染红了长江水。钟鸣鼎食之家的士族们狗一样跪在侯景的面前摇尾乞怜，但仍然难逃一死。大盗移国，金陵瓦解，一百万人的江左名都在地表上消失了。几年之后，有同性恋之嫌的大才子庾信怀着巨大的哀恸之情写下了著名的《哀江南赋》。

一生对佛教顶礼膜拜的梁武帝显然更适合做一个艺术家，他对人生哲学有着独到的深邃见解，精于经学及历史研究，撰写有大部头的《群经讲疏》两百余卷，《通史》六百余卷，他才华横溢，能写出意境美妙的诗文，棋琴书画样样精通，即使在消闲之余也能轻而易举地制出和十二音律相对应的十二支长短不同的竹笛。

他无疑是个世间罕见的通才。然而他却过分地专注于艺术了，这使得理想阻碍了现实性极强的政治事务。在政治上梁武帝是个很臭的角色，真不知道当初在激烈的斗争中他是怎么夺得江山的。老头子临死的时候倒也通脱，他平静地说："从我手里得到的，又从我手里失掉了，这也没有什么可以悔恨的！"

"烟笼寒水月笼沙，夜泊秦淮近酒家。商女不知亡国恨，隔江犹唱后庭花。"唐朝人杜牧在诗中含沙射影地调笑说，在烟水朦胧的秦淮月夜，南京的琵琶女是不适合弹奏《玉树后庭花》这首缠绵的亡国之音的，因为这首曲子的作者正是南京的亡国之君陈后主。

陈朝后主陈叔宝是江南历史上的一道风景线。如果没有这个以美酒和女色为生的糊涂虫作为笑料的话，南京如画的江山风月将会减色不少。

公元589年，即梁武帝饿死后的第四十个年头，在辽阔的北方，尼姑庵里长大的隋朝皇帝杨坚正忙于视察疆土，黑色的大氅和一身戎装更加衬出他威严的仪表。过不了几天，他的八路强悍雄壮的大军就要乘船沿江而下，直捣南方陈朝的老窝建康。

然而在危险面前，陈朝人既没有作出强硬的防备对策，也没有惊慌失措。他们的皇帝陈后主自恃有长江天险作屏障，根本就不相信北方佬会杀到江南来。他把那些前来劝谏的大臣统统视为杞人忧天的老鼠打发他们"下课"。

大臣们暗自伤神，没有人再敢来找陈后主的麻烦，除非他吃了豹子胆。

翠袖拂槛露华浓。陈后主对国家大事深恶痛绝，他终日在临春、结绮、望仙三幢楼阁里饮酒赋诗，同一千多名裹着彩色绸衣的美女鬼混。三幢檀香木建成的楼阁高数十丈，里里外外用金银明珠翡翠装饰起来，楼下的水池畔点缀着奇花异草，每当微风吹过，檀香木的芳香在几里外就能闻到。这是自东晋以来天下最为瑰丽的建筑。里面除了脂粉味之外还是脂粉味，陈后主在这里纵情打发着奢靡的帝王生涯。

除非到了万不得已的时刻,陈后主才会从美女堆里爬出来去听大臣的汇报。而每当这时,他就让留着七尺长发的绝代佳人张丽华坐在自己的大腿上与她一起处理政事。他一边肉麻地发出淫荡的笑声,一边按照怀里神仙妹妹的意见来办理军国大事。

那是白雾漫天的初春季节,以才情著称的陈后主正在临春阁里春风得意地组织宫廷乐队演奏他的新作《玉树后庭花》和《临春乐》。深宫里珠圆玉润的亡国之音响彻云霄。

乘着浓丽的江雾,隋朝的大军顷刻之间便突破了陈朝的长江防线,陈兵望风而逃,建康成了瓮中之鳖。这时陈后主还在喝着美酒作诗,直到隋军兵临城下,他才得到可靠的消息说京城已被包围了。

陈后主这下才急了,又蹦又跳,泪流满面。当尚书仆射袁宪向他询问最后的决策时,这位天性散漫的糊涂虫沉寂了片刻,然后胸有成竹地说:"锋刃之下,朕自有妙计。"搞得袁宪等人不知他葫芦里卖的什么药。

沙漠里的鸵鸟在危险到来的时候常把头伸进沙土里,它以为只要自己看不见敌人,敌人也肯定看不见它。陈后主使用的就是"鸵鸟战术"。隋军杀进皇宫之时,陈后主和张丽华、孔贵妃坐在一个大篮子里躲在华林园景阳楼畔的枯井中,陈后主认为有这个"锦囊妙计",他们将会非常幸运地躲过一场灭顶之灾。

枯井引起了搜捕士兵的注意,他们假装要往里面扔石头的时候,陈后主不得不喊出声来表示求饶。

隐隐的青山透着桃花艳红的颜色,雨水打湿了云朵。暮春时节,一队矫健的骑兵押着一排囚车前往长安。囚车里有一个憔悴的白面郎君,此人正是陈后主。

然而,南京最有名的亡国之君却是李后主——五代十国时期南唐小朝廷的末代皇帝李煜。

同为天涯沦落人,李后主与陈后主是一对同命相怜的难兄难弟。他们的政治才能都只停留在小儿科阶段。所不同的是李后主似乎不大喝酒,身边漂亮的酒缸比陈后主少得多,其智商比陈后主高得多,心灵也要仁慈一些,后者是一个人神共怒的荒淫无道之君。

除了少数人之外,历史上沉溺于文学艺术的帝王大都在政治上翻了船。这使我们感到文学艺术好比鱼,权力好比熊掌,鱼和熊掌不可兼得。李煜24岁当皇帝的时候,南唐实际上还统治着长江以南的江苏、安徽、江西、湖南等地,这是当时最为富庶的地区,如果经营得当的话,它完全可以和任何一支割据势力相抗衡。然而李煜具有独步千古的文学才华,精于书法、绘画、音乐,但在政治上却是个蹩脚的角色。

李煜根本就不懂得如何去正确治理他的国家。他把那些有实际才能的人统统拒于千里之外,而把文学艺术方面才华横溢的人像菩萨一样供起来,封他们做大官,赏赐他们美女和豪华别墅。这些人众星捧月般地围在李煜周围,使他充满了"良将如云谋士如雨"的感觉。

南唐没有良将,没有谋士,由于得不到任用,他们纷纷投奔北方具有雄才大略的赵匡胤去了。南唐有的只是文学家和艺术家,他们的头儿李煜就是一个最大的文学家,董源、巨然、赵幹、顾闳中、周文矩、周太冲、钟隐、徐熙、冯延巳、徐铉等等,哪一个不是文学艺术史上一流的好手?然而秀才遇到兵,有理说不清,一旦打起仗来,大文学家大艺术家们除了做刀下的断头鬼之外,只有蒙受耻辱乖乖地举起柔荑般白皙的双手。

在冷兵器时代,笑傲江湖的总是那些充满了阳刚血性和刚劲力量的英雄人物。北方人虽然常常斗不过游牧人,被迫不断修筑长城加以防御,但他们对付江南人却绰绰有余,尤如牛刀杀鸡一般。一部中国人的历史就是北方人不断战胜南方人然后经济文化重心不断南移的历史。江南除了项羽率领的八千子弟兵在全中国很是威风过一阵子之外,简直就只有挨打受气的份儿了。

英雄向来出产在气候寒冷、民风粗犷的北方。除了项羽、专诸、要离、勾践等寥寥几个遥远岁月里的英雄之外,我们已经记不得江南还出过哪些英雄人物。

浮华绮丽的江南只盛产才子和佳人。

大才子李煜不幸出生在帝王之家被卷入到政治的旋涡,与虎视眈眈的强权人物赵匡胤比起来,他更像是一只顾影自怜的山鸡。

公元975年,李煜山鸡舞镜式的帝王生涯彻底宣告结束。谈笑间樯橹灰飞烟灭,宋朝的大军还没使上一半的气力,就已经取了南唐小朝廷的性命。京城被围的时候,李煜还在城中填词,词还没有填好,城就被攻破了。

在此之前,李煜曾委派口若悬河的宠臣徐铉去朝见赵匡胤,请求他不要派兵攻打南唐,因为南唐就像儿子对待老子一样对大宋充满了敬仰,同时每年还进贡大量财物以表孝心。然而赵匡胤的回答却是:"在我的榻旁,岂能让别的人打鼾!"

李煜成了可怜兮兮的亡国之君,在离开南京时他作了首词:"四十年来家国,三千里地山河。凤阁龙楼连霄汉,玉树琼枝作烟萝,几曾识干戈。一旦归为臣虏,沈腰潘鬓消磨。最是仓皇辞庙日,教坊犹奏别离歌,垂泪对宫娥。"后来苏东坡嘲笑他不哭自己的祖先和国家,却去哭女人。李煜的爷爷李昪虽然出身贫寒,但多少还有种英雄气概,而他的这个孙子却是如此地懦弱。

颓然自放,憔悴行吟,李煜的三年多俘虏生涯是在孤独和悲伤中度过的,"此中夕日只以泪洗面"。陈后主做了俘虏之后仍然在酒坛子和女色中快乐地消磨着人生,直到病死才善罢干休。但李煜却不能够,这正是他和陈后主在本质上的差别,他有一颗无比敏感而晶莹的心灵,他写下了不少以思念故国为题材的不朽篇章,这些篇章是使他致死的重要原因。有些史料上说,北宋第二代皇帝赵光义是"烛影斧声"疑案的制造者(后世怀疑赵光义谋杀其兄篡位),他在霸占了李煜心爱的女人小周后不久,就用一种叫牵机药的剧毒将李煜毒死了。服了毒酒之后的李煜身体向前倒下,头和脚像牵机一样缩在一起。

绍兴师爷的饭碗

一个"绍"字,藏了一张利嘴,一支刀笔,一根辫子,
把个练达、圆滑、口若悬河的绍兴师爷刻画得活灵活现。

绍兴师爷湖南将。

无绍不成衙,无湘不成军。

这些清朝后期妇孺皆知的政治俗语并非是好事者无事生非的调侃,而是对政治舞台上浓厚地方特色的通俗性归纳。

19世纪后,大清帝国的官场出现了不少夹缝,绍兴师爷和湖南将领就是夹缝地带上一文一武的两支重要力量。

师爷,说得好听点叫做幕僚,说得难听点就是寄人篱下替人做嫁衣的狗腿子。吃这碗饭不仅需要有缜密的心机以处理大量的日常事务,而且还要懂得如何去恰到好处地献媚以迎合上司。总之这是官老爷身边不可或缺的专门办理琐事或出谋划策的参谋人员,他们必须精明能干,长就伶牙俐齿,而且还得八面玲珑。在文学和影视作品里,师爷往往被描绘成长着山羊胡子的智囊人物,他们油腔滑调,黑色软呢的瓜皮帽下,一双贼溜溜的眼睛不怀好意地东张西望。

作为师爷这一官场文人群体的渊薮,绍兴是江南地区除苏州以外的又一个文化窝

子,历史上这里山水妖娆,英才辈出,书香门第和一流文人多如过江之鲫。

绍兴人在对付科举考试上显然很有一套,从顺治元年到光绪末年的二百多年里,考中进士的人竟多达六百多人,另有近两千四百人中了举人。一个地方就有如此众多的人在功名场中显山露水崭露头角,这在全国也很罕见。

然而,通过文官考试制度的瓶颈在仕途上青云直上的毕竟是少数人,更多的绍兴文人就像没有跃过龙门的鲤鱼一样被挡在了幽深的殿堂之外,这样一来,他们必须对人生作出实际的选择,以承担养家糊口的责任。落第之后摆在落魄文人面前的谋生手段,要么拿起竹尺每月收几吊小钱做个安分守己的私塾先生,要么做充满了铜臭味的商人,要么飘泊天涯在大官身边讨好卖乖做个师爷。

天下熙熙,皆为名来,天下攘攘,皆为利往。在名利场中滚打斟酌了一阵子之后,灵气过人精明有余的绍兴文人便纷纷投向了师爷这个行当。

"师爷"在许多人眼里仅仅是根鸡肋而已,然而绍兴人却看准了这根鸡肋正是自己一展鸿图的敲门砖。他们敏锐地观察到中国权力社会中一条不规则的晋升法则,那就是要有靠山,拥有靠山也就意味着一只脚已经踩进了权力的蜜缸。靠山是"朝为读书郎,暮登天子堂"的重要现实保证。

每个师爷往往都有一座靠山,只要关系贴得紧,日后虽不敢说能够飞黄腾达,但衣锦还乡却也算不上是大的奢望。

绍兴人温文尔雅的面容下城府隐藏得很深,他们普遍拥有在处理繁杂事务方面的干练才能,这种才能与敏捷的洞察力和细密的心思是绍兴师爷在官场里成为抢手货的根本原因。

绍兴人天生就是块做师爷的好材料,在大清朝臭哄哄的官场里他们为此狠狠地露了一鼻子,以致于"绍兴师爷"成了绍兴人的代名词。

绍兴人中不时也出几个土谷祠里的阿Q什么的,但他们之中更多的是像狡猾的狐狸一样老于世故的读书人。这些读书人读书的初衷并不是为了成为师爷,但他们之中的许多人却不得不吃师爷这碗饭。而对于那些官老爷来说,一名好的师爷就是一只翅膀,所以他们对绍兴师爷情有独钟。

一个"绍"字,藏了一张利嘴,一支刀笔,一根辫子,把个练达、圆滑、口若悬河的绍兴师爷刻画得活灵活现。

"吾乡之业于斯者,不啻万家。"做师爷成绍兴人的一大绝活了,靠三寸不烂之舌捞取银子成为了绍兴人的时尚。他山之石可以攻玉。大树底下好乘凉。绍兴人划着"师爷"这条船于运筹帷幄之间,决胜千里之外,施展自己平生所学。

晚清时，江南人家的手工生活　威廉·桑德斯　摄

046

绍兴师爷从职业看可以分为几种类型：刑名师爷（负责办理刑事、民事案件），钱谷师爷（负责办理财政、赋税），书启师爷（负责掌管来往书信），挂号师爷（负责批签文件），征比师爷（负责考核征收田赋）。另外，还有的师爷是专门为官老爷出谋划策的，这种师爷的地位相当显赫。

绍兴师爷就像鸽群一样在衙门里审来审去，他们的身影颇为引人注目。其中不乏才华横溢的名角师爷，如曾国藩的师爷房士杰，张之洞的师爷马家鼎，左宗棠的师爷程埙。娄春藩更是红极一时，先后做过李鸿章、王文韶、荣禄、袁世凯、杨士骧、端方等封疆大吏的师爷。但并非所有的绍兴师爷都很走运，他们之中"为五斗米折腰"却一生郁郁不得志的大有人在。天才大画家徐渭就因为骨头太硬玩不来看主人眼色行事的勾当，所以在当师爷的时候穷困潦倒。清初的许葭村、龚未斋，写得绝妙好文，却因为不善于向上司抛媚眼，结果"一囊秋水，顾影生寒"，有时穷得竟无米下锅。

看来，没有一整套的拍马技术，没有那种把官老爷放的屁夸赞为"依稀丝竹之声，仿佛兰麝之气"的本领，绍兴师爷光靠才干要想在官场上出人头地是很困难的。

宁波商帮的银子

在近代中国，宁波商帮曾经很是热闹过一阵子。

林语堂曾作过一个有趣的比较：假如中国的南方和北方各出一个不孝之子，都被他们的父母一顿棍棒赶出家门，而且都被迫外出闯荡一番，20年后衣锦还乡。那么北方归来的浪子可能是一位骑着高头大马的将军，而南方归来的浪子可能是一位腰缠万贯的商人。

无绍不成行，无宁不成市。

想起了历史上的希腊人、腓尼基人、英国人，以及"海上马车夫"荷兰人。与这些商业民族的相同之处是，宁波人栖息在面对碧波万顷的海岸线上。显然，黑格尔关于商业和航海共生的推论放在宁波人身上是适合的。大概是大海使得人们胸襟开阔的缘故，在纤柔秀丽的浙江人中，宁波人多少有种气魄。这种气魄是促成他们注重实效具有商业精神的重要原因。

德国人利希霍芬说：在商业上，宁波人完全可以和犹太人相媲美。

孙中山感叹道：在欧美各国，亦多有宁波商人的足迹，其能力与影响之大，在国内首屈一指。

尤其是在近代，风头劲猛的宁波人"民性通脱，务向外发展，其上者出而为商，足迹遍于天下"。在当时，宁波商帮与北方盛产金融家的山西商帮是商界的两大势力。

海水使宁波人获得优秀商人所必备的天赋。他们善于用精致的玉碗喝燕窝莲羹，善于躲在花木掩映的漂亮阁楼里喝茶。但总的说来他们更善于让各地大把大把的钞票流进自己的腰包。

早在古老的越国时代，传奇人物范蠡，就从浙江驾着小舟辞官前往齐国经商，后来竟成为富可敌国的一代大贾陶朱公。

发达的商业头脑使得宁波人至少在晋朝就已形成了经商传统。那时，商人的地位极其低下，宁波人穿着由政府专门为商人指定的黑鞋子出没于大江南北。

从唐朝到南宋，宁波是重要的对外贸易港口，白帆蔽日的商船往来于日本、高丽、真腊(柬埔寨)等国，江南的丝绸和瓷器被源源不断地泛海运出。李邻德、李廷赤、张支信、李处人等商人的船队依靠航海发了横财。

"航海梯山，视若户庭"，宁波人坚毅的冒险精神在他们的商业活动中显露无疑。在近代，宁波人有两次移居海外高潮。第一次是在光绪、宣统年间，这时期移居海外经商的人数多达10万；第二次是在20世纪40年代末国民党统治行将结束前夕，大批的宁波商人移居到香港、澳门，或以台湾为跳板，转向欧美及大洋洲发展。十多年前，据统计，移居港、澳、台及海外的宁波人大约有8万人，他们遍布于日本、美国、新加坡、英国、俄罗斯、澳大利亚、马来西亚、加拿大等50多个国家和地区，其中的大多数人都以经商为谋生手段，不少人是工商界巨子或金融界大鳄。

伴随欧美列强坚船利炮带来的沉重耻辱，近代中国工商业开始了充满泪水和荆棘的发展历程。在这一历程中，上海滩自始至终以它妖冶的光环吸引着整个世界，人们把这座日新月异的大染缸式的国际城市称做冒险家的乐园。大批三教九流的人物云集于此，他们就像前往美国西部挖掘金矿的淘金者一样在这块交织着危险和梦想的地盘上奋斗不止。在此当中，一大批精明的宁波实业家迅速崛起，他们以商业明星的姿态结成相互呼应的乡党。巨富叶澄衷，刚到上海的时候仅是一个在黄浦江上摇舢舨的不显眼的小角色。工商界巨头朱葆三，独占鳌头的大买办资本家虞洽卿，都是中途辍学到上海打工的学徒。这些宁波人没有任何靠山，没有权力背景，白手起家，靠自己打天下，他们的成功在权力垄断一切的中国简直是奇迹。

与朱、虞相似的是"国际船王"包玉刚，他使人想起希腊大船王奥纳西斯。包玉刚1949年从上海来到香港的时候，只是一家小型进出口公司的小老板而已，1955年，他独具慧眼地购买了一艘已有28年船龄的燃煤货轮,创办经营航运业的环球轮船有限公司。此后生意越做越大,一发不可收拾。到1979年底,包玉刚已拥有200艘总吨数超过2000万吨的商船队,成为当时世界上最大的独立航海业集团。20世纪80年代后,包的事业如日中天,他在贸易、制造、保险、金融及航空方面都有很大的发展,与李嘉诚并驾齐驱,成为香港商界的巨无霸。黄楚九、项松茂、刘鸿生等都是民国时期宁波商帮中各领风骚的一代大贾。"大世界"游乐场于1917年落成开幕,这座旧上海规模巨大的娱乐场所的创办人就是黄楚九。黄的脑袋瓜子极为灵光,他绞尽脑汁想出种种勾引有钱人玩兴的花样来,使得"大世界"每天游人如潮。人们在这里可以看电影,欣赏名角演的戏曲,听摩登女明星露着大腿唱流行歌曲,或坐欧洲"飞船"等等,各种玩乐的项目名目繁多。"大世界"一度成为大上海的一大乐地,外地人到上海而不到"大世界"被视为一大憾事。

项松茂是五洲固本皂药厂的总经理,20世纪20年代,他组织技术力量生产出五洲固本肥皂,这种质量过硬的肥皂重新夺回了被洋碱独霸的中国市场,成为誉满全国的名牌产品。

刘鸿生有句名言:"我不会把我所有的鸡蛋都放在一个篮子里。"他靠经营煤炭业发了财后,把所有的资财分散投资,不惜血本尝试新的商业项目,一时成为旧中国商人的楷模。

宁波商帮中独具胆识高瞻远瞩的人大有人在,比如说张静江,这位在欧洲市场春风得意腰缠万贯的大商人,在与孙中山萍水相识后,许诺将尽倾家财支持革命。后来他果然多次在紧要关头慷慨解囊汇去巨款,为孙中山早期的革命事业做出了难以估量的贡献。

宁波人有钱了,腰板也就挺得更直。在近代中国,宁波商帮曾经很是热闹了一阵子。

大上海发迹史

爱狄·密勒说:"上海,这华洋杂处的大都会,这纸醉金迷的游乐场,这遍地黄金的好地方,正是冒险家的乐园。"

1843年11月7日,上海正式开埠。在此前后,两次抵沪的英国植物学家福钧留下了一些片断资料,按照他的估计,这一时期上海人口约为27万,而杭州为100万,苏州、南京、宁波为50万,它们的地位都远在上海之上。早在明朝后期,苏州的人口就超过了100万,而那时的上海仅是个拥有10条小巷的"蕞尔小邑"。

19世纪40年代，海盗精神在欧洲蔓延，金发碧眼的欧罗巴人坐着高大坚实的铁甲舰在中国沿海游弋，他们把具有优越地理条件的上海作为向这个文明古国开刀的前哨阵地。一块庞大的肥肉在欧罗巴人锋利的刀叉上摇晃，上海，就是通向这块肥肉的门户之地。

中国近代工商业历史性地从上海这么个海滨小城开始了，它巨大的辐射力和穿透力在苦难中成形。它是与农耕传统背道而驰的新型城市的代表，是令传统文化陷于尴尬境地的某种蓝图的现实展示。

1865年以后，上海在贸易上的首要地位已牢固确立，这种状况一直维持到1937年抗日战争爆发，香港、广州、天津等通商口岸并不能对它构成严重威胁，它是中国贸易的心脏，始终占据着中国对外贸易总额的半数左右。

伴随着文化的剧烈变迁，上海严重欧化倾向的"十里洋场"形成了。自来水、自鸣钟、赛马场、博物馆、礼拜堂、招商局、报馆、巡捕房、洋火轮、西菜、油画、舞会、律师、电灯、电话、铁路、马路、洒水车、显微镜、八音琴、同文馆……这是一个令留着长辫子的大清臣民捉摸不透的、洋洋大观的新世界，它散发着的妖艳的诱惑力全然不可抗拒。

就在这个城市，理性的、重视法规的、科学的、工业发达的、效率高的、扩张主义的西方和世袭传统的、全凭直觉的、人文主义的、以农业为主的、效率低的、闭关自守的中国——两种文明走到一起来了。两者接触的结果和中国的反应，首先在上海开始出现，现代中国就在这里诞生。

俗话说：一只破箱进上海，满船财宝返故乡。在这个古老帝国与西方文明交汇的黄金口岸，人们怀着对理想的憧憬和对财富的向往聚集在一起，潮水般涌入的移民使得人口激剧增加，到1827年，上海常住人口达到264万，1949年则发展为506万，最多时侨民人数竟多达15万（抗战期间）。

爱狄·密勒说："上海，这华洋杂处的大都会，这纸醉金迷的游乐场，这遍地黄金的好地方，正是冒险家的乐园。"是的，冒险家的乐园。"最愚蠢的人到了上海不久，可以变得聪明；最忠厚的人到了上海不久，可以变得狡猾；最古怪的人到了上海不久，可以变得漂亮；拖着鼻涕的小姑娘，不多时可以变成卷发美人；单眼皮或扁鼻子的女士，几天后可以变成仪态万方的太太。"而一大批才智非凡的贫民，当他们来到上海的时候也许身无分文，但经过一些年奋斗之后，就有可能摇身一变成为上海滩的巨富或头面人物。

1874年，一个叫欧司爱·哈同的英国籍犹太人从印度来到了上海租界，他在一家洋行里看守大门，并在空余时间做点烟土生意。几年之后他把积攒下来的钱款全部用来投资购买当时还非常荒凉的南京路西段地皮。到19世纪90年代，上海的经济迅速向西拓展,当年以每亩20两银子买来的地皮暴涨了两万倍,哈同由当初的流浪汉一举成为了远东地区的第一富翁。至今,老上海人还能津津乐道地不时提及哈同天方夜谭般的发迹史。

近代上海扶摇直上的发展奇迹与哈同的发迹史是一致的。在整个20世纪上半叶,上海是全国最大的工商业、贸易、金融、运输中心。作为远东太平洋地区首屈一指的国际大都会,它良好的技术、设备、交通、通讯、保险、教育、农产品等等投资环境以及廉价充足的劳动力市场令世界各大财团趋之若鹜。抗日战争以前,除东三省外,上海集中了外国资本主义对华进出口贸易和商业总额的81.2%,银行投资的79.2%,工业投资的67.1%,房地产的76.8%。以1933年为例,上海工业资本总额占全国的40%,工人总数占全国43%,工业生产总值占全国的半数。当时上海的银行有109家,而孟买只有59家,东京58家,香港27家。它已跃升为全球仅次于纽约、伦敦的第三大金融中心。与同一时期保守萧条的北方经济比起来,繁华的上海简直是遍地流金泻银的花花世界。"在两次世界大战之间,上海是整个亚洲最繁华和最国际化的大都市。上海的显赫不仅在于国际金融和贸易,在艺术和文化领域,它也远居其他一切亚洲城市之上。当时东京被掌握在呆头呆脑的帝国主义者手中;马尼拉像个美国乡村俱乐部;巴塔维亚、河内、新加坡和仰光不过是些殖民地行政机构的中心;只有加尔各答才有一点文化气息,但却远远落后于上海。"这是一座混杂着雄心与屈辱的"东方纽约",小说家穆时英把它形容为"地狱里的天堂",而日本人村松梢风则将其比喻为能够改变一切的"魔都"。

在悲壮沉郁的中国近代史上,苏州河两岸连绵的欧洲哥特式、巴罗克式洋房及漂亮鲜花覆盖着的花园,与那些曝晒于烈日下皮肤黝黑的中国苦力形成了鲜明的对比。

新中国成立之后,作为全国最大工业城市的上海为社会主义建设做出了难以估量的伟大贡献,它每年上交的财政收入竟占去了全国的六分之一。然而,由于众所周知的历史原因,它在世界上落伍了,彻底丧失了远东太平洋地区经济枢纽的位置,其显赫的地位被后来居上的东京和香港取代。

进入20世纪80年代后,与锋芒毕露的广东比起来,温和陈旧的上海更像是一位步履蹒跚的世纪老人。先前英姿勃发的蓬勃气象已成明日黄花,曾经繁华的难以形容的上海滩已为一连串令人头疼的问题所困住:人口问题、住房问题、交通问题、经济效益问题、企业出路问题等等。一位早年离家出洋的华人回到上海后感慨道:"上海还是40年前的老面孔,只不过更陈旧、更落后了。"

暮气黯然的上海在昏黄的流光中徘徊了几年之后,历史性的机遇终于再次来临了。他们为此已等待了很长的一段时间。

051

20世纪初年，南京孝陵 弗里茨·魏司 摄

　　1990 年 4 月,国务院正式批准成立浦东开发区,让上海成为整个长江流域的"龙头",按照设想,它将以强大的辐射力带动占全国三分之一人口的长江地区的经济发展。

　　1992 年春天,邓小平在上海发表重要指示时说:"九十年代是你们上海的最后一次机遇,这个机遇你们不要放过。"他要求浦东新开发区"一年变一个样,三年有个大变样"。

　　以开发浦东为契机,整个上海迅速发展的势头不可阻挡。在 20 世纪的最后几年里,上海重铸金身,成为全国经济发展中心。上海固有的科技、经济和地理综合优势令其他地区只能望洋兴叹。一个全方位、高起点、强辐射的国际大都会以崭新的姿态日益成形。

　　《洛杉矶时报》说:"在中央的支持下,上海正在恢复它作为繁华兴盛的世界大都会形象,并重获它昔日的自豪、激情和豪华。然而,差别在于:执掌这一切的不是西方人,而是中国人自己。"

20 世纪初期,大运河畔的石狮

20世纪20年代,江南捕鱼者 岛崎役治 摄

20 世纪 20 年代，江南水乡的母子 島崎役治 摄

民国初年，南京郊外的南朝石刻 谢阁兰 摄

笙歌吹断水云间

　　六朝金粉，烟水浓抹。翠袖三千楼上下，黄金十万水西东。秦淮河是江南景物的一大尤物，千百年来这个幽香袭人的花柳繁华地引得多少墨客骚人竞折腰。

　　麝香龙涎锦绣珠帘的秦淮河是一条由女性和诗性糅和而成的河流，它柔曼婀娜的水光令人销魂，它是许多风流艳史的产生地。

　　"金陵古称佳丽之地，衣冠文物，盛于江南，文采风流，甲于海内。白下青溪，桃叶团扇，其为艳冶也多矣。"顾横波、马湘兰、李香君、柳如是、董小宛、卞玉京、寇白门、郑妥娘，"秦淮八艳"的芳影，出现在"历史"的月影中，华丽而朦胧。

　　胡兰成说："民国初年上海杭州的女子，穿窄袖旗袍，水蛇腰，襟边袖边镶玻璃水钻，修眉俊目，脸上擦粉像九秋霜，明亮里有着不安。及至五四时代，则改为短衫长裙，衫是天青色，裙是玄色，不大擦粉，出落得自自然然的了。那时的青年，男子都会作诗，女子都会登山临水，他们不喜开会，不惹群众，而和朋友或爱人白日游冶，被里说话到雾重月斜。"比起沈从文笔下由吊脚楼组成的湘西小镇，江南水乡少了那种浑厚而遥远的古朴，多了一点空灵缥缈的典雅。江南水乡使我们想起陈逸飞那幅蜚声海外的充满了斑剥青灰色的《故乡的回忆》。

　　拙政园、网师园、退思园、耦园、曲园、怡园，"沧浪之水清兮，可以濯我缨，沧浪之水浊兮，可以濯我足"。

晚明秦淮艳迹

一天,石砾堆积如山的破板桥上有人吹响了一曲洞箫。
桥边的矮屋中一个老妪推开门深情地呜咽道:"这是当年张魁官的箫声啊!"

　　秦淮河漂满了江南女子的重重叠影,这些女子的灵魂被这条河的芳香程式捕获,如加斯东·巴什拉在《水与梦》中所说,这些女子"在永葆青春的大自然中被重造,体内的泉水在她水晶般的双眼中翻滚。她就是她自己的那股泉水,她的河,她的岸,是梧桐的树荫,是小溪的微颤,是丝绒般的青苔;一群无翅的大鸟向她袭来,当她把手伸向其中一只,抓住它毛茸茸的颈脖时,她正是重复着忒斯提俄斯女儿的动作"。

　　秦淮河在明朝两百来年的如花岁月里达到了它艳史的鼎盛时期。相貌奇丑、出身贫寒的明太祖朱元璋对南京有一种特殊的好感,他把都城建在这座江左名都之后,下令从苏、浙、赣、闽、川、两湘、两广九个省及周围三州十五府强迁富豪一万四千多户,并在全国范围内挑选能工巧匠四万余户长住京城,以保证南京朝着富丽昌盛的方向发展。此举使得秦淮河两岸遍地是钟鸣鼎食之家,古雅的别墅鳞次栉比,雕栏画槛,绮窗珠帘,奢丽极一时之穷。明代南京在农耕中国写下了重彩的一笔。它拥有一百多个不同的工商业行当,仅丝织业一项就可分为织缎、绫裱、罗绢、绉纱、丝棉、绒线、头巾、荷包等二十多个不同种类。据南京博物馆收藏的明代《南都繁会图卷》,画中仅不同类别的店铺招牌就有一百零九种,如"袖绒老店""勇申布庄发兑""粮食豆谷老行""铜锡老店""京式小刀""上细官窑名瓷""梳篦老铺""画脂杭粉名香宫皂""靴鞋老店""立记川广杂货""福广海味""西北两口皮货发售""应时细点名糕""万源号通商银铺"等等,另外,"牛行""猪行""羊行""驴行""鸡鸭行""油坊""染坊""丝市""绸市""花市""珠市""鱼市""米市""油市""木料市'"等多如牛毛。

　　梨花似雪春如烟,春在秦淮两岸边。十里秦淮的一大绝货就是女色,这些款款生情的娇娥争妍斗艳朝歌暮弦,使得江南的富贵红尘分外妖娆。

　　参加科举考试的场所贡院和高等学府夫子庙一带,是勾栏瓦舍人烟辏集的闹市区。也许是士子如云的缘故吧,周围烟花青楼随处可见,南边为"南曲",属艺妓所在地,北边为"北曲"，为娼妓所在地。文人雅士们在这里"夜夜长留明月照，朝朝消受白云磨"。余怀感慨晚明时淡烟逸韵的秦淮河道："金陵都会之地，南曲靡丽之乡。纵园浪子，潇洒词人，往来游戏，马如游龙，车相接也。其间风月楼台，尊罍丝管，以及娈童狎客，杂妓名优，献媚争妍，络绎奔赴，垂杨影外，片玉壶中，秋笛频吹，春莺乍啭，虽宋广平铁石为肠，不能不为梅花作赋也。"

柔美的流莺在金粉楼台上呢喃，秦淮河打开了她温香彩丽的石榴裙，从里面飘出习习诱人的春风。

中国历史上曾出现过许多名妓，像南齐杭州名妓苏小小；唐代徐州名妓关盼盼，长安张红红、霍小玉；北宋汴梁名妓李师师、谢天香；南宋扬州名妓张惜惜；明代开封名妓杜十娘，苏州陈园园；清代北京名妓小凤仙，苏州赛金花等等。"以花为貌，以鸟为声，以月为神，以柳为态，以玉为骨，以冰雪为肤，以秋水为姿，以诗词为心。"这些沦落风尘的青楼粉黛，不仅仅因为是绝代佳人才引起人们的注意，实际上她们中的许多人都具有独特的品性和才华。

"一个女性低垂的双肩好像垂柳柔美的线条，她的眸子如杏实，眉毛如新月，眼波如秋水，皓齿如石榴子，手指如春笋。"在林语堂的妙笔下，女人总是天然就有着许多的美质。他所描绘的这种林黛玉似的弱风拂柳般的女性把我们带到了秦淮河畔。

明末清初秦淮河一带名头最响的名妓是"秦淮八艳"。婀娜多姿的体态，莲步轻移，身着一套碧绿湖绸素妆，云鬓高耸，流苏飘逸，鬓边斜插一朵盛开的红玫，素静中却含有艳情的余韵。顾横波、马湘兰、李香君、柳如是、董小宛、卞玉京、寇白门、郑妥娘——八个惊艳绝俗不乏傲骨的秦淮女将我们带入到铁戈硝烟中日薄西山的明朝末年。据当时江南才子余怀撰写的《板桥日记》等史料，八人中，丰姿嫣然呼之欲出的顾横波"庄妍靓雅，风度超群。鬓发如云，桃花满面……通文史，善画兰，时人推为南曲第一"；马湘兰"姿首如常人，而神情开涤，濯濯如春柳早莺，吐辞流盼，巧伺人意，见之者无不人人自失也"；卞玉京风情绰约，"知书，工小楷，善画兰、鼓琴，喜作风枝袅娜，一落笔，画十余纸……慕而邀之者，香车画舫，不绝于道"；寇白门"娟娟静美，跌宕风流。能度曲，善画兰，筑园亭，结宾客，日与文人骚客相往还"；郑妥娘"韶丽惊人"，所写词曲"只应天上，难得人间"。

059

　　柳如是是由于家贫而在青春妙龄年华坠入秦淮青楼的,她刚烈的性格多少有点像隋朝时代侠骨贞慧的红拂女。这位才华横溢的美女并不愿老老实实地待在雕楼里算计男人口袋里的银子,她见识超卓,胸襟伟旷,常常女扮男装与著名的复社领袖张溥、陈子龙一道慷慨陈辞,力图拯救行将灭亡的大明江山。后来她嫁给了可以做她爷爷的文坛泰斗钱谦益,但这位写得一手好文章的老头子却是个软骨头,清军杀到江南的时候,柳如是极力劝他一起跳水殉国,可老头子仅下水试了一下便说:"水太冷了,不敢下去。"他乖乖地留着辫子前往北京做大清帝国的礼部侍郎去了。柳如是留在了南京,在南明小朝廷最危急的关头,她卖掉自己所有的金银珠宝支持抗清运动,并亲自打扮成昭君出塞的样子前去鼓舞士气。柳如是在饱受了亡国的凄苦后死于山水清佳、号称"天下一角"的常熟虞山。

　　经由戏剧名著《桃花扇》的渲染,明末四大公子之一的侯方域同李香君的爱情悲剧已广为流传。人称"香坠扇"的李香君住在秦淮河畔的媚香楼,她肤色如玉,身材小巧玲珑,有沉鱼落雁之姿,慧俊可人,调笑无双。从"落花无主,妾所深悲;飞絮依人,妾所深耻。自君远赴汴梁,屈指流光,梅花二度矣……"等句子来看,这是一个才高志傲的才女。李香君成为侯方域的红粉知己后,便对爱情坚贞不渝。侯前往抗清前线不久,权臣马士英的心腹、开封府尹田仰为其艳名所动,于是以黄金三百镒为价钱,邀李香君一会,没想到李竟毫不动心。田仰大怒,派人威胁硬请,结果香君以头撞墙血染扇面。这么个杰出的女性,结局却不见得有柳如是好,她的白马王子侯方域投降了清廷,山河破碎,李香君的理想彻底幻灭了,她出家当了尼姑,与栖霞山满山烈火般的红叶长相厮守,她的香冢至今仍留在那里。从此人们再也听不到被视做秦淮一绝的李香君那传神的唱腔。

　　深居在钓鱼巷的董小宛性情娴静,是"秦淮八艳"中年龄最小的一个,然而花容也最为出众,眉如翠羽,肌如白雪,腰如束素,齿如含贝,嫣然一笑,倾城倾国,大概已经到了增一分则太长、减一分则太短、著粉则太白、施朱则太赤的地步。董小宛后来与江北如皋才子冒辟疆一见钟情,便下嫁他做了小老婆。董小宛的一大爱好就是像陶渊明一样热爱菊花。有一次,有人把一盆名贵的"剪桃红"赠送给她的丈夫冒辟疆,这盆名菊花繁而厚,叶碧如染,浓条婀娜,枝枝有风云之态。这时董小宛生病卧床已三个月了,她见了这盆菊花,陡然精神大振,病一下子就好了不少,此后每晚"高烧翠蜡,以白团回六曲围三面,设小座于花间,位置菊影,极其参横妙丽,始以身入。人在菊中,菊与人俱在影中"。

秦淮河留在人们记忆中的不仅只是女色,还有它灿烂的灯火楼船。每当初夏季节的端午节,成百艘绮窗雕槛的画舫围了翠帷,两旁挂了一排排的羊角灯,上面缀着精致的流苏,在画舫里一色的大红蜡烛烛光里,兔形灯、鱼形灯、鹿形灯、龟形灯等各种各样的羊角灯照得十里秦淮灯火通亮,交相辉映。在袅袅江南丝竹之声中,游人如织,船娘那热情轻灵的歌声渐渐地越唱越高,飘向了夜空。张岱在《秦淮河房》中记述道:"年年端午,京城仕女填溢,竞看灯船。好事者集小篷船百什艇,篷挂羊角灯如联珠,船首尾相衔,有连至十余艇者,船如烛龙火蜃,屈曲连蜷,蟠委旋折,水火激射。舟中镫钹星铙,谟歌弦管,腾腾如沸。"

秦淮河在乍离乍合的华光中缓缓逝去。在它的两岸,绿柳婆娑,小楼和画船箫鼓并未因为潜在的巨大危机而失去光泽。当满族人的骑兵在白山黑水之间纵横驰骋的时候,秦淮河仍然是一派美好的歌舞升平光景,公侯戚畹甲第连云,宗室王孙翩翩裘马,乌衣子弟们在粉头堆里花蝴蝶一样飞来飞去,他们游海则有挟弹吹管,开琼筵则有妓女侑觞。秦淮河畔,喧阗达旦,桃叶渡口,喧声不绝。人们正忙于赶在大厦将倾之前寻欢作乐、挥霍生命。

一片欢场化为茂草。秦淮河的春梦并没有能够长期维持下去,在经历了明末清初动荡的战争岁月之后,繁华的一切像林花一样凋谢了。"嗟乎!俯仰岁月之间,诸君皆埋骨青山,美人亦栖身黄土。河山邈矣,能不悲哉!"在清朝占领江南后最初的几年里,它的荒凉令所有当年曾领略过它温馨风情的人伤感不已。

一天,石砾堆积如山的破板桥上有人吹响了一曲洞箫。这凄怨的箫声如泣如诉,在秦淮河畔已经很久没有听到过了。桥边的矮屋中一个老妪推开门深情地呜咽道:"这是当年张魁官的箫声啊!"

水乡与春愁同深

芥川龙之介于1921年骑着一头毛驴在姑苏一带的江南水乡游荡,把屁股都磨烂了。

一生被江南之气罩住的白居易云:"水国多台榭,吴风尚管弦,每家皆有酒,无处不过船。"

江南古镇缀满了欲滴的青翠、温婉的黑白线条,有许多斑驳碎影从那儿飘出来,湿漉漉地带着朦胧的亮光,把水、土地和天空连成一片。

古镇优雅的线条使我们想起了淡妆娴雅的浣纱女。一条乌篷船在花桥下探出头来。一曲吴歌水灵灵地滑过杨柳岸。大片菜花稠湿郁香的气息无边无际。古镇人家小庙儿似的耸着。杏花春雨里,进小酒馆坐一坐,沽一壶黄酒。窗外的老石板路上,墙角爬着些青藤。微风燕子斜,细雨鱼儿出。雕砖,水光,落花。徜徉在清幽的雨巷,遥忆起民国时期新月派明静而略带点忧郁的诗歌来。

　　古镇大都傍水。水陆平行,河街相邻,幽静的居民院落狭小、古雅,沿着河面排列成线,河岸上垂柳依依,半截子石栏上到处是青苔。住宅的前门和后部几乎家家有通向河面的石阶,为居民取水、洗涤、运输舟楫停泊之用。"穿镇而过的狭窄河道,一座座雕刻精致的石桥,傍河而筑的民居,民居楼板底下就是水,石阶的埠头从楼板下一级级伸出来,女人在埠头上浣洗,而离她们只有几尺远的乌篷船上正升起一缕白白的炊烟,炊烟穿过桥洞飘到对岸,对岸河边又有又低又宽的石栏,可坐可躺,几位老人满脸平静地坐在那里看着过往船只。"

　　晚唐诗人罗隐的《江南行》道:"江烟湿雨鲛绡软,漠漠小山眉黛浅。水国多愁又多情,夜槽压酒银船满。"

　　面水人家、临水人家、跨水人家与花桥、酒旗、水榭、白墙、灰瓦、精雕细琢的窗棂、往来的船只、远处的烟波苍天构成了一幅色调素淡古典的民俗图卷。人置身于其中,如同进入到一个恬淡自在的纯净世界。

　　芥川龙之介于1921年骑着一头毛驴在姑苏一带的江南水乡游荡,把屁股都磨烂了,他在其游记中写道:"不知桥名,凭石栏观河水。月光,微风,水色如鸭头绿。两岸皆粉墙,水上倒影如画。一叶小舟过桥下,首先见到红色的船头,继而见到竹编的船舱。橹声咿呀入耳,船尾已出桥洞。一枝花顺水漂来。春愁与水色同深……夜泊之船皆掩篷。明月,水霭,两岸粉壁之倒影,朦胧皆在水中。窗前灯影之下,人语时而相闻。或又有石桥。偶有桥上过客,弄胡琴三两声,抬头仰望时……春雨霏霏,两岸之粉墙,多有苔色鲜者。水上浮白鹅三四。桥畔柳条,欲吻及水面。有舟许至桥下,舟上载一棺,舱中一老妪,点香于棺前合手奉拜。"

　　江南水乡的缥缈吉光,让人想起胡兰成《今生今世》里的句子来:"夏天夜里胡村大桥上尚有许多人在乘凉,那石桥少了木栏杆,大约一丈二尺阔,五丈长,他们有的坐栏杆柱上,拍拍芭蕉扇聊天,有的就用围身青布大手巾一摊,睡在桥上,也不怕睡着了滚下去。只见好大的月色。渐渐起露水,人声寂下去,只听得桥下溪水响。这时有人吹横笛,直吹得溪山月色与屋瓦变成笛声,而笛声亦即是溪山月色屋瓦,那嘹亮悠扬,把一切都打开了,不是思心徘徊,而是天上地下,星辰人物皆正经起来,本色起来了,而天下世界古往今来,就如同'银汉无声转玉盘',没有生死成毁,亦没有英雄圣贤,此时若有恩爱夫妻,亦只能相敬如宾。"

水是导致江南古镇空灵之气经久不衰的最大因素。林语堂说："中国的确有许多方面是近乎女性的。"水与女性的气质关系密切，在它的秘密濡染下江南日益柔秀。

只有模糊空旷的青灰色，才能够传神地描绘出江南古镇陈旧而灿烂的釉面。只有浮出功名利禄的人，才能真正品察到古镇之精髓所在。只有被历史感化过的人，才能被水乡古镇摇落的碎片深深地打动。保尔·克洛代尔说："水是土地的眼光，是它观察时间的工具。"

周庄、同里、陆墓、南浔、黎里……江南古镇像一串散落的珠子被水色和鲜花梳洗之后串起来。

如今，江南气渐衰，令人感慨宋祁的《哀江南》："一梦忽成霜蝶去，草深三径若为眠。"

私园子，雅逸之巢

这一尘世中的"小仙境"将江南人睿智、逸悦、老练、精明、灵敏、恬静、狡黠、诗化、深沉、柔弱的性格特点显露无遗。

诗人杨键说："江南是隐逸的，它的建筑以及建筑的色彩都同漫漫时空包括政治达成伟大的和解，它并非革命之地，而是自省之地，是不欲人知的婉转之地。"

早在春秋晚期的吴王夫差时代，江南就有了姑苏台、天池、梧桐园、鹿园等大型园林。三国时孙权建有芳林苑、落星苑、桂林苑等园林。但这些园林基本上都是帝王的离宫别馆，它们的政治意义和富丽的五彩颜色与北方皇家园林如出一辙。然而传统的江南园林却是远离政治嚣闹的避身之所，它们同帝王的宫苑之间有着很大的差别。江南园林一般说来如同小家碧玉，讲究清静的情调，有如一个个充满了诗情画意的香盒子。

如果说水乡古镇代表的是江南民间俗文化的一面，那么私家园林则在很大程度上代表了江南上层雅文化的一面。

江南人像嫩豆腐般又软又白的双手，早已丧失了当年专诸拔出鱼肠剑刺杀吴王僚时的冲天英气，但摆弄起生活来却另有屠龙之技。与悲歌慷慨的激烈情志相反，江南园林包涵的是退让谦和的人生观。这种人生观与老子倡导的投向自然逃避政治的道家思想一脉相承，从头到脚充满了人和自然合一的旨意。

苏东坡说："江山风月，本无常主，闲者便是主人。"历史上的江南人替自己营造了园林这样一种安身立命的最佳处所。这一尘世中的"小仙境"将江南人睿智、逸悦、老练、精明、灵敏、恬静、狡黠、诗化、深沉、柔弱的性格特点显露无遗。

直到汉魏时期，江南都没有关于私家园林的记载。东晋姑苏顾辟疆园是第一座有名的私园，此后构思精巧的私园不断出现。

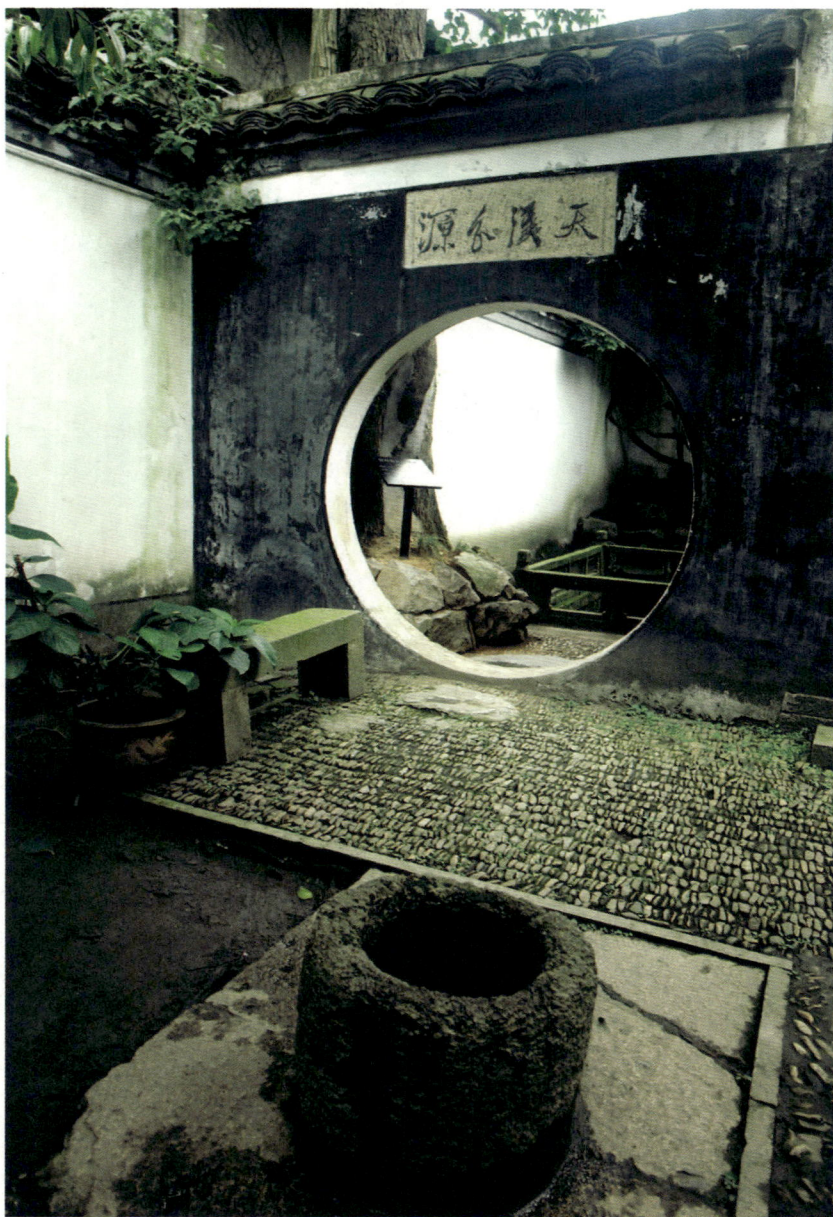
绍兴青藤书屋　白郎　摄

　　江南园林的兴盛与整个江南经济文化的发展是息息相关的,明清时期,随着江南士人在科举考试场上的全面胜利,江南园林也达到了盛况空前的鼎盛阶段。

　　神思飞扬的江南文化人在明清时代独领风骚,这一时期有名的私家园林,苏州有近80处,杭州有70多处。就连盛景已不复重现的江南隋唐第一名都扬州,清代也有30多处私家园林,其中影园、王洗马园、卞园、员园、东园、冶春园、南园、筱园更是时称"扬州八园",名闻遐迩。

　　直到民国年间,江南名园保存较好的仍然有:苏州的拙政园、狮子林、网师园、留园、西园、沧浪亭、怡园、环秀山庄、耦园、曲园、艺圃、鹤园等;扬州的棣园、何园、个园、匏庐、余园、珍园、萃园、平园、怡庐等;上海的豫园、内园、也是园;无锡的寄畅园;常熟的燕园、壶隐园;南京的愚园、瞻园、煦园;杭州的皋园;嘉定的秋霞圃、雪园;嘉兴的烟雨楼;吴兴的潜园;南浔的宜园;吴江的退思园;周庄的沈厅等等。

　　汉朝时,洛阳北邙山下茂陵富豪袁广汉的私园面积多达20多平方公里,开封梁孝王的菟园绵延数十里。与之相比,江南的私家园规模虽小,但那种同山水互为映衬的情思却更为突出,布局更为紧凑典雅。

　　和威严高耸涂着厚厚五彩颜料的宫殿不同,江南私园的格调温秀清雅。建筑物的门窗梁柱往往被漆成赭黑色,瓦为黑灰色,曲墙一片粉白光洁;黑白两种深沉鲜亮的冷色使得一切都被宁静清逸的气氛围住了。

　　深得东方神秘主义精髓的陈继儒谈及高逸生活的"装备"时提到:"净几明窗,一轴画,一囊琴,一只鹤,一瓯茶,一炉香,一部法帖;小园幽径,几丛花,几群鸟,几区亭,几拳石,几池水,几片闲云。"

　　放逸而旷达的白居易一生建了4个园林,是个大生活家,他在《池上篇》中以园言志道出了自己的"心灵之巢":"十亩之宅,五亩之园。有水一池,有竹千竿。勿谓土狭,勿谓地偏。足以容膝,足以息肩。有堂有庭,有桥有船。有书有酒,有歌有弦。有叟在中,白须飘然。识分知足,外无求焉。如鸟择木,姑务巢安。如龟居坎,不知海宽。灵鹤怪石,紫菱白莲。皆吾所好,尽在吾前。时饮一杯,或吟一篇。妻孥熙熙,鸡犬闲闲。优哉游哉,吾将终老乎其间。"

江南私家园子雅气十足,讲究移步换景,要尽量做到"市声不入耳,俗轨不到门。客至共坐,青山当户,流水在左"。江南人所追慕的是一座高人韵士修身养性的栖身之所,所以建构园子的时候必须注重幽静而愉悦的基调,这样才能使心灵与景物交融互摄。一处好的园林该弥散出"和静清雅"的书香气来,在这里,"松声,涧声,山禽声,夜虫声,鹤声,琴声,棋子落声,雨滴阶声,雪洒窗声,煎茶声,皆声之至清,而读书声为最"。

园子里厅堂、阁楼、水榭、亭台、暖廊等等明静的建筑物古色古香,周围碧水粉墙与扶疏的花木相映成趣,所谓"门内有径,径欲曲;径转有屏,屏欲小;屏进有阶,阶欲平;阶畔有花,花欲鲜;花外有墙,墙欲低;墙内有松,松欲古;松底有石,石欲怪;石后有亭,亭欲朴;亭后有竹,竹欲疏;竹尽有室,室欲幽"。

厅室楼堂内摆放着各种乌木、楠木、柚木、红木、沉香木、花梨木做成的精雕细琢的家具用品,曲波状的花墙和园墙上有许多薄砖瓦片砌成的窗洞,图案有十字、六角、八角、菱花、万字、绦环、梅花、海棠、波纹、鹿鹤、松桃、兰竹、梅荷、芭蕉等等。

院子里的门洞最常见的是月形,其他的还有蕉叶、海棠、桃、瓶、葫芦等不同形状。另外,用仄砖、碎石、卵石铺成的路面花样也很多,有回纹、波浪纹、套八方、冰裂纹及鹤、鹿、莲、鱼等各种图纹,图纹间点缀着青草,构成了貌似平淡简朴实则精致流畅的景物。

飞檐画甍的库门楼砖雕是江南私园的又一个意趣纵横的地方。整个砖雕造型古朴高逸,结构严密精细,砖雕周围装饰着细腻繁复的花饰,上方玲珑剔透的浮雕刻了二十四孝、三星祝寿、八仙过海、状元游街、鲤鱼跃龙门,以及打鱼、牧马、犁耕、松鹤等各种立体图案,充满了浓郁的风土气息。现在最好的库门楼砖雕当数网师园砖雕。该门楼高6米,砖上雕镂幅面广阔庄严,中间刻有"藻耀高翔"四字,两侧伴有砖雕戏文《郭子仪上寿图》《天官进爵》,周围雕有狮子滚绣球等喜庆的花边图纹,总体造型刀法劲秀,形态轩昂典丽,达到了完美的艺术境界。

"乔松十数株,修竹千余竿,青萝为墙援,白石为桥道,流水周于舍下,飞泉落于檐间,红榴白莲,罗生池砌,时居其中,无不快心。"江南园林表明江南人在建筑上的非凡能力一点不亚于他们在文学、绘画、书法、经商方面的才华。园林深藏着大美的形局,大中见小,小中见大,虚中有实,实中有虚,珠帘画栋间凝固着灵动愉悦的优雅意象,它没有拔剑张弩的姿态,而是涵养着和平的气息,谦逊地对着天空作揖。

骑鹤下江南

数目庞大的江南文官是中国历史上的一大人文景观。

"东南形胜,三吴都会,钱塘自古繁华。烟柳画桥,风帘翠幕,参差十万人家。云树绕堤沙。怒涛卷霜雪,天堑无涯。市列珠玑,户盈罗绮,竞豪奢。重湖叠巘清嘉,有三秋桂子,十里荷花。羌管弄晴,菱歌泛夜,嬉嬉钓叟莲娃。千骑拥高牙。乘醉听箫鼓,吟赏烟霞。异日图将好景,归去凤池夸。"

多情浪荡子柳永这首才情并茂的《望海潮》,把江南充斥着巨大财富的美景描绘得令人神往不已。这些美丽的文字甚至引发了一场战争——统治着北方茫茫旷野的金国海陵王完颜亮读过这首词后,周身热血沸腾,夺取江南这一人间天堂激发起来的勃勃野心不可扼制地张扬开来,他立即下令调集强悍的女真骑兵部队杀奔南方,并亲自担任这支浩浩荡荡的南征大军的统帅。

唐王朝天宝二年(743),正值以迷恋美色与音乐在历史上出尽风头的唐明皇统治时期,大臣韦坚押运着满载江南各地特产的几百艘漕船到了长安。和风丽日下悬挂着鲜花大绸花的漕船各自标写着自己的郡名,广陵郡运来的是锦镜、铜器、海味,丹阳郡运送来的是京口统衫缎,晋陵郡运送来的是折造宫端绫绣,会稽郡运送来的是瓷器、罗绢、吴绫、绛纱,宣城郡运送来的是空青石、纸、笔、黄连,吴郡运送来的是方丈绫等,此外还有杭、婺、衢、越等州运送来的上等黄白状纸、上等案纸等等,琳琅满目美不胜收。从这件事情足以看出早在隋唐时期江南就已成为整个中国最富饶的一块沃土。

天下三分明月夜,二分无赖在扬州。江南富贵红尘使我们不但想起了扬州艳惊天下的琼花,也使我们想起了"骑鹤下扬州"这个典故。据说有三个秀才被扬州繁华的瑰姿深深地迷住了,当他们互相提及一生最大的愿望时,一人说:"我要是能够天天骑着黄鹤到扬州城里去就好了。"另一人说:"我要是能够天天腰缠十万贯钱到扬州城去花就好了。"听完两人的话,剩下的一人接嘴说道:"我要是能天天腰缠十万贯钱,然后骑着黄鹤到扬州城里去花就好了。"这则典故把人们对江南那种微妙而深刻的向往之情刻画得入木三分。

"东南财赋地,江浙人文薮。"没有人会怀疑这句传唱已久的俗语中掺杂有水分,这句话里装载着富甲天下的经济、灿若星河的文人群体以及丰腴润丽的青山媚水。

　　时至今日，江南地区仍然保持着在文化领域强劲的风头，中国与文化沾边的精英人才大都出自这里。有人俏皮地调侃作为政治中心的北京说，在北京乘公共汽车，不小心一脚踩下去就会踩到几个处长；而在江浙一带乘公共汽车，一脚踩下去则有可能踩到几个文人或者是准文人。

　　披着黑色长袍的意大利传教士利玛窦像只黑乌鸦飞到了中国，他在全面考察了明朝强盛的状况之后，得出的结论是："在世界上建立一个强国的基础就是文官制度。"不言而喻，他指的是科举考试基础上形成的文官制度。

　　南宋以后，中国科举考试的主角无疑是江南人。以明清为例，明代189名内阁宰相中，以江南为主的南方人占三分之二以上。明洪武四年(1371)至万历四十四年(1616)的245年间，各科状元、榜眼、探花和会元共计244人，其中以江南为主的南方人计215人，占88%；北方计25人，仅占12%。清代114名状元中，南方各省为99人，占87%，其中江浙二省69人，占全国69%。清乾隆元年招举博学鸿词，先后选举者267人，其中江浙二省146人，超过全国半数。明洪武三十年会试一共录取了52名贡士，结果中试者竟全部是江南人，一时间北方人群情激愤，差点闹出大事来。连中"三元"(解元、会元、状元)的人在科举考试历史上极为罕见，几百年才出一个，明代唯一高中三元的商辂是浙江淳安人，清朝第一个高中三元的钱棨是江苏苏州人。

　　书中自有黄金屋，书中自有千钟粟，书中自有颜如玉。江南人最大的天赋就是读书，他们的脑袋瓜子在这方面相当好使，从很早的时候就表现出了鹤立鸡群般的灵光。在书香门第富集的绍兴，男孩一生下来就注定一生将与书本笔杆子为伍，他人生理想的坐标被编排为用书本知识去应付科举考试，然后获得功名讨个文官来做，实现了这一步也就获得了光宗耀祖的荣光，整个家族都将为此而沐浴在浩荡的皇恩里沾沾自喜，接下来他们将在修订家谱这件事上大做一番文章。按照传统风俗，在男孩生下来的当天，家里将把一坛好酒埋在老桂花树下图个吉利，多年之后当男孩在科举考试中青云直上的时候，这坛被称做"状元红"的美酒将被取出来大宴宾客，以让四乡邻里感受自己家族"非凡的业绩"。而那些在科举考试中惨遭淘汰的人则会终生郁郁寡欢，他们只能含着热泪另谋生路，要么经商，要么背井离乡出任幕僚去做师爷，要么当私塾先生，要么只能沦落为孔乙己式的倒霉蛋。

　　数目庞大的江南文官是中国历史上的一大人文景观。由科举考试通向权力场的窄门里，挤进了如此众多的文质彬彬的江南书生，真是令人难以置信。

　　武人打天下，文人治天下。大量的江南书生像鲤鱼跃龙门鱼贯进入了文官的行列。然而只要稍加留意就会发现，这些身子骨酥软、擅长于写作八股文章的官僚并不见得具有良好的政治才干,他们之中胆识不凡能力卓绝的人可谓风毛麟角,倒是徒有虚名、品行迂腐的糊涂虫占多。

丘吉尔在青年时代学习成绩糟糕极了,各门功课的平均分连及格都达不到,他被老师认为是一个毫无希望的学生。后来美国总统尼克松对此评论说:"如果在中国,他就不可能在政府中被委以重任。"尼氏指的自然是经由考试制度的晋阶之路。江南文官中从未出现过像丘吉尔这样强有力的雄狮般的政治家,他们的气质更适合于做帝王温顺的臣民,他们圆融而油滑的头脑更适合在官场上混日子。

事实上江南作为一大人文荟萃的渊薮,历史上所涌现出的杰出英才却往往是那些没有参加科举考试或是名落孙山的人——唐寅、徐渭、文征明、宋濂、姚广孝、黄宗羲、陈师道、倪云林、黄公望、金圣叹、顾炎武、陈洪绶、张岱等等,这些才华卓异的人中龙凤纷纷被科举制度拒之门外,究其根本原因其实很简单,皇帝老儿需要提拔的是替他看守江山的奴才,而具有坚贞独立人格的人则常常会带来一种潜在的危险。

五代十国后,江南地区在经济和文化上中流砥柱的地位就从未动摇过。这片富丽的土地上所发生的一切令人难以捉摸,它空前的繁荣景象竟然保持了一千年之久,尤其在人才方面,这让我们想起了暗蓝色天空中闪烁着的难以计数的星星。

江南才子就像深秋时节幕天席地的钱塘潮奔流不息,令人应接不暇。以清朝末年到民国时期的浙江为例,我们思索片刻,便可以开出一个在文化界有着重要影响的长长的名单来——王国维、俞樾、黄以周、孙诒让、章太炎、鲁迅、周作人、茅盾、蔡元培、郁达夫、徐志摩、丰子恺、马一浮、夏衍、柔石、殷夫、艾青、戴望舒、马寅初、赵之谦、任伯年、潘天寿、吴昌硕、黄宾虹、沈尹默、范文澜、吴晗、竺可桢、钱学森、严济慈、童第周……

晚清,江南,晨光中的捕鱼者

069

山水是才子们的秘药

王恭披着宽大的鹤氅涉雪而行，孟旭见了，不禁由衷地赞叹说："这个人真是神仙中的人啊！"

公元 353 年（永和九年）在历史上留下了不可磨灭的印痕。书法史上至高无上的神品《兰亭集序》问世了。这件"天下第一行书"的诞生同一件优雅的闲事有关。

这年三月三日"上巳节"这天，按照江南古老的风俗，人们将在踏青之余到水边去洗涤污垢，并举行消灾避邪求取吉祥的"修禊"仪式。天朗气清，惠风和畅，茂林修竹，映带左右。在绍兴西南 25 里处的兰渚山，东晋王羲之、谢安、孙绰、谢万、庚阐等 42 个墨客雅士聚集一堂，曲水流觞，畅饮赋诗，清谈情志。这次风流雅会的重大成果就是《兰亭集序》，当时出任绍兴地区最高长官（会稽内史）的王羲之神思缥缈地完成了这一千古绝唱。兰亭所在的兰渚山上，遍山兰草，幽香袭人，史料里记载，这些兰草是春秋时期酷爱兰花的越王勾践命人种植的。

"身在魏阙之下，心在江海之上。"对山水的神往与愉悦，保持任情适情、闲云野鹤式的生活心境，几乎成了千百年来江南文人世代相袭的传统雅道。这种传统最突出的地方是自然和人文水乳交融，构成同一灵和的世界，通过皈依无限的自然，从而个体敞开的心灵获得赏心悦目的自由生活。

记得晚唐诗人司空图曾旷达地说："生者百岁，相去几何。欢乐苦短，忧愁实多。何如尊酒，日往烟萝。花覆茅檐，疏雨相过。倒酒既尽，杖藜行歌。孰不有古，南山峨峨。"江南流丽高华的土地上，山水清旷，花木幽美，到处是崇丽的园林馆阁和散发着古典诗情的景物。远处海天富艳，近处花光妍人，青山妩媚水波盈盈，如此迷人的良辰美景，令文人雅士纷纷像终日纵情山水的黄莺沉浸在温暖的碧云天里。

明朝高濂《遵生八笺》这部养生专著，其中十四卷《燕闲清赏笺》说得最清楚："心无驰猎之劳，身无牵臂之役，避俗逃名，顺时安处，世称曰闲……时乎坐陈钟鼎，几列琴书，榻排松窗之下，图展兰室之中，帘栊香霭，栏槛花妍，虽咽水餐云，亦足以忘饥永日，冰玉吾斋，一洗人间氛垢矣。清心乐志，孰过于此。"江南文人是中国人中最具闲适雅致的群体，他们的三大珍宝是黄酒、昆曲、园林。他们能从平常悠闲的琐事中嚼出非常美好的感觉来，散怀山水是他们生活中不可或缺的一件大事。就算他们不去登山临水，等手头的银子变成了雕饰精美的园林，也尽可以整天躲在园子里，徜徉于清泉、回溪、水碓、鱼池、茂林青竹之际,玩些喝茶、谈玄、吹箫、赋诗之类的雅事。或于梅枝搭成的篱笆下饮酒一杯,举杯邀明月,对影成三人;或跑到菜田里呼吸新鲜空气,唱一句"欢言酌春酒,摘我园中蔬"。在自得其乐这一点上,江南文人的花样多得不得了。

气夺山川,色结烟霞。江南文人心目中的一大偶像是东汉初年的严子陵。这位满腹经纶的老爷子年轻时候是东汉开国君主光武帝刘秀的同学,刘秀对他的才学人品佩服得五体投地,做了皇帝后派人四处打探他的下落,后来终于在富春江畔的茅屋里找到了。然而高官厚禄丝毫没有动摇严子陵放浪山水的人生理想,他把脚搭在光武帝的肚皮上与他同枕共眠了一夜之后,便匆匆返回富春江做与世无争的隐士去了。云水中载酒,松篁里煎茶。这是一位高尚的人,对世间浮华一无所羡,他像云中之龙一样出没于秀山明水中,使我们只能一鳞半爪地了解到他的生活。我们只知道他如同屈原笔下的那位渔父一样长期耕读行吟于美丽温情的富春江畔,最后无疾而终,活了80岁。后来,苏州一代名臣范仲淹在他的墓前留下了著名的挽词——"云山苍苍,江水泱泱;先生之风,山高水长"。

王子猷参加兰亭雅会的时候还非常年轻,这位风骨爽迈的名士一生是在寻幽青山、垂钓水滨中度过的。关于他雪夜访戴的故事历来脍炙人口,被视为千古美谈。王子猷居住在山阴(绍兴)的时候,有天晚上雪后新晴,一轮皓月下,四周玉树琼枝一片银白,明月照着积雪,朦胧玲珑的世界无比圣洁灵柔。王子猷独自在清澈的雪地上喝着酒,并且高声吟咏诗人左思的《招隐诗》:"何必丝与竹,山水有清音。"忽然,他想起好朋友戴逵来了,一时觉得非常思念他,想与他把盏共享白雪妙景。于是他连夜驾着小船在明月雪光中前往一百里外的剡溪去找戴逵。王子猷兴致勃勃地顺水漂流,神采恍同仙人,整整辛苦了一夜,黎明时分才赶到剡溪。眼看就要到戴逵家门口了,然而子猷觉得自己兴致已尽,没有必要再见到戴逵,于是重又驾着小船返回。有人听说了这件事,觉得很难理解,王子猷便对他说:"乘兴而来,兴尽而返,何必一定要见到戴逵呢?"

这位极富情调的王子猷除了是个山水迷外,还是个竹子迷,他在茅屋周围种了大量翠竹,雪白的纸窗都被绿色浸透了。他整天在美丽的竹林里转来转去,竟到了如痴如醉的地步,他常常指着身边匀称飘逸的绿竹对来访的友人说:"何可一日无此君。"

与王子猷同时代的江南名士大都对山水情有独钟、深情难禁,山水成了他们南渡之后消除亡国之痛的良药,山光水色净化了他们的心灵并开辟了一条艺术化的生活道路。江南山水是一座殿堂,或者说是精神的家园,没有了这个,也就没有了所谓的"魏晋风度"。文人官僚们不会放过任何一个赴任、谪迁、调职、述职、从幸、迎驾、祖道、省亲、求仕、游学、漫游的机会去亲近山水。以会稽郡为例,这儿有会稽山、四明山、富春江、浦阳江、曹娥江等佳山丽水,重峦叠嶂与明水丽屿相映,谢安、王羲之、孙绰、许询、支遁、谢灵运、谢朓、沈约、范云、何逊等人长年栖身在这里,流连忘返感物吟志。葱郁的乔木,彩云簇拥的青山,清水激扬、白石闪烁的河谷,江南文人在闲情逸志里找到了现实与理想的结合部位。而求仙、泛海、采药、隐逸、闲赏、宦游、宴饮等等是他们擅长的以山水情怀为主题的具体实践。另一个大名鼎鼎的山水迷是北宋隐士林逋。北宋是中国历史上出现隐士最多的一个朝代,林逋是这一时期与陈抟、魏野、种放齐名的四大隐士之一。林逋隐居的地点位于西子湖的孤山,在记载中他像一只洁白清高的天鹅,翩跹的身影由于沾染了太多山水灵气的缘故显得出奇的空灵。孤山与杭州近在咫尺,然而林逋却20多年从未涉足这座华丽富有的城市,他在西子湖畔结庐而居,种植梅树,饲养白鹤,或头戴斗笠身着蓑衣在细雨中驾一条小舟扮演烟波钓徒。这是一位在书法与诗歌创作方面有着卓绝才华的世外高人,是一位洁身自好、特立独行的隐逸高士,他在与山水的交往中孤独地度过了一生,当别人问及他为什么不娶妻生子的时候,他就笑着戏言道:我把梅树当老婆,把白鹤当儿子,怎么能说我没有妻儿呢?他的生活让人想起晚明陈继儒在《小窗幽记》里写到的高士之操:"累月独处,一室萧条;取云霞为伴侣,引青松为心知。或稚子老翁,闲中来过,浊酒一壶,蹲鸱一盂,相共开笑口,所谈浮生闲话,绝不及市朝。客去关门,了无报谢,如是毕余生足矣。"

"疏影横斜水清浅,暗香浮动月黄昏。"从林逋优美的句子中我们嗅到了梅花那清冷的芳香。日本人斋藤绿雨说:"风雅乃清冷之物。"林正是将崇高的梦想和山水融贯为一的风雅之士。

风流才子唐伯虎遍游江南名山胜水之余,在姑苏桃花坞自己家门口种了半亩牡丹。每当春夏之交,粉艳的牡丹花开了,他便叫来祝枝山、文征明等好友在花丛中饮酒作诗,一醉方休。唐伯虎高兴了就对着牡丹花纵声大笑,悲伤起来就对着牡丹花放声大哭,丝毫不掩饰自己的情感。等到花落了,他便神情严肃地把落花一一拣进一个锦囊里,埋在干净的地方,然后写作"落花诗"以示哀思。后来,唐伯虎葬花的事被曹雪芹加以改编,写进了《红楼梦》第二十三回,说的是贾宝玉在大观园沁芳闸桥下读《西厢记》,见落花遍地,于是触景生情,怕被人践踏,就捧来抖入流水中,过了一会儿林黛玉也来扫花,说抖入水中不好,流出去被各种东西糟蹋了,不如扫起来装在锦袋里,埋入土中,日久随土而化,方是干净。

明末的张岱在其性情之作《湖心亭看雪》中说:"崇祯五年十二月,余住西湖,大雪三日,湖中人鸟声俱绝。是日更定矣,余拿一小舟,拥毳衣炉火,独往湖心亭看雪。雾凇沆砀,天与云,与山,与水,上下一白,湖上影子,惟长堤一痕,湖心亭一点,与余舟一芥,舟中人两三粒而已。到亭上,有两人铺毡对坐,一童子烧酒,炉正沸。见余大喜,曰:'湖中焉得更有此人?'拉余同饮,余强饮三大白而别。问其姓氏,是金陵人,客此。及下船,舟子喃喃曰:'莫说相公痴,更有痴似相公者!'"

"雷酒人"雷万春在江南文人中是非常刚烈的一个。明朝灭亡以后,他万念俱灰,跑到风光绝代的桂林山水里躲起来,在酒壶山下建一茅屋,房前屋后遍种桃树,他老兄每天独往独来躺在桃林里喝酒,终日酩酊大醉,最后死于饮酒过度。

元朝善于画梅花的王冕,在极度清贫的生活中撑着一把硬骨头。一个大雪纷飞的早晨,他赤着双脚爬上高山,激动地在山顶挥动着手臂大呼道:"天地皆白玉合成,使人心胆澄澈,便欲仙去。"

铁脚道人生平一大爱好是赤脚在雪地中行走,一边兴致勃勃地朗诵《庄子·秋水》篇,一边大口地嚼咽伴有梅花的白雪,说:"我一定要让寒香沁入我的心骨。"

晋朝的时候,有一年的冬天下了场大雪。王恭披着宽大的鹤氅在低垂的湖色云天下踏雪而行,孟旭见了,不禁由衷地赞叹说:"这个人真是神仙中的人啊!"

人生是洗心之旅。杨恽的《拊缶歌》唱道:"田彼南山,芜秽不治,种一顷豆,落而为萁。人生行乐耳,需富贵何时。"

席芳草、镜清流、览卉木、观鱼鸟。访谒古墓,湖头泛舟,醉卧菊丛,空山寻幽。这是一种被拓宽了的诗化生活,对于山水,这些文绉绉书香气十足的文人是认了真的,每当外出游览之时,他们随身携带的游具多得不得了,乱七八糟一大堆:竹冠、披云巾、文履、道扇、拂尘、竹杖、瘿杯、瘿瓢、斗笠、葫芦、药篮、棋篮、叶笺、坐毡、夜匣、便轿、叠桌、提盒、提炉、诗筒、葵笺等等。

深怀江南三昧真气的白居易,替众多江南文人亮出了隐藏于肺腑的底牌:"外以儒行修其身,中以释教治其心,旁以山水风月、歌诗琴酒乐其志。"山月江烟,铁笛数声,仁者乐山,智者乐水。在山水的长期熏陶下,江南文人普遍拥有知足常乐的恬淡心境。不论口袋里银子多还是银子少的文人,都是生活的欣赏者和享受者,他们如林语堂说的:"希望房屋的附近有几棵大树,但倘若地位狭窄,则天井里种上一株枣树也已够他欣赏。他希望有许多小孩子和一位太太,这位太太要能够替他弄几道胃口大开的菜肴才好,假如他有钱的话,那还得雇上一名上好的厨子,加上一个美貌的侍女,穿一条绯红色的薄裤儿,当他读书或挥毫作画的时候,焚香随侍;他希望有几个要好的朋友和一个女人,这个女人要善解人意,最好就是自己的太太,不然的话,弄一个妓女也行;但倘若无此清福而必须住居在市尘之内,则也不至于悲哀忧思,因为他至少可以养得起一只笼中鸟,种几株盆景花,另外还可拥有一颗天上的明月,明月是本来就可以大家得而有之的。他将尽情地享乐。他有着强烈的决心去摄取至善至美的人生,而决不怨天尤人。"

千山千水千才子。波德莱尔的哀歌道:"他生下来。他画画。他死去。麦田里一片金黄,一群乌鸦惊叫着飞过天空。"在时光漫长的缥缈中,与山水为伍的江南文人,消逝于一片金黄乡愁。

湖湘满地红
Red Land Huxiang

　　古代湖南是中原文化与当地楚文化胶合出的混合之物。在这一巫风盛行的文化机体内，缀满了神秘主义的风物。从流传至今的楚辞里，我们体验到了这片戴着傩面的土地的浪漫。

　　"周代以后以楚文化而闻名的长江流域文化的形成和勃兴，使整个华夏文明出现了南北分流两支。北支为中原文化，雄浑如触砥柱而下的黄河；南支即楚文化，清奇如穿波而出的长江。这北南两支文化是上古中国灿烂文化的表率，而与时代大致相当的古希腊和古罗马的文化遥相辉映。"在湖南楚文化的发展过程中，土生土长的三苗传统文化无疑发挥了巨大的辐射力。

　　比起恢弘的中原文化来，楚文化显然逊色多了。中原人嘴下毫不留情地讥笑湖南人是"南蛮□舌之人。"

直到清朝初年,湖南在偌大的中国无足轻重。翻开浩若烟海的历史名人册录,除了以发明"蔡侯纸"而饮誉的宦官蔡伦等寥寥数人之外,我们还真需要花费点大海捞针的功夫去寻觅湖南杰出人物的踪迹。

"唯楚有才"这句古谚在古代指的是身兼白云黄鹤的湖北人。被称作"天上九头鸟,地下湖北佬"的湖北人是楚文化圈子里的领头羊,湖南人只不过扮演了陪太子读书的角色。灵气飘拂的湖南山水虽然也是楚山楚水,但却只有替人作嫁衣的份儿,充当无数外地风流人物登山临水吟哦歌咏的布景。

古代湖南的真身给我们留下一种雾里看花似的灵和朦胧之相。

风水轮流转,明年到我家。英国的大炮破坏了中国皇帝的权威,迫使大清帝国与近代工业文明接触。与外界隔绝曾是保护清王朝的首要条件,而当这种隔绝状态被英国的坚船利炮打破后,接踵而来的便是钻在硬壳里的乌龟的解体过程。19世纪中叶,伴随着剧烈动荡的近代社会的到来,神圣的圣火接力棒历史性地传到了湖南人手里。这是横空出世的一幕。

马克思说:"每一个社会时代都需要有自己的伟大人物,如果没有这样的人物,它就要创造出这样的人物来。"

20世纪对中国社会影响最大的是一个叫毛泽东的湖南人。青年毛泽东独立寒秋疾声喝问:"问苍茫大地,谁主沉浮?"——历史的回音是,舍湖南人其谁?

范仲淹当年对着湖南八百里洞庭在岳阳楼上写了一句意味深长的千古名句:"先天下之忧而忧,后天下之乐而乐。"进入近代后,铁肩担道义的湖南人用自己的行为实践了这一名言。

德国人利希霍芬评价说:"湖南人是长期保持独立的一个种族的后裔。近代中国的军人主要出生在此地,尤其是很多的政治官员也出生于此。相反,在金融界、商业界则看不到湖南人。忠实、正直、强烈的自我意识加上粗犷、反抗的性情是该省居民的主要性格特征。"

1946 年，一个卖杂货的湖南女子

1946 年，夯筑土墙的湖南人

白云楚水吊湘娥

楚塞三湘接,荆门九派通;江流天地外,山色有无中。长江在湖南北部边界上滚滚东流,它雄迈而旷渺的水势对湖南地域文化产生了深远影响。

与湖南有关的第一位大人物是远古时代的圣明君主大舜。四千年前的一轮红日照耀着九嶷山,斑竹一枝千滴泪,红霞万朵百重衣,大舜死后安息在了这座当时称作苍梧的高山上。云横九派浮黄鹤,浪下三吴起白烟,湖南襟江带湖,山水多清奇之气。

湖南北部是"水天一色,风月无边"的八百里洞庭湖,南面有南岳衡山嵯峨俊秀的七十二峰,瑰丽的大地令历代墨客骚人联想翩翩神思纷纷。

楚塞三湘接,荆门九派通;江流天地外,山色有无中。长江在湖南北部边界上滚滚东流,它雄迈而旷渺的水势对湖南地域文化产生了深远影响。

楚文化圈里有中国三大名楼:黄鹤楼、岳阳楼、滕王阁。湖南占了个岳阳楼。

岳阳楼头挂着一副气度不凡的对联,撰写者是晚清时期红遍全国的湖南道州书法家何绍基:"一楼何奇,杜少陵五言绝唱,范希文两字关情,滕子京百废俱兴,吕纯阳三过必醉,诗耶、儒耶、吏耶、仙耶,前不见古人,使我怆然涕下;诸君试看,洞庭湖南极潇湘,扬子江北通巫峡,巴陵山西来爽气,岳阳城东道岩疆,潴者、流者、峙者、镇者,此中有真意,问谁领会得来?"

在《红楼梦》里,那位娇袭一身之病的林黛玉有个外号叫"潇湘妃子",住的地方叫"潇湘馆"。古代中国有首著名的乐曲叫"潇湘云水"。潇湘也就是湖南的代称,才子秦少游曾留有"郴江幸自绕郴山,为谁流下潇湘去"的句子。

湖南多水,除了浩荡东去的长江外,湘江、资江、沅江、澧江,以及浏阳河、汨罗江、郴江、潇江、来江等流布全境。

湖南多山,南有南岳衡山七十二峰,东南有罗霄山脉,西有雪峰山。雪峰山往西大庸、桑植、慈利三县交界处,分布着张家界两千多座千姿百态的连绵奇峰,山中峨峰高耸,沟壑幽深,奇花异草珍禽异兽随处可见。这里的天然地貌举世罕见,其中尤以黄氏寨和金鞭岩的风光最为独绝奇丽,一座座妙笔生花般瘦削林立的山峰蔚为大观。

四千多年前,大舜出巡来到湖南,他对这片神秘而辽阔的土地表现出极大的好感,他死后安葬在九嶷山上。舜的死讯传出后,他两个美丽的妻子娥皇和女英在湘江上悲痛欲绝,哭声震天,一串串涟涟的泪水随风溅到了翠竹上,这种竹子于是成了枝干上斑块横生的斑竹。后来,娥皇、女英死后演化为楚人膜拜的湘君和湘夫人两个神灵。她们的死因极为凄艳,有人认为她们是在奔丧过程中双双殉情于湘江而死的。

传说撩拨着我们惆怅的心灵。两个娴雅多情的淑女,却暴烈刚勇地死去了。也许朴实清刚的湖南人的性格,其源头与这两个传说中的烈女不无关系。

湖南的秋天,芙蓉花是很多的,毛泽东曾深情地把湖南称做"芙蓉国",芙蓉即木芙蓉,花开白、黄、淡红等几种,颜色淡雅素美,树高数丈,花枝繁茂。

湖南最具风情的地方还是洞庭湖。八百里洞庭水光连天,犹如一幅巨大的水墨丹青图卷。

南宋状元张孝祥在洞庭湖畔曾留下正气凛然的不朽的《念奴娇·洞庭青草》:

洞庭青草,近中秋,更无一点风色。玉界琼田三万顷,着我扁舟一叶。素月分辉,明河共影,表里俱澄澈。怡然心会,妙处难与君说。应念岭海经年,孤光自照,肝胆皆冰雪。短发萧骚襟袖冷,稳泛沧浪空阔。尽吸西江,细斟北斗,万象为宾客。扣舷独啸,不知今夕何夕!

晚清某年中秋，湖南的一大帮酸文人在岳阳楼上宴饮聚会，吟赏湖光山色。座中有一位叫敬安的文盲和尚，在这之前从来没有搞过写作诗歌的勾当，他听完身边文人们一连串附庸风雅的即兴之作后，一时被洞庭湖大好的景象所感染，就随口吟了一句："洞庭波送一僧来。"这句神思缥缈意象非凡的诗句令在座的文人赞不绝口。敬安从此开始创作诗歌学习写字，并一发不可收拾。过了一些年之后，这位曾经当过放牛娃、十多岁时因见桃花飘落感悟到人生无常而遁入空门的和尚成为了当时中国的第一诗僧。这位敬安和尚也就是著名的八指头陀。

而唐代状元钱起则留下了关于湘江的传世之作《省试湘灵鼓瑟》，其中的最后几句是"流水传湘浦，悲风过洞庭。曲终人不见，江上数峰青"。

我们不应忘记千古绝唱《离骚》正是屈原在流浪行吟于湖南期间完成的。隐逸文豪陶渊明则在湖南的五棵柳树旁留下了描述古代小农式乌托邦的《桃花源记》，这篇文章的理想化情调类似于古希腊喜剧作家阿里斯托芬的《鸟城》。

20 世纪初年，湖南的祠堂 柏石曼 摄

081

晚清时，漫画中面临危险的中国人

辣椒与革命

20世纪30年代后期,美国人埃德加·斯诺在陕北窑洞里采访毛泽东,这位新中国的缔造者大谈关于辣椒的红色理论,他戏言道:凡是爱吃辣椒的人都有可能是革命者。在他的以善吃辣椒出名的湖南家乡出了数不清的革命家。

083

严谨自律的儒家农耕文化和散发着山地野性的楚文化，是湖南历史文化的两大基石。

地地道道的湖南人会告诉你，在他的家乡到处是七山一水两分田，家里的横梁上挂着一串串鲜艳辛辣的红辣椒。

据考证，早在距今9500年前，生活在美洲大陆的印地安人已经开始食用野生辣椒，距今7200年至5400年的这段时间里，印地安人开始栽培辣椒。玛雅人和阿兹台克人以辣椒作为主要调味品和蔬菜原料，已经培植了好几种食用辣椒品种。当哥伦布踏上西印度群岛的土地时，他发现了当地一种植物有刺激性的香气，他把这种植物的果实称为"红黑胡椒"，这显然是一个误解。由于哥伦布远航的主要目的是打通欧洲和印度、南洋群岛的航路，以便取得上述地区的香料，即食物调味品，因此，他郑重地将他称之为红黑胡椒的香料带回了欧洲。以后，辣椒从欧洲传到非洲，再传至印度，直至东亚。在中国正式文献中，辣椒最早见于明代高濂的《遵生八笺》，被称为"番椒"，时间是1591年。此时辣椒已作为一种观赏的花卉被中国人引进栽培。

热烈的辣椒与湖南人一拍即合，极大地煽动了他们压制已久的激情。进入清朝以后，嘴里嚼着大把辣椒的湖南人像一匹匹脱缰的烈马纵横驰骋，以横扫千军之势令其他地方的人纷纷落荒而逃。

近代中国革命的号角吹响了，那冲锋在前挥舞着猩红大旗的正是湖南人。

俗话说："四川人不怕辣，贵州人辣不怕，湖南人怕不辣，湖北人不辣怕。"湖南人是吃辣椒的大巫，而四川人、贵州人、湖北人只能算是小巫。

正如高头骏马使人想起蒙古人，二锅头老白干使人想起东北人，大葱大蒜使人想起山东人，生猛海鲜使人想起广东人，羊肉泡馍使人想起陕西人，辣椒使人不得不想起湖南人来。湖南是个山水富丽的内陆省份，境内有着众多的高山、平原、河流、湖泊。在湖南人身上，既有山地人的特性——粗陋朴实、反叛精神、个人英雄主义意识；同时又继承了平原儒家农耕传统的基因——崇尚知识、重视伦理亲情、擅长组织和关心时事。

湖南人的性格是由山岭的粗犷与平原的柔和结合而成的。

吃饭大如天。民以食为天。在日常的食物方面，湖南的特色菜有衡山的豆干、常德的捆鸡、湘西的玉兰片、宝庆的金针、古丈的银耳、衡阳的湘莲、九嶷山的蘑菇、洞庭湖的鲤鱼、君山的金龟、长沙的仔鸡。

但是湖南人每天最爱吃的还是辣椒。湖南人离不开辣椒，他们对这种吃起来特提劲的东西迷恋得不得了。不吃辣椒的人肯定不是湖南人。如果哪天生活中没有了辣椒，那这天对湖南人来说就形同一杯无滋无味的白开水，他们的心头空荡荡的，仿佛缺少了什么似的。湖南人吃辣椒吃出瘾来了，他们可以大口开怀地吃干辣椒面、干辣椒丝、油炸干辣椒节子，他们吃得津津有味的那副馋相，活像抽大烟的瘾君子。

据说在匈牙利、法国、俄罗斯、墨西哥的许多地方，人们很爱吃辣椒，但是这些地方的人如果跑到湖南去仔细观察一下的话，他们只好承认自己吃辣椒的功夫只能算是"孙子"。

辣椒这玩意是草本植物，叶子呈卵状针叶形，白色的鲜柔小花看上去很像是茉莉花，青色的果实成熟以后一团艳红。从外表上看不论是洁白的辣椒花还是光滑的红辣椒都很柔弱，根本看不出来它那种深藏不露的烈性脾气。医书上说，辣椒味辛、性热、无毒，有祛风行血、温中驱寒、除湿导滞等功效。有个湖南朋友向人推荐治疗感冒的土办法时说，每次他感冒了总是狠狠地吃上一大碗辣椒，越辣越好，辣得出了一身大汗后，感冒也就很快好了。

湖南人大都长得精悍，他们清亮有神的眼睛总是不停地转来转去，就像辣椒散发出的一种光泽。但其实他们待人还是挺不错的，湖南人仗义，为人敦厚笃实，品性刚正豪爽，同时不轻易服输，暗藏着威猛的杀气。在他们身上，确实汇聚了辣椒貌似清秀实则火爆的性格。不论是一个大兵，或者是头上缠着块土布、手持朴刀的哥老会兄弟，或者是其他湖南人，他们身上的"辣椒精神"是非常突出的。

以前,湖南的河流上有许多排客,他们终年在水面上过着飘忽不定的生活。他们把湘南山区的木材扎成木排,然后顺水漂过洞庭湖,沿江而下到各个繁华的城市去贩卖木材。他们随身携带的东西中必不可缺少的是红辣椒,带上一袋家乡的红辣椒,哪怕走到天涯海角也能够适应异乡的生活。有辣椒提神,排客们不再怕风高浪急,他们就像《水浒》里的浪里白条张顺一样尽可以在水里展示一身过江龙的本领。

到了端阳节,湖南人的辣劲上来了——

一列青黛蚕削的石壁,夹江高叠,被夕阳烘炙成一个五彩屏障。石壁半腰中,有古代巢居者的遗迹,石缝间悬撑起无数横梁,暗红色大木柜尚依然好好地搁在木梁上。岩壁断折缺口处,看得见人家、茅棚和水码头,上岸喝酒、乘船过渡的人都得从这缺口通过。那一天正是五月初五,河中人过端阳节。箱子岩最美丽的三只龙船,被乡下人拖出浮在水面上。船只狭而长,船舷描绘有朱红线条,全船坐满了青年桡手,头腰各缠红布,鼓声起处,船便如一支没羽箭,在平静无波的长潭中来去如飞。河身大约有一里路宽,两岸皆有人看船,大声呐喊助兴。且有好事者,从后山爬到悬岩顶上,把百子鞭炮从高岩抛下,鞭炮在半空中爆裂,砰砰砰砰的鞭炮声与水面船中锣鼓声相应和。

如果食用辣椒在明朝传入中国的观点符合事实的话,仔细琢磨一下,也怪,在没有吃辣椒之前,整个湖南在中国漫长而波澜壮阔的政治舞台上形同虚设,它没有涌现出任何一个雄视全国的大人物。

政治、军事舞台上好戏连场的情形在清代之前的湖南是完全不能想象的,那时,"无湘不成军"这样风雷激荡的口号有如天方夜谭。那时,除了洞庭湖周围的鱼米之乡,湖南对中国来说还算不了什么。

湖南人在中国异军突起是在他们大吃辣椒之后才出现的事。辣椒使湖南人暴烈的天性热血澎湃情难自禁,油然升起一股子独步天下的英雄气概。昔日楚庄王不鸣则已一鸣惊人。近代之后湖南人重演老祖先的故伎,不出手则已,一出手就在风雨飘摇的老大帝国里掀起了狂涛巨浪。

湖南人狂飙突进,一骑绝尘,以巨人杀手的形象傲然出现在近代中国滚滚激流的浪尖上。俱往矣,数风流人物还看今朝。辣劲十足的湖南人群雄并起,搅得近代中国周天寒彻,使历史为之耳目一新。

20世纪30年代后期,美国人埃德加·斯诺在陕北窑洞里采访毛泽东,这位新中国的缔造者大谈关于辣椒的红色理论,他戏言道:凡是爱吃辣椒的人都有可能是革命者。在他的以善吃辣椒出名的湖南家乡出了数不清的革命家。毛本人的一大嗜好就是吃辣椒和红烧肉,他甚至在吃馒头的时候也夹上辛辣的辣椒,不需要其他的菜来下饭。毛与天斗与地斗与人斗、敢于摧垮一切的性格很容易使人将他和辣椒联系起来。

湖南成了革命者的摇篮和熔炉,在它积极奋进忧国忧民的群体精神哺育下,一代又一代的湖南人前仆后继舍生取义气壮山河,给黑暗无边的苦难中国带来了一丝希望。

毛泽东学贯中西的岳父大人杨昌济说:"湘省士风,云兴雷奋,咸同以还,人才辈出,为各省所难能,古来所未有。"

近代天不怕地不怕敢把皇帝拉下马的大批湖南革命者的一个共同点是,他们大都受到过良好的教育,但是他们没有沿着攻读八股文的传统儒生的老一套继续走下去,没有成为范进式的迂夫子或是孔乙己式的可怜虫,而是放眼于世界潮流,以天下为己任,锐意进取,为了未来的事业,到必要时不惜流血牺牲。这是一群可敬的人,他们是近代中国的脊梁。

一般的湖南人是不是就满足于七山二水一分田的小农圈子没有革命精神了呢? 回答是否定的。以北伐战争为例,1926 年 11 月,全省 77 个县有农民协会组织 57 个,农会会员 137 万人,到第二年 1 月,农会会员达到 200 万人,作为农村主宰的农会能直接领导的农民多达 1000 万人左右。红红火火的农民运动蓬勃开展起来后,农民在政治经济上不再是任由地主蹂躏的对象,他们成了自己生活的主人。在这一时期,几乎所有民愤较大的地主都遭到了农民的斗争。

林语堂在对中华民族进行一番总结后,认为国民性有以下特点:稳健、淳朴、爱好自然、忍耐、无可无不可、老猾俏皮、生殖力高、勤勉、俭约、爱好家庭生活、和平、知足、幽默、保守、好色。这些特点可以全部概括在"圆熟"这个词中。根据林语堂的提示,出现在我们面前的中国人是具有生活智慧的乐天知命之人,他身上充斥着退让和保守之美,这无疑是一个深谙中庸之道的柔弱的人。不可否认湖南人是圆熟的,但他们身上所表现出来的某种桀骜不驯的杀气却足以令林语堂大跌眼镜。近代历史上湖南人的革命精神不是个体性的个别现象,而是蔚然成风的群体性潮流。

林语堂是不大吃辣椒的,他受不得那份刺激,难怪他在《吾土吾民》里圈点大江南北的中国人时严重忽视了湖南人。忽视湖南人也就是忽视了近代中国的革命,所以,可以肯定地说,林语堂是个对革命没有多少兴趣的人。

R.特里尔把酷爱吃辣椒的湖南人比作以吃苦耐劳、善于斗争而著称的普鲁士人。他说,湖南人是中国的鲁普士人。此公言之有理。

长沙马王堆汉墓出土的帛画

湘西的巫气与英雄气

湘西巫文化现象错综迷离，如一处浮着巨大彩色帐幔的海水，亦真亦幻，亦正亦邪，翻动着无边秘光，最具代表性的如赶尸、放蛊、落洞女、辰州符。

楚人崇凤。据《白虎通·五行篇》："祝融者，其精为鸟，离为鸾。"意为凤鸟由楚人之祖祝融的精魄所化。楚文化遗存中大量人首鸟身图案及千姿百态的凤纹绘饰，表明凤不仅是圣洁祥瑞的神鸟，还是楚文化的一个标记，这种闪耀着梦幻彩羽的理想主义之鸟，秘藏着楚人无边无际的浪漫与绮丽。

作为东方文化古老沃野上的一朵瑰丽大花，自成一体的楚文化传统自唐宋以后逐渐式微，那充塞千里的神秘绚烂的灵巫之气，被《四书》《五经》武装起来的正统之气冲得七零八落。山野的朴刀被宫廷的权杖击落，楚文化的全面衰退在所难免，它在时间的沙场上中了儒文化的十面埋伏。好在湘西奇门遁甲似的奇山异水，以坚韧的秘境之力，为楚地祖先守住了一片文化上的残山剩水。

089

　　提到湘西，一阵令人晕眩的异香仿佛从白云与箫鼓间刮来。沱江岸上一排有雕花栏杆的吊脚楼上，飘出湘西女子葱绿布裙上绣着的一片花，庙宇的粉墙里一群戴傩面的人正在宽大的庙画前举行祈福仪式。牛角长鸣，中央站着穿红色大袍的巫师。青青江水泊着几十只筏子，码头上一个穿麻练鞋的游侠正端着海碗大口喝酒，绑腿上插着两把黄鳝尾小尖刀，远处常年翠色逼人的碧崖上落了一阵薄雪，雪停时，流光旖旎，光斑漫过船头上一个裹着青绉绸巾的汉子，嘴里吼着一首古老的情歌："幺妹穿着一身青，就像山里柳树精，你是柳树万年青，我是斑鸠躲树荫……"

　　湘西上古属三苗之地，商代属鬼方地域，一直洋溢着山野的浑朴野性和奇异的古典风尚。楚地之俗自古"信巫鬼、重祭祀"，湘西更是尚巫之地，巫风极盛，民国之前遍体如缀灵符与傩面。据当地民国志书记载，土著但凡生病必祀鬼神，祭祀后若未康复则宰猪杀羊继续祭祀，如果还是不能康复则杀牛继续祈祷，若还不见康复，便听天由命置死生于度外。以前沅陵县青浪滩有个伏波宫，供奉的是汉末名将马援，人们上下行船到此必在庙里烧纸献牲行祭祀之礼，庙内栖息着万千红嘴红脚的小乌鸦，常年在江面上翻跹，状若接船送船，船上之人见到这些吉祥的小乌鸦会把食物抛去空中，乌鸦便在空中接着吃了。当地人相信这是马援迎送船只的神兵，因而心怀敬畏不敢伤害，依照老规矩，凡伤害了这些小乌鸦需得向庙里赔偿大小相等的银乌鸦，久而久之，小乌鸦越来越多，鸦群高翔时宛若一团黑云。

　　出身湘西土著的沈从文说："苗人放蛊的传说，由这个地方出发。辰州符的实验者，以这个地方为集中地……在宗教仪式上，这个地方有很多特别处，宗教情绪（好鬼信巫的情绪）因社会环境特殊，热烈专诚到不可想象。"

　　湘西巫文化现象错综迷离，如一处浮着巨大彩色帐幔的海水，亦真亦幻，亦正亦邪，翻动着无边秘光，最具代表性的如赶尸、放蛊、落洞女、辰州符。

　　赶尸是湘西最为诡异莫测的土俗。旧时，外地人若在神秘的山乡投宿，有时能看到赶尸，天蒙蒙亮，寂静的土路上摇摇晃晃地走来一行尸体，每具尸体都披着宽大的黑色尸布，头上戴有棕叶斗笠以免见到星月，额头上贴着几张黄纸做灵符，遮住了半张脸。尸体与尸体之间被草绳串起来，相距约七八尺远。走在最前面的是手执铜锣的赶尸匠，他边敲着手中的小阴锣，边领着几具尸体往前赶路。走夜路时，赶尸匠不打灯笼，而是不时将摄魂铃摇响，夜行的人听到这种铃声自会远远避开。落寞的乡路上，隔一段就会有一家奇怪的"死尸客店"，这种古怪客店只住死尸和赶尸匠，别的人是不住的，一年到头大门都开着，门板后面，是尸体停留处。赶尸匠必在天亮前就赶着尸体达到"死尸客店"，夜晚悄然离去。此种怪诞至极的赶尸之俗，其来由及具体情状，历来众说纷纭。

放蛊之俗自古就有，与赶尸并称湘西两大古谜。放蛊之人往往是女子，旧时俗称"草鬼婆"（与被当地人称做"仙娘"的巫婆不同），她的家总是异常干净。《怀化大辞典》称靖州、晃州等地的造蛊者，是把蛇、蝎、蜈蚣、蟑螂、蜘蛛等毒物藏在罐中，不给食物，使其自相吞食，最后存留下来的就是蛊。造蛊者往往和蛊有着神秘的内在关联，草鬼婆学会放蛊后，每隔一段时间，就必须找人放一次，否则蛊毒就会在她体内发作，给她造成极大的痛苦。所以在需要放蛊而又无外人放时，自己的亲人就成了放蛊的对象，好在草鬼婆一般情况下都有解药。那些吃了蛊毒的外人，如果得不到及时治疗，会痛得死去活来。中蛊的症状通常是脸色发黄，无力，眼神涣散，毛发脱落，送进医院却查不出所得何病。由于对小孩放蛊最易，所以小孩中蛊的情况较多。草鬼婆有时也在树上放蛊，有些树木出现蚁穴后枯死，当地人会认为是中蛊毒而死。由于恐惧蛊毒，人们对草鬼婆又怕又恨，所以往往蔑视她，敬而远之。草鬼婆都很保密，轻易不让外人知晓自己会放蛊，但由于常练习制蛊、放蛊，生理上会出现变化，比如说眼睛常常会很红，所以老练的人还是可以将其认出。草鬼婆通常不会对周围的孩子下手，旧时有孩子被周围的草鬼婆放蛊致死，激起公愤，人们便把草鬼婆捉去在烈日下曝晒，将其晒死，名为"晒草蛊"。新中国成立后，湘西的许多群众要求消灭蛊毒，地方政府为此大力收缴过民间蛊药，将草鬼婆集中组织起来教育。那前后，不少干部在前往容易中蛊的村寨时，常自备食物，村民对此颇能理解。据《泸溪县志》记载，1962年，公安局将一些民间蛊药送到北京化验，结论是"经化验无毒，不必讹传"。尽管如此，一般人对蛊毒还是小心翼翼，保持着较高警惕。如今，几十年过去，草鬼婆已很罕见。

唐代长沙窑执壶上的鸟

091

　　湘西崇巫的传统裹挟着诸多怪力乱神,大树、洞穴、岩石,无处不神,狐、虎、蛇、龟,无物不怪。过去,在湘西民间,若一个美丽女子精神处于病态,人们往往会断定这女子是"落洞"了——即这个女子的魂魄被洞神摄去了。湘西鬼斧神工的山野有数不清的洞穴,每个洞里都居住着一位男神,人们对此深信不疑。所以,在现实伦理的严酷压制下,不时有压抑不堪的思春女子,在情意绵绵的幻想中热烈地坠入对洞神的迷恋中,当感到强壮英俊的洞神驾云乘虹来到自己身旁,一开始她会羞怯,会恐惧,慢慢就沉浸在病态的恋爱情绪之中。沈从文认为:"凡属落洞的女子,必眼睛光亮,性情纯和,聪明而美丽。必未婚,必爱好,善修饰,平时贞静自处,情感热烈不外露,转多幻想。"当家里人意识到自家的女子"落洞"了,会找到"落洞"的那个洞,设坛上香烧钱做仪式,向洞神诉说自家的女子是愚痴的平凡之人,不值得洞神喜欢,恳求洞神放过。如果那女子变正常了,那家人会认为是洞神开恩真的放过了自家的女儿,于是择吉日去还愿,行大礼感谢洞神。也有的女孩子一直不见好转,家人只得流泪认命,遵照老规矩为女儿准备嫁妆,然后在女儿"落洞"的那个洞前烧了,算是为女儿办了婚事,也有人家在洞口搭一个很小的草房子,扎上纸床、纸柜等,写上女子的生辰八字,算是把女儿交给洞神了。照规矩,这种被神眷顾的女子,是无人愿意接回家中做媳妇的。所以"落洞"后的女子往往非常可怜可悲。落洞女令人想起《楚辞》中的山鬼,弥散着湘西地区根深蒂固的浪漫情绪和尚巫情结,是一种人神错综的悲剧。

　　辰州,即现在的沅陵,旧时为湘西巫文化的轴心地之一,以灵异的辰州符闻名天下。"辰州符"是灵巫之士施法术时用来役鬼通神的必备之物,始自辰州,后被道教吸纳大行于各地。"符"的表现形式有多种,有用香烛或燃烧的纸钱画在空中的"符",有用筷子或利剑画在酒杯里或鸡血碗中的"符",有画在十字路口的、刻在木板上、雕在石头上的,也有批量印制的"纸符",不一而足。在辰州的民间传统里,符是人界和灵界的媒介之物,是日常生活中灵光灼灼的护体法物,一些巫师专用的灵符,世代相袭,秘不外传,且传男不传女。一般简单的符,不少民间年长者至今会画会用。一般来说,用来张贴的符,大多以辰砂和松烟来画,用来吞服佩戴的焚化之符,用辰砂在黄表纸上画,用来退鬼驱邪的符,也用辰砂在黄表纸上画,这类符猝不及备之时,可定神敛气。以右手的中指食指在空中画,但笔次顺序不可错乱。灵符由无数秘文组合而成,之所以能役鬼通神,皆因鬼神能识此秘文,有神秘感应,所以画用来召神的符时,需闭目叩齿,屏绝思虑,使脑府空明心腔纯洁达精诚之境,方能通灵显威。画符所用的辰砂,却不产于辰州,而是在凤凰县境内的猴子坪一带,最好的上品辰砂是光明砂,朱红明洁,恍若一团固态之火。

　　行辰州符的灵巫之士,除了画符,还得会念与所画之符对应的咒语,此外,还必须得使用一碗灵水。旧时这碗水往往有些来头，供奉在灵巫之士家中的神台上，减少多少就添加多少，这碗水传承越久储蓄的灵力越大。以前，湘西人患病，常拿点米，或几个鸡蛋，或几块豆腐，跪在巫师指定的地点焚燃纸钱香烛，虔诚地向神灵祷告。巫师取出一碗灵水往患者唇上抹一点，然后一边念咒语一边在黄表纸上画符，画完最后一笔爻符，在一个空碗里将符烧成灰，掺些灵水，让患者喝下。有些患者果然就康复了，未康复者会认为自己的罪孽较重，再次向神灵祷告谢罪，不论患者是否痊愈，这碗符水都被患者视做充满法力的神水。国学家钱穆曾在《略论中国心理学》中记述自己的亲身经历：

余少时在乡间，曾见一画辰州符者，肩挑一担。来一农，病腿肿，求治。彼在檐下壁上画一形，持刀割划，鲜血从壁上淋漓直流。后乃知血从肿腿者身上来。污血流尽，腿肿亦消，所病霍然而愈。腿上血如何从壁上流出，此诚一奇，然实有其事，则必有其理。惟其理为人所不知，却不得谓之是邪术。

湘西充斥着楚文化没落的"酒神精神"，在祭天法祖、祀神尚巫的迷醉中，旧日的遍地巫风呈现出其民间传统的阴面——阴翳而诡谲的灵奥之气，与之相涤荡的是其民间传统的阳面——阳刚而野性的游侠之气。这一阴一阳的两股气脉缠在一起，推动着湘西的"酒神群体"和楚文化的一轮夕阳。慷慨好义，负气任侠，楚人热诚入骨的古典英雄气，人们从西汉初年"得千金不如得季布一诺"的季布身上早就领教过，到晚清民国时，那密密麻麻的帮会和聚啸山林的草莽其实也是这种血气涌动的结果，只不过行其正道者谓之"侠气"，行其反道者谓之"匪气"罢了，而"无湘不成军"这句当时的著名招牌，也从一个侧面验证了湘人滚烫热血的浓度。沈从文曾在《凤凰》一文中总结湘西游侠之风的特点是："重在为友报仇，扶弱锄强，挥金如土，有诺必践。尊重读书人，敬事同乡长老。换言之，就是还能保存一点古风。"

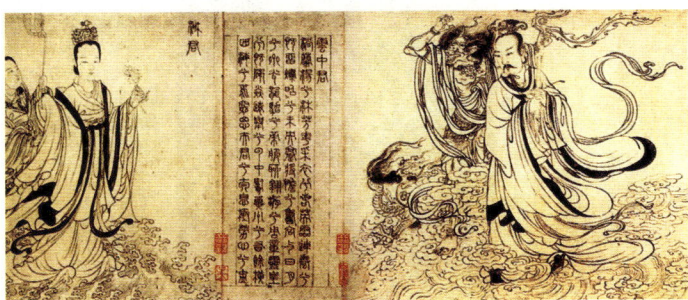

湖南上古民间之神

长沙马王堆汉墓出土的Ⅰ型帛画

　　民国时,湘西游侠的代表人物是田三怒,其言必信,其行必果,不矜其能,俨然是太史公笔下短小精悍、不善言辞的一代游侠郭解的翻版。沈从文记述了这位"湘西郭解"的一些具体情状:

　　二十年闻名于川黔湘鄂各边区凤凰人田三怒,可为这种游侠者一个典型。年纪不到十岁,看木傀儡戏时,就携一血梼木短棒,在戏声中向屯垦军子弟不端重的横蛮挑衅,或把人痛殴一顿,或反而被人打得头破血流,不以为意。十二岁就身怀黄鳝尾小刀,称"小老幺",三江四海口诀背诵如流。家中老父开米粉馆,凡小朋友照顾的,一例招待,从不接钱。十五岁就为友报仇,走七百里路到常德府去杀一木客镖手,因听人说这个镖手在沅州有意调戏一个妇人,曾用手触过妇人的乳部,这少年就把镖手的双手砍下,带到沅州去送给那朋友。年纪二十岁,已称"龙头大哥",名闻边境各处。然在本地每日抱大公鸡往米场斗鸡时,一见长辈或教学先生,必侧身在墙边让路,见女人必低头而过,见做小生意老妇人,必叫伯母,见人相争相吵,必心平气和劝解,且用笑话使大事化为小事。周济逢丧事的孤寡,从不出名露面。各庙宇和尚尼姑行为有不正当的,恐败坏当地风俗,必在短期中想方设法把这种不守清规的法门弟子逐出境外……结怨甚多,积德亦多。身体瘦黑而小,秀弱如一小学教员,不相识的绝不会相信这是湘西一霸……

　　有个姓王的,卖牛肉讨生活,过节喝了点酒,酒后忘形,当街大骂田三怒不是东西,若有勇气,可以当街和他比比。正闹着,田三怒却从街上过身,一切听得清清楚楚。事后有人赶去告给那醉汉的母亲,老妇人一听说吓慌了,赶忙去找田三怒,哭哭啼啼,求他不要见怪。并说只有这个儿子,儿子一死,自己老命也完了。田三怒只是笑,说:"伯母,这是小事情,他喝了酒,乱说玩的。我不会生他的气。谁也不敢挨他,你放心。"事后果然不再追究。还送了老妇人一笔钱,要那儿子开个面馆。

清朝人的春祭习俗　奥古斯特·波尔杰 绘

清朝人眼中的民间天堂　奥古斯特·波尔杰 绘

晚清,洞庭湖船帆　柏石曼 摄

晚清,衡山南岳庙 柏石曼 摄

近代中国领头羊

近代湖南人匡世救国以天下为己任的群体精神,发祥于清初王夫之"理势合一"的经世致用思想。

面对西洋鬼子咄咄逼人的攻势,中国和日本都把魏源"师夷长技以制夷"的方针当作拯救民族存亡的兴国战略,中国开展了"洋务运动",而日本搞了"明治维新",结果中国惨遭失败,日本却从此在亚洲崛起。

湘军的湖南屠刀砍断了太平天国的头颅,从此"无湘不成军"的格局开始形成。

"曾剃头"曾国藩具有狮子和狐狸的两大手段,然而他却不敢夺取满族人日薄西山的江山。湖南人从古至今就有宁为玉碎不为瓦全的坚贞斗志。楚国被千古一帝秦始皇消灭后,在楚国的土地上到处流传着这样一句复仇的谣词:"楚虽三户,亡秦必楚。"谭嗣同临死前高歌一曲"我自横刀向天笑",陈天华在日本蹈海而逝。旷代逸才杨度说:"中国如今是希腊,湖南当作斯巴达,中国将为德意志,湖南将作普鲁士。诸君诸君慎如此,莫言事急空流涕。若道中华国果亡,除非湖南人尽死。"

1955 年中华人民共和国颁授军衔时,十大元帅中湖南人占了三位,十位大将中湖南人占了 6 位,57 名上将中湖南占了 19 位。

一个叫王夫之的思想舵手

王夫之就是抨击阳明学最猛烈的人。

湖南曾是宋明理学的堡垒之一。这里出现过与庐山白鹿洞书院并驾齐驱的理学两大书院之岳麓书院。南宋以后湖南出现了一批儒学人才，同这座书院的兴盛颇有渊源。理学巨擘朱熹和张栻先后在此宣扬理学思想，并培养了吴猎、赵方、彭龟年、游九言、游九功、陈琦、胡大时等湖南文人。这是湖南人在文化界崭露头角的开始。

朱熹创立的庞大繁杂的理学理论体系，是建立在"天人合一"基础上的一次系统性道德伦理说教，这种理论把万事万物最高的和无所不在的根本法则规定为"理"，"理"是充满道德色彩的先验存在，是本体意义上的超自然原则。朱熹强调"格物而后致知"，就是说只有不断地去穷究探索世界上的一物一事，最终心灵才能体验和接近"理"，从而明了人世间的真道。由于"理"是无法违抗的高高在上的必然存在，所以人们只能服从它，"理"在政治上的显现就是尊卑有序的伦理秩序有不可动摇的属性。理学在南宋以后被历朝历代尊为正统思想。

理学过度压抑束缚个体主观能动性的情况在后来受到了强有力的挑战，其中最著名的是两派。一派是以陆九渊、王阳明为主的"陆王心学"（即阳明学）。在朱熹那儿，"心"与"理"是分开的，个体的"心"只能服从于最高存在的"理"，从而个体的自由性和思想性遭到抹杀；王阳明则强调"心外无理""心即此理"，认为"心"和"理"不是分裂的二元化存在，而是一元化的同一存在，这样一来，个体强大的主观能动性就被突出出来，个体的人所能显现的智慧便得到了淋漓尽致的发挥。王阳明的学说也即"致良知"的学说，他将朱熹的"格物而后致知"发展成"知行合一"，这使得"理学"道德与行为之间模糊不清的关系更加趋于明朗，道德智慧是行为的指南，而行动是道德智慧具体的体现，两者密切结合。

阳明学有着一种中国化的人文主义倾向，这种思潮在明朝迅速抬头，为大批具有强烈个性的人才提供了思想源头。朱熹尽管也一再指出个体自由性思索的重要性，但在他看来"心"虽然混入了"理"的成分，但是"心"不能直接认识自我，必须格心外之物以"穷极"事物之理，久而久之，就能豁然贯通，实现对"理"的本真认识。

另一派是以王夫之为代表的"理势合一"的经世致用思潮。"势"也就是人类历史的规律性和必然性,这种东西同"心"一样在朱熹的哲学中是服从于最高本体存在"理"的第二性产物。"势"在王夫之那儿,其内涵被拓展到了与"理"同等重要的位置,他认为"势相激而理随以易",这样"理"与"势"不再是分离的二元化从属关系,而是相因相随互为表里的同一种东西,如此一来,作为抽象模糊不清的本体,"理"就融入了被空前放大的历史真实性,"理"更加清晰、具体地成为活泼流动的真实性本体。王夫之的最大功绩,是使"理"这种充满伦理道德色彩的抽象本体转化为了生生不息流动不止的充满客观真实内容的历史本体。"理势合一"的思潮对近代以务实经世为特征的区域文化群落有着至关重要的巨大影响,甚至可以说是后来湖南群体奋发精神的直接思想来源。

不论是"心理合一"的阳明学还是"理势合一"的经世致用思潮,都不是对朱熹理学的反叛,而是灵动适时的改革调整。

阳明学促使人更加睿智地返回自由的内心世界去体悟生命与外部世界合二为一的本真之道,而经世致用思潮则更加促使人们务实,积极入世,以使个体生命通过担负人类的责任在实践中体悟真实的"理"。以阳明学为指导思想的人往往容易成为颇具个性的思想者,以经世致用思潮为指导思想的人则往往会成为"铁肩担道义"的实干家。

在清朝初年,掀起过一场批判阳明学的思潮。这种思潮认为明朝末年泛滥一时的阳明学使人们背离了现实历史,过度沉溺于自我的圈子中探索形而上的心灵之学,许许多多阳明学的信徒实际上已偏离了王阳明的思想初衷,王本人是一个不错的军事家和政治家,他终其一生以关心时事积极向上的面貌耸立在世人面前,但他的徒子徒孙却很少这样,在个人主义自由化思维的支配下,他们离困境中人类的责任越来越远。王夫之就是抨击阳明学最猛烈的人,他认为与西晋精英阶层崇尚清谈玄学使得国家失去抵抗力导致亡国之痛一样,阳明学对大明江山的覆灭负有难辞其咎的责任。所以,他认为自己的学说正是对阳明学的一次补正。

王夫之的骨头是非常坚硬的,他以明朝遗老自居,拒绝与清廷合作,大半辈子都隐居在家乡衡阳的石船山著书立说。衡阳,是湖南南部一个美丽的地方,古代相传北方的大雁秋天南飞到此地后便不再继续向南飞了。

王夫之的思想和人格是近代湖南人灵魂深处的旗帜。

《海国图志》阅读

《海国图志》无疑是当时一把犀利的文化解剖刀。

2000 名全副武装的英国蟊贼就迫使一个拥有 4 亿人口和 5000 年灿烂文明的泱泱大国束手就擒,卑躬屈膝。这不是随心所欲添油加醋捏造出的天方夜谭,而是发生在公元 1840 年的真实历史。保守封闭的、古老陈旧的中国在洋人的坚船利炮面前不堪一击,一筹莫展。

我们对"狭路相逢勇者胜"等等决斗时刻常常使用的传统战斗秘诀彻底失去信心了。无论如何,大刀长矛这些古典时代的兵器是斗不过洋枪洋炮的,就算是手持青龙偃月刀的武圣人关羽,也无法重演"温酒斩华雄"的惊世绝技斩洋人于赤兔马下了,洋人只消轻轻抠动扳机,一颗花生米大小的枪子就足以轻而易举地取了武圣人的性命。

哈姆雷特说:生存还是灭亡? 这是一个问题。要想生存就只有露出奴才的嘴脸向洋人献媚,洋大人酒足饭饱高兴了,大大地洗掠一番满载而归,这样或许就饶了中国人的卿卿性命。

1842 年,代表英国政府签订《南京条约》的璞鼎查兴冲冲地跑回去向英王陛下报告说,他"已为英国人的生意打开了一个全新的世界,这个世界是这样的广阔"。

一块巨大的肥肉历史性地摆在了西方资本主义的刀俎面前,随之而来的是传统文明剧烈的动荡和痛苦的解体。

固执的大清帝国并未意识到厄运已渐渐来临,他们不过把一系列不平等条约当做是小不忍则乱大谋的退兵良策。他们显然活在梦境之中,过高地估计了自己的实力。他们仍然在慢腾腾的牛车里手持八股文章做着天朝大国的春秋大梦。

只有极少数的人在举世混浊的情况下保持了唯我独醒的深邃,他们预感到事情的发展极为不妙,如果不能及时拿出对付入侵者的对策的话,群魔乱舞山河破碎的时代很快就会到来。

一个叫魏源的湖南人怀着异常焦虑不安的复杂心情,用有限的资料写了本名为《海国图志》的书,该书出版于《南京条约》签字后的第二年,即 1843 年。这是中国人写的第一本系统介绍西方各国历史、文化及经济状况的理论书。当时大清帝国使用封锁国门的鸵鸟战术已近两百年之久,大多数臣民对中国之外的情况知之甚少,欧洲的情形更是茫然一片空白。

在此后的几十年里,《海国图志》成了中国人了解世界的一个窗口,通过瞭望外面的世界,人们开始痛苦地沉思所发生的一切。

《海国图志》无疑是当时一把犀利的文化解剖刀。在这本书里,王夫之的信徒魏源冷静客观地分析了鸦片战争失败的原因及其所面临的危险,然后引申出两个较为深刻的结论。一个结论是中国自身的文化存在着种种弊端,这些弊端是导致战争失败的最重要因素。魏源对当时思想界中占统治地位的理学和汉学(考据学)提出了严厉的批评,认为这些学问"上不足制国用,外不足靖疆围,下不足苏民团",实际上对富国强兵没有什么实际用处,中国之所以抵挡不住列强的侵略,就是因为"俗学""庸儒"太多的缘故。他指出中国读书人只有改变以往躲在书斋里充当远离实际生活的书虫角色,从空洞没有实际意义的书本知识中投身到经世救国的时代洪流中,一个生机勃勃的富强中国才会最终建立起来。他一再强调"披五岳之图以为知山,不如樵夫之一足;谈沧溟之广以为知海,不如海客之一瞥;疏八珍之谱以为知味,不如庖丁之一啜"。

另一个结论是中国确实比欧洲落后了,工业文明把农耕文明远远抛在了后面,中国应该有勇气承认自己在科技方面的落后,冷静地面对现实,拿出扭转乾坤的对策来。在魏源看来,具有悠久灿烂历史的中国文化在总体上要胜过欧洲文化,但是在技术方面需要彻底地进行一场革命,革命后的中国将会拥有与欧洲同样强大的军事力量和工业技术,如此,列强就不敢在中国土地上横冲直撞地任意撒野了。魏源为中国人开出了一剂"师夷长技以制夷"的救世良方,他创作《海国图志》的目的,就是为了让国人真实地了解世界发展的潮流,拉响时代的警钟,唤醒昏睡已久的人们。

魏源在书中还一再宣扬改良思想,认为中国已到了必须进行全面改革的时刻,改革自身是历史发展的必然需要,但魏源眼里的总体改革仅是中国文化的自我调节,并没有学习和吸收西方文化价值体系的意思在里头。

《海国图志》勾起了清人重塑大清帝国尊严的一点雄心,人们有许多理由足以让自己相信,一旦中国像洋鬼子那样能够制造出先进的坚船利舰来,重新称雄于世界民族之林的大好时光也行将重现。从 19 世纪 60 年代到 90 年代的 30 多年间,一场由湖南湘军首先发起的洋务运动应运而生了,这是对魏源兴国战略的一次实践,它从一开始就被传统文化的巨大阴影覆盖了。

此与同时，《海国图志》也飘洋过海在日本得到广泛的传阅。当时这个与云南省差不多大小的海岛国家一片混乱，它与中国一样面临着被列强任意宰割的悲惨命运。魏源的著作引起了日本人同命相怜的共鸣，并很快获得精神上的启示。一场伟大的变革接踵而至，它使日本人的境遇及面貌从头到脚焕然一新。务实激昂的日本人发动的明治维新成功了，它从里里外外超越了魏源"师夷长技以制夷"的狭小范畴，西洋人的"长技"，在日本人的变革中已不仅仅是魏源所理解的洋枪洋炮等先进技术，而是包括政治、经济、思想在内的所有资本主义文明的内部机制。最令人感到惊讶的是，日本在全面引进西方文化后，居然仍保持了传统文化的精华部分。

有相当数目的史料可以证明，日本人搞明治维新受到《海国图志》的影响很大。于是清末戊戌维新时代的老新党，如梁启超所说的那样，人人都曾经崇拜过魏源一阵子。

19世纪80年代，清政府曾派出一个由军政大员组成的洋务考察团前往德国考察。德国是19世纪后期欧洲发展最快的国家，其蓬勃的势头有如旭日东升。恰巧日本政府派出的一支考察团也在那里考察。中国考察团热衷于对洋枪洋炮和先进的大机器进行观察，他们在本子上密密麻麻地记录了大量的资料，但对技术之外的东西例如政治制度、企业管理经营制度及治国思想什么的一点也没有兴趣。相反，日本考察团则除了留心先进技术，还刻意考察了德国迅速崛起的原因、成为资本主义强国的基本原则、经营模式、政治制度及各种经验教训。当时德国著名的强权人物"铁血宰相"俾斯麦细心地注意到了上述情况，他认为中国人舍本求末不得发展之要，而日本人目光锐利务实求本，于是耐人寻味地对身边的人预言道：几十年之后，中国必衰，日本必兴。

鸦片战争后魏源思想的种子逐渐在中国危机四伏的土地上得以生根发芽，但是这颗种子并没有成长为想象中的参天大树。柏杨说："石头投入河流会泛出涟漪，苹果种进肥沃的土壤会发芽成长。石头投入酱缸只会听到'噗'的一声，苹果种进酱缸很少能发芽，即会发芽也无法成长，即会成长，结出的果实也使人沮丧。中国没有力量摆脱数千年累积下来渣滓废物的污染，这是中国的不幸。"

104

无湘不成军

湘军在日薄西山的晚清出尽了风头。

历史上刚勇好斗的湖南人大都是些散兵游勇。那时,除了一些出没于湘西深山老林里的山林大盗外,湖南人身上的杀气被掩盖起来没得到很好的发挥,他们的快刀拿去杀猪宰牛了,刀上闪出的光芒柔和而温暖,缺乏席卷山河的霸气。另外,湖南文化显然缺乏军事传统,很少有组织军队攻城拔寨威风八面的时候。

由于有长江天堑的庇护,加上远离富庶的江南地区,从战略上看湖南确实不是一块战争爆发的轴心地带。在清朝之前湖南没出过什么功勋彪炳的军事人才,湖南人对战争没有表现出太大的好感。

春秋时代威震天下的养由基百步穿杨的射箭技术可以射穿七层铠甲。西汉初年游侠出身的季布具有万夫不当之勇,在当时他是义气横天的游侠精神的化身。在冷兵器时代,湖南好不容易出现了一两个养由基、季布这样的英雄人物。

一直到凄风苦雨的 19 世纪中叶,湖南人气吞万里如虎的骁勇杀气才从鱼米飘香的洞庭湖上升起。湖南人的重拳一出手,"无湘不成军"的布局便很快形成了。

我们说的是湘军的出现。

湘军最初的身份与还乡团这种蹩脚的地方武装差不多,它出现的最直接原因是清朝两大军事力量的衰微。在与气贯长虹的太平天国农民义军对垒过程中,由满族人组成的八旗兵和汉族人组成的绿林兵被泥腿子们打得形同丧家之犬,溃不成军,仅短短的两年时间,太平军就建立起了一个据有东南半壁河山的强大政权,以这块中国最为富饶的地盘为根据地,兵精粮足的农民政权随时有可能把满洲人统统打发到西天去取经。而在与蓝眼睛洋鬼子展开的斗争中,大清的正规部队更是不堪一击。

既然八旗兵和绿林兵如此窝囊无用不堪重任,为江山社稷着想,清政府只好在"扶不起的阿斗"之外另选高明了。在此情形下一个叫曾国藩的湖南人粉墨登场了。

我们暂不去理会曾国藩浓密的扫把眉下两只长挑挑的榛色三角眼如何射出阴冷锐利的神采,以及传说他身上如何天生长了一圈圈奇痒难忍的鳞状癣斑。这个湘乡荷叶塘乡绅的子弟确实是块读书的料,29 岁,年纪轻轻便飞黄腾达、扶摇直上做了翰林学士,按照正常的人生轨迹,他会接过老师唐鉴、倭仁等人的衣钵成为一个声名远播的理学家。然而命运阴差阳错,他稀里糊涂地创办起一支湖南地主武装来。

曾国藩并不是个战场上能征善战的行家里手，据说凡是由他亲临前线指挥的战役无不以失败告终。《孙子兵法》说："兵者,诡道也。"但曾国藩用兵像他严格自律的理学思想一样四平八稳,缺乏出奇制胜的招数。在具体指挥上,曾国藩自己也承认不擅此道。

战术用兵上的严重缺陷并未构成湘军崛起的拦路虎。曾国藩有一种十分罕见的领袖才能,即知人善任、将各路英才紧密团结在自己军帐里拼死效命的能力,这一点上他有点类似于刘邦。在他强悍而韧性十足的广阔胸襟带动下, 湖南人深藏已久的杀气被揭开了,湘军很快由一支不起眼的地方团练变成了极具杀伤力的强大陆军,这支由家族血亲关系为纽带的湘南子弟兵锐气十足, 他们从一开始出现就给太平天国制造了许多麻烦,它是大清朝冉冉升起的一颗天煞巨星,如果没有它烈性的杀气的话,大清帝国也许早就完蛋了。湘军统帅曾国藩不是一个好的前线指挥官,但在治理军队调动士气方面很有一套。他就像一个能把一把质地精良的钝刀打磨得锋利无比的磨刀人,使用刀虽不是他所擅长的项目,但这把锋利的刀却足以斩断任何东西。

湘军是大清帝国最后的一张王牌。如果满族人手里没有这张王牌,而太平天国内部又不发生激烈的内讧的话,那鹿死谁手还尚未可知。

德国铁血宰相俾斯麦在总结自己一生的斗争经验时说:一个干大事的人,就如同拿着一根横木艰难地穿过一片树林,一方面必须紧紧抓住横木不放才可能最后将它带出树林,另一方面必须得讲求灵活性,没有了灵活性的话将寸步难行。

曾国藩在斗争过程中所坚持的那种铁的原则性及水的灵活性,使他在一个支离破碎的时代令人惊讶地获得了成功。

曾功藩的成功就是湖南人的成功。如此众多的湖南人天鹅般在晚清时期崭露头角,而在几年前他们之中的大多数人还是默默无闻的丑小鸭。

俗话说:"秀才造反,十年不成。"但只要我们稍加注意就会发现,异军突起的湘军领导人物中,大部分人都是经过寒窗苦读的读书人,曾国藩、左宗棠、胡林翼、刘蓉、彭玉麟、郭嵩焘、罗泽南、王鑫、江忠源,等等,如果需要的话这个名单还可以往下开。这些名震一时的风云人物是具有湖南地域特色的儒学子弟,我们看到王夫之经世致用的思想在他们身上显露无遗。这些湖南人同传统的中国读书人已有很大的区别, 他们目光深邃,具有骑鲸捣海的政治抱负,他们普遍有一种蓬勃向上的群体入世精神,一扫整天抱着八股文章在书斋里打转转的迂腐狭隘之气。他们从个人的小圈子里突破出来,使自己深厚的学问在社会实践中得到实际运用,反过来通过在事业中施展自己的才华,学问和做人的功夫也更深入饱满。他们是屠杀农民义军沾满鲜血的刽子手,同时也是抵抗外国列强最坚决的中流砥柱,是著名的洋务运动的肇始者。

湘军在日薄西山的晚清出尽了风头,其队列中出现了曾国藩、左宗棠两个军机大学士;兵部尚书彭玉麟;位至总督的有 15 人:曾国藩、左宗棠、彭玉麟、李兴锐、杨载福、刘长信、刘坤一、刘岳昭、杨昌浚、曾国荃、魏兴焘、李鸿章、李瀚章、沈葆桢、李宗羲;位至巡抚的有 14 人:胡林翼、江忠源、刘蓉、刘典、李续宾、李续宜、郭嵩焘、唐训方、江忠义、蒋益澧、陈士杰、田兴恕、刘锦棠、王之春。位至布政使、按察使、提督、总兵、参将、副将、州府道员的更是不计其数。

　　镇压太平天国后,湘军人数最多时达到了 20 万,有这支装备精良的大军的支持,曾国藩完全可以黄袍加身与满族人分庭抗礼,事实上这支军队的力量在当时无人可挡,许多心腹之人已在暗地里为他出谋划策,清政府也清楚地意识到了这一点,这种尾大不掉的情况令他们心惊肉跳,慌忙下达诏书敦促裁军。以《三国演义》为行军布阵指导思想的忠王李秀成被俘后,也敏锐地观察到这一点,他意识到太平天国已彻底失败了——曾国藩手中的力量足以推翻满族人的黑暗统治另创一个汉族人的王朝,他想起了蜀国灭亡后姜维曾经假装投降魏国将领钟会试图共同反叛的故事,决定效法姜维假装投降曾国藩继续反叛清朝。可惜曾国藩没有钟会那么大的豹子胆,也没有钟会那么强烈的个人野心,他心甘情愿地充当清廷忠实的走狗,不久即对湘军进行了大规模的裁军。

　　曾国藩替大清朝立下了伟绩丰功,但他却能自始至终保持谨慎俭朴的本色,历史上因居功自傲而惨遭横祸的人他看得太多了,"敌国破,功臣亡",他不能不如履薄冰战战兢兢。像曾国藩这样拘泥于礼节过分谨慎的人,是不可能成为开创一个新王朝的帝王之尊的。在向人们解释自己崇高的人生志向时,他通泰而淡泊地留下了"倚天照海花无数,水流高山心自知"这样的诗句,并在规劝劳苦功高杀气腾腾的弟弟曾国荃时赋诗道:"左列钟铭右谤书,人间随处有乘除。低头一拜屠羊说,万事浮云过太虚。"(乘除即秤,屠羊说乃春秋战国时楚国隐士)

　　一生提着脑壳在波涛汹涌的名利场中闯荡的曾国藩对黑暗的政治有种难以言传的失落和厌恶之情,他不是一个野心勃勃的人,自律性极强的理学修养根深蒂固地限制了他。他极力说服两个宝贝儿子不要步自己的后尘踏入军政界的浑水中去。从曾国藩晚年留给儿子的四条遗言中,我们不难发现这个性情复杂的湖南人胸中确实另有一番天地。

曾国藩像

108

　　一曰慎独则心安。自修之道，莫难于养心；养心之难，又在慎独。能慎独，则内省不疚，可对天地质鬼神。人无一内愧之事，则天君泰然，此心则常快足宽平，是人生第一自强之道，第一寻乐之方，守身之先务也。

　　二曰主敬则身强。内而专静纯一，外而整齐严肃，敬之功夫也；出门如见大宾，使民如承大祭，敬之气象也；修己以安百姓，笃恭而天下平，敬之效验也。聪明睿智，皆由此出。庄敬日强，安肆日偷。若人无众寡，事无大小，一一恭敬，不敢懈怠，则身体之强壮，又何疑乎？

　　三曰求仁则人悦。凡人之生，皆得天地之理以成性，得天地之气以成形，我与民物，其大本乃出一源。若但知私己而不知仁民爱物，是于大本一源之道已悖而失之矣。至于尊官厚禄，高居人上，则有拯民溺救民饥之责。读书学古，粗知大意，即有觉后知觉后觉之责。孔门教人，莫大于求仁，而其最切者，莫要于欲立立人，欲达达人数语。立人达人之人，人有不悦而归之者乎？

　　四曰习劳则神钦……古之圣君贤相，盖无时不以勤劳自励。为一身计，则必操习技艺，磨练筋骨，困知勉行，操心危虑，而后可以增智慧长才识。为天下计，则必己饥己溺，一夫不获，引为余辜。大禹、墨子皆极俭以奉身而极勤以救民。勤则寿，逸则夭，勤则有材而见用，逸则无能而见弃，勤则博济斯民而神祇钦仰，逸则无补于人而神鬼不歆。

　　此四条为余数十年人世之得，汝兄弟记之行之，并传之于子子孙孙，则余曾家可长盛不衰，代有人才。

　　汉人不能掌握兵权的大清帝国治国纲领被湖南人彻底改变了。在湘江两岸的土地上，三湘子弟们纷纷跃跃欲试，以穿上一身戎装为荣，他们盼望着有一天自己也能像众多的湖南同乡那样在战场上建立功勋捞个一官半职来当当，自己露脸不说，还可以光宗耀祖为家族争得荣誉。投身军队成了湖南人的一种时尚。"大将西征人未还，三湘子弟满天山。新栽杨柳三千里，赢得春风度玉关。"这是左宗棠抬着棺材率领湘军在新疆镇压叛乱大获全胜后写的。谁都知道湖南人特能打仗了，"无湘不成军""绍兴帅爷湖南将"，这些市井民谣在全国流传得沸沸扬扬。

　　满族皇室对湘军的态度是非常矛盾的，一方面，他们不能没有这支能征善战之师的保护，不能指望整天提着鸟笼泡茶馆泡妞的八旗兵会有什么出息，另一方面，他们充满了养虎为患的忧虑，一支如此强大的军队一旦发生哗变其后果不言而喻，湘军斗不过洋鬼子，但搞定八旗兵则是牛刀杀鸡绰绰有余。1864年太平天国被镇压后，一场专门针对湘军的裁军计划便出台了。

　　清政府的担心确实很有道理。几十年之后，在曾经挽救过大清帝国的湘军中，众多出身贫寒经受过战争考验的中下级军官及士兵成了这个王朝最激烈的掘墓人。

激进的狂飙

湖南是中国的"普鲁士"。

　　一个在浩劫中哀鸿遍野的世纪滑过苍天,它的大幕徐徐落下。在黑暗中,是谁淌着热泪在大地上忧伤地唱起了挽歌?

　　19世纪最后的几个年头,中国人犹如生活在幽冷的冥界里。世界比墓地更寂静更苍凉。明月被云群遮住了圣洁的清辉,云群像接天连地的灰白幔帐垂首默哀。

　　大清帝国寿终正寝的日子不远了。

　　日本人打掉了残留在中国人心中最后一点火种似的自信心。在与这个长期受中国文化濡染的弹丸小国的较量中,老大的中国威风扫地,输得无地自容,丢尽了祖宗的颜面。甲午战争的结果,使得中国不得不跪地求饶。而当日本人切瓜般把旅顺军港的人杀得只剩下了36个活口,以留下来掩埋堆积如山的尸体时,那位无冕女皇慈禧太后却正在她华丽得不可思议的颐和园里张灯结彩欢庆六十大寿。

　　《茶馆》里的刘麻子说:"咱们大清国有的是金山银山,永远也花不完。"实际情况却并非如此,大清国的金山银山正在被外国人整座整座地往外搬走,照这种速度继续下去的话,要不了几年大清国的全部家当就会被掠夺殆尽。

　　马可·波罗向欧洲人描述的遍地黄金丝绸的国度已被他们视为囊中之物,他们要想怎样就可怎样,就算是看中了紫禁城里的金銮宝座,他们也一样可以扛回去做消遣之用。欧洲人轻蔑地把任其肆意贱踏的土耳其人称作近东病夫,而把另一个老态龙钟完全丧失了抵抗力的中国称作东亚病夫。

　　鸦片战争后,魏源"师夷长技以制夷"的思想都被中国和日本当作拯救民族危机的金玉良策,日本搞了"明治维新",而中国掀起了"洋务运动"。尤其是在镇压太平天国的过程中,曾国藩、左宗棠、李鸿章们亲眼目睹到洋人的坚船利舰胜过中国百倍的事实,于是呕心沥血惨淡经营兴办洋务,几十年下来,成绩却也斐然,保卫海防塞防的武装力量大为增强。到1894年前后,中国已拥有亚洲最强大的海军舰队,尤其是花费巨资从德国购来的两艘巨型铁甲舰更是威力无比。在陆军方面,中国陆军是亚洲人数最多、装备最好的军队,兵工厂已能自己生产出具有世界水平的枪支弹药,甲午战争中在总体实力上日本要逊色于中国。

战争的结果却令中国人大跌眼镜,几十年来的心血和希望付诸东流。"师夷长技以制夷"的洋务兴国战略宣告彻底破产。整个中国跌入了深渊。

中国人拖着羸弱的身躯在捶胸顿足血流不止之余,空前热烈地把目光投向了日本,这个小小岛国上大和民族崛起的奥秘是什么?此刻,许多人开始清醒地意识到洋枪洋炮并不能拯救自己的国家于水火,只有像日本人搞"明治维新"那样发动一场政治、经济、文化上的全面改革,新的转机才有可能出现。

在此之前,见识卓越的湖南人郭嵩焘早已意识到这一点,他在全面考察了欧洲各国情况后,从英国写信给李鸿章警告说:西洋立国二十年,政治和教育,都非常修明。跟辽金崛起的情形,绝不相同……西洋富强,固不超过矿业、轮船、火车,但它们之所以富强,自有原因……我们必须风俗敦厚,立足于发展民众的经济,以此作为基石,然后才可以谈到富强。岂有人民穷困不堪而国家能富强之理。现在谈富强的人,把国家大事看作跟民众无关。官员贪污,贼盗横行,水灾旱灾不断,上下交困,每天都在忧虑祸乱。这时轻率地追求富强,只不过在浪费金钱……船坚炮利(兵事)是最末微的小事,政治制度才是立国的根本……中国之大患,在于士大夫官僚没有见识。

公元 1898 年前后,在瓜分豆剖的严重民族危机关头,一场以日本"明治维新"为蓝本的维新变法运动爆发了,这场运动的骨干分子大都是广东人和湖南人。湖南自始至终都是焦点地带。

日本在维新派的心目中是一个令人不得不佩服的榜样,他们鼓吹日本成功的经验。维新派领袖意识到明治维新是首先在萨摩、长州等几个地区成功实现了变革,然后再冲击到全国范围内去的,所以,他们决定建立一个维新思潮的根据地,而在当时只有湖南最适合这种地区性维新的氛围。这就是湖南成为风暴中心的原因所在。

湖南有支持变法的巡抚陈宝箴和他的广交天下英才的宝贝儿子陈三立,在周围有按察使黄遵宪,督学江标、徐仁铸等一批支持者。以谭嗣同、唐才常、皮锡瑞、欧阳中鹄等激进的湖南人为核心,大批维新派人士云集湖南紧锣密鼓地商讨,宣扬维新变法思想,这些人中有梁启超、汪康年、易鼐、樊锥、叶觉迈、韩文举、欧榘甲等干将。

维新派在湖南大张旗鼓地创办时务学堂、南学会,并刊印《湘报》。南学会被认为是全国维新运动的旗舰,它在长沙设总会,各县设分会,最盛时会员超过 1200 人,规模在全国首屈一指。

不久,戊戌变法正式开始,维新派的首脑人物在北京拥戴20多岁的傀儡皇帝载湉(光绪)实施了变法,年轻的光绪皇帝醉心于变法新思想,他试图力挽狂澜并从老佛爷慈禧手中夺回丧失已久的政权。一系列有理想化色彩的改革措施以圣旨的形式颁布到全国,然而只获得了湖南一个省的积极响应。正当维新派准备采取更大措施以赢得胜利的时候,强有力的老佛爷却发动政变,像抓小鸡一样把光绪帝扣押起来,随后维新派遭到血洗,变法仅仅进行了一百零三天便草草收场宣告失败了。

戊戌变法的失败是必然的,一帮热血沸腾的激进分子在一没有广泛下层民众支持,二没有强大军队作为后盾的情况下,仅仅依附一个缺乏实权的最高统治者,如何能够通过历史的瓶颈?光有大道理和旗帜是不够的,搞政治斗争不掉家伙是不行的。

戊戌变法的失败是大清帝国的悲哀,大批有识之士将从此担负起推翻它的历史使命,直到将其送上断头台革掉它的老命为止。顽固派的胜利"不仅仅暴露了中国政治制度对于全面改革的惊人无能,而且也反映出政治领导是多么没有能力使制度恢复生气和经受中国危机时代所必需的自我改造"。

莎士比亚说:"懦夫在未死之前,就已经死过好多次;勇士一生只死一次。在我所听到过的一切怪事之中,人们的贪生怕死是一件最奇怪的事情,因为死本来是一个人免不了的必然结局,它要来的时候谁也不能叫它不来。"湖南人谭嗣同无疑是历史上的一大英杰死士,变法失败后他本可以远走高飞逃往日本,然而他却坚定地选择了崇高的死亡方式。"各国变法,无不从流血而成,今中国未闻有因变法而流血者,此国所以不昌也。有之,请自嗣同始。"我自横刀向天笑,33岁的谭嗣同渴望用自己的鲜血唤醒懦弱畏缩的祖国。几年后,另一名大无畏的湖南青年领袖陈天华像义不帝秦的贤人鲁仲连一样在日本蹈海而死。

谭嗣同和陈天华是湖南革命潮流的丰碑。19世纪中叶以后,"经世致用"思想的盛行将湖南人由书斋推向了时代的前沿阵地,他们铁肩担道义,刚烈不羁的性格充满了太多的政治忧患意识。"宁可奋然而死,不可一事莫为","战死疆场,虽死犹荣",热烈的血性激荡着湖南人的灵魂,他们关注并积极投身于时局,对地理态势、军政方略、攻防之策、经邦奇谋、治国之道、世界格局、经济宏图等等宏观及微观的定国安邦学问无不孜孜以求。在这种蔚然成风、责无旁贷的强烈责任感驱使下,湖南人扎扎实实地在实践中闯荡,前仆后继,英才辈出。从近代湖南人身上,我们看到了那种天不怕地不怕、舍得一身剐的革命群体精神,这种精神令人荡气回肠激奋不已。

湖南人是近代中国国难当头时刻冲锋献身的急先锋。梁启超的《少年中国说》出笼后不久,旷代逸才杨度的《湖南少年歌》就向全国宣告了什么是湖南人的精神:

中国如今是希腊,湖南当作斯巴达。中国将为德意志,湖南将作普鲁士。诸君诸君慎如此,莫言事急空流涕。若道中华国果亡,除非湖南人尽死。

陈独秀在1920年写了《湖南人的精神》,进一步解释说:

湖南人的精神是什么?"若道中华国果亡,除非湖南人尽死"。湖南人这种奋斗精神,却不是杨度说大话,确实可以拿历史作证明的。二百几十年前王船山先生,是何等艰苦奋斗的学者!几十年前的曾国藩、罗泽南等一班人,是何等的"扎硬寨""打死战"的书生!黄克强(黄兴)历尽艰难带一旅湖南兵,在汉阳抵挡清军大队人马;蔡松坡(蔡锷)带着病亲领子弹不足的两千云南兵,和十万袁军打死战;他们是何等坚毅不拔的军人!……

世界形势,浩浩荡荡,顺之者昌,逆之者亡。戊戌变法失败后,更多的湖南人由对清王朝的绝望转而投身到反帝反清的时代洪流中,涌现出了黄兴、蔡锷、宋教仁、陈天华、焦达峰、杨毓麟、刘揆一、刘道一、马益福、陈作新、蒋翊武、刘昆涛、禹之谟等一大批铁血丹心的志士,为中国人的民族事业做出了巨大贡献。

民国时,凤凰城的端午竞渡

113

巴蜀异端江山

Strange Shu Rivers and Ba Mountains

　　1909 年底，在土地棕色、墨色、赭棕色的光影变幻中，欧洲才子谢阁兰进入四川盆地，他感到自己来到了一处彬彬有礼的富饶之地。12 月 6 日，他带着 15 匹骡马进入当时有 50 万人口的成都——他想象中"一座世界尽头的大城"。谢阁兰惋惜自己来晚了，老成都已所剩不多。

　　至少在秦汉时期，"天府之国"是人们对丰腴的八百里秦川的一种赞词。高深莫测的张良就曾对刘邦说，关中乃"金城千里，天府之国"。到后来，这顶华光灿灿的冠冕就戴到四川头上了。

鲁迅曾说"中国根柢全在道教"，意即道教是中国传统的根脉所在。四川盆地正是道教的发源地，道教精神上善若水，秘密流衍于青碧大野和日常生活的深境。在中国区域文化的特质上，"南方表现为渔唱文化，北方表现为锣鼓文化。渔唱文化是水的文化，它是流动的，是船的文化，它是飘荡的，灵巧的。渔舟唱晚，落霞与孤鹜齐飞，一派自然灵动的清新气象。锣鼓文化是黄土的文化，它是稳固的，是牛耕的文化，它是踏实的，勤劳的，是太阳的文化，雄浑的光芒伸向苍茫大地"。与渔唱文化和锣鼓文化有所不同，巴蜀文化由于受封闭盆地气场的牵引，其文化机体内随处分布着独特的传统，相对于中原地区，四川盆地可说是一个异端文化之盆。这盆地是阴翳之盆，"阴"则灵气往来，所以蜀地多灵异之气，多灵异之人。很遗憾写过《阴翳礼赞》的日本作家谷崎润一郎没到过处处流溢着阴翳的四川盆地，在文中他大谈"美并非存在于某物，而是出于物与物互相间制造出的阴翳之中"，"西洋人所说的'东方的神秘'，大概指的是这种幽暗所具有的无以言表的静寂……那么，神秘的关键在哪里呢？揭穿谜底，不过是阴翳的魔法而已"。阴翳推动着蜀地的"神秘"，催生出令世界目瞪口呆的三星堆文化和金沙文化。面对古老纵目人青铜面具上的纵目，人们只能感叹蜀地的深邃和"玄之又玄"。

　　成都平原两千年来一直是中国的一大富贵红尘之地,唐代便有"扬一益二"之称。以公元 1000 年即宋真宗咸平三年为例,张仪楼、散花楼、合江园是当时成都的标志性建筑,尤其是"江天富艳、遍地竹木馆阁"的合江园,当时为成都陆路水路的起始点,游人汇集,商贾汇聚,商船渔舟舳舻错落,文人骚客迎来送往,可谓盛景空前。阔大的城墙上,后蜀王孟昶于 938 年种植的木芙蓉,红白相间绵延数十里。那时,今天城中心天府广场一带是著名的摩诃池所在地,这个集开阔空明的水面和琼楼玉宇为一体的湖泊是成都文化神秀之所,它最初由代蜀王杨秀修筑,南宋末年后才渐渐干涸。公元 1000 年的成都,锦江西岸,浣花溪畔,到处是造纸坊和印刷坊,薛涛笺、彩笺、谢公纸和楮纸名重一时,八行雕版印刷的薛涛笺作为贡品每年大量上贡朝廷。而上启汉代的"锦官城"在海内名头很响,蜀锦的主要格调有月华锦、雨丝锦、浣花锦等,手绣针活有景针、切针、沙针等 100多种。宋太祖平蜀时,曾将成都锦工数百人迁往京师,专门设机院,这一举动使得宋锦技术得到大大发展。

　　"既丽且崇,实号成都。"成都平原的象征性符号是随处可见的竹子,贾平凹曾对此评价说:"那竹子是那么多!楠竹、鸡爪竹、佛肚竹、凤尾竹、碧玉竹、道筒竹、龙鳞竹……漫步进去,天是绿绿的,地是绿绿的,阳光似乎也染上了绿。信步儿深入,遇亭台便坐,逢楼阁就歇,在那里观棋,在那里品茶。再往农家坐坐,仄身竹椅,半倚竹桌,抬头,看竹皮编织的顶棚、内壁,俯身看柜子、箱子漆成干竹的铜黄色,再玩那竹子形状的茶缸、笔筒、烟灰盒盘,蓦地觉得,竹便是成都的精灵了。"

　　是啊,摇曳着阴柔大美的竹,翠羽婀娜,承天接地,遍体弥散着青翠的灵气,它是"道"之器,流淌着"道"之韵,它是西蜀大地精气融结成的标记之物。在它漫长的沐浴下,女子有着竹的外形,腰身修长,有竹的美姿,皮肤细腻而呈灵光,如竹的肌质,那声调更有竹音的清律。秀中有骨、雄中有韵。男子则有竹的气质,有节有气,如竹笋顶石破土,如竹林拥挤刺天。

　　燕赵文化是苍劲庄重的,吴越文化是空灵明艳的,中原文化是深厚笃定的,楚湘文化是清奇诡谲的,三秦文化是雄博保守的。巴蜀文化则山重水复自成格调。巴蜀山水多极品:夔门天下雄,峨眉天下秀,青城天下幽,剑门天下险,黄龙天下绝,九寨天下艳,大佛天下壮。"山从人面起,云傍马头生",这是对绵延百里的剑门群山的写照。剑门七十二峰山势起伏峭壁千仞,宛如七十二把插天剑。气象雄险的古剑门关位于大剑山隘口上,据说,过去曾有过三层关楼横跨隘口,尽管如今关楼已毁,站在此地眺望,但见北来群山俯伏脚下,七十二峰逶迤苍茫,大剑溪纵穿关隘而过,真是一处"一夫当关,万夫莫开"的军事要塞。东晋十六国时期在成都建立成汉政权的李特曾仰叹奇险的剑门古道说:"刘禅有此地而面缚于人,真扶不起的阿斗,庸才也。"

青青翠云廊,衔空三百里。剑门古道的一大景观是"翠云廊",即翠云似的古柏形成的行道长廊,从梓潼到剑阁(属于古金牛道),再到阆中,蜿蜒三百里,古称"三百里程十万树"。民间又把"翠云廊"叫做"皇柏路",因为在过去,这条举世罕见的古柏长廊极受重视,许多皇帝都要亲自过问,梓潼、剑阁两县的县官卸任了,要向继任者交接古柏的数目。根据文献考证,翠云廊在史上有过6次大规模的植树活动,分别是秦代、三国、晋代、唐代、宋代、明代,其中规模最大的一次是在明代正德年间,剑州知州李璧于原来的基础上以石砌路,两旁植柏树数十万棵,后世尊称这些树为"李公柏"。

巴蜀山水最惊艳处在九寨沟。九寨沟坐落在南坪、平武、松潘三县交界处的群山之中,主要由日则沟、则查洼沟和树正群海沟三条沟谷组成,因旧时沿沟有九个藏族村庄,故名九寨沟。九寨沟总长五十多公里,四周几十座山峰积雪莹白。沟中明珠玉带般散落着一百多个大小不等的高山湖泊,当地人称作"海子",小的仅几平方米,最大的"长海"长七公里。湖水澄明,湖底的沉积石和水藻与水色呈缤纷五彩,有黄、橙、蓝、绿、灰等颜色,被称作彩湖、五花海或五彩池。湖中静卧着一些旧时倒下的巨大树木,天长日久,积叶落尘堆集,上面长满了青草灌木,形成漂浮的绿岛。湖周围碧树繁花匝地,湖面上青山雪峰倒映,幽清雅丽,恍同一尘不染的仙窟。相传这些海子是男神山达戈向女神山沃诺色莫求爱时,赠送给她梳妆用的一百多面镜子。

"天下山水之胜在蜀,蜀之山水在嘉(乐山),嘉之山水在凌云。"孔子说:"智者乐水,仁者乐山。"毗邻峨眉的乐山佳山水是天下山水的灵修之所。而乐山最融处当数位于凌云山的大佛。乐山大佛为石刻弥勒佛坐像,它依凌云山栖鸾峰断崖开凿而成,背靠黛青色山体,面临岷江、青衣江、大渡河三江交汇之水。大佛头与山齐,足踏大江,通高71米,仅其裸露的脚背上就可以围坐百余人。大佛法相庄严,神采博大崇高,那静穆伟大的慈悲之气弥天漫地,融入浩荡东流的江水及四围山色。大佛始建于唐朝开元初年(713),到贞元十九年(803)完成,前后历时90年之久,迄今已有千余年历史。据说古时江水合流处水势汹涌,覆舟溺人之事时有发生,于是凌云寺的海通和尚便发愿修造这尊大佛,希望用乐施好善的弥勒佛的法力来为过往船只及两岸百姓祈福。

117

民国初年的川人

康藏高原的央迈勇雪山 白郎 摄

昔光中的异数

　　历史上四川曾是西汉末年成家公孙述、三国蜀汉刘备、东晋十六国成汉李特、五代前蜀王建、五代后蜀孟知祥、北宋大蜀国李顺、元末明玉珍及明末大西国张献忠等建都立业的根据地,然而这些政权无一例外都是历史上昙花一现的短命小王朝。

　　川人把在一块儿闲聊称为"摆龙门阵",北京人则叫做"侃大山",其实都是耍嘴皮子。放眼全中国,数北京人和四川人伶牙俐齿,最为能说会道,所以,北京、四川的茶馆也就最多。北京人和四川人的一大人生乐事就是泡茶馆。二十世纪二三十年代,北京的每家老茶馆里都要贴上"莫谈国事"的标牌,然而北京人生平最喜欢干的一件事情就是大谈党国政治大事,政治是他们日常生活中的盐,如果没有了盐,生活也就没什么味了。与北京人不同,四川人对那些闲闻趣事、花边新闻以及身边鸡毛蒜皮的小事津津乐道。晚清时在成都当了3年教习的日本人中野孤山曾印象深刻地说:"川人'不露棱角,暗藏锋芒,委婉含蓄,话有分量;他们聊天时,天花乱坠,谈笑风生,令人不得不佩服。'"他感慨由于茶馆的存在,"世上万般事物,都如同写信发电报一样,迅速地流传开来"。

　　从有关资料来看,大约两亿年前四川盆地内是一个烟波浩渺的汪洋巨湖,面积约为20万平方公里,有的地质学家把它叫做"巴蜀湖"。后来地壳强烈隆起,巴蜀湖面积不断缩小,湖盆西部的龙门山,北部的大巴山、米仓山,东部的巫山,南部的大娄山等山地相继褶皱上耸。

　　大约在两千万年前,紫红色碎屑岩沉积厚度达数千米的四川盆地终于形成。海为龙世界、云是鹤家乡的时代一去不复返了,风化后形成的肥沃土壤使得气候温湿的盆地注定成为中国农业史上的长青树。

大约在四千多年前,四川盆地已形成以东部山区和西部平原为中心的两个大型聚居区,东部沿嘉陵江以及大巴山一带据河而居的是巴族,西部以成都平原为中心的是蜀族。

巴族一直充满了勇武的神秘血性,他们熟悉水性,善于驭舟,勇武善战,以使短剑出名。巴人是统一的部落,其中有巴、樊、相、郑、覃等氏族,他们往往通过剑术和划船两项技能来选拔首领。由于巴人认为他们的首领廪君死后,魂魄化为白虎,而白虎会饮人血,因此,他们常用活人来祭祀祖先。

随着1950年对广元昭化宝轮院和重庆巴县冬笋坝两个巴人墓葬群的发掘,以及随后对巫山县双堰塘巴人遗址和云阳县李家坝巴人遗址的考古发现,古代巴人遥远而幽秘的面纱渐渐荡开。

蜀族的真正来源众说纷纭,著名的"资阳人"头盖骨及其文化遗址从来就不能确切地揭示它与内地文化之间的关联。在传说中,蚕丛氏教蜀人育蚕,他成为一代开国之君,后来的柏灌、鱼凫、望帝都是史册上著名的蜀王。

巴族与蜀族一开始便形成了各自的文化。以涪江为界,巴据东域,西为蜀国。蜀的自然条件较为优越,立国较巴人早,并与殷人、周人有不少交往。

巴蜀史上最大的谜团来自广汉三星堆遗址,它向世人展示了古蜀文明独具个性、高度发达的另类青铜文明。这突然闯入、突然兴盛又神秘消失的古蜀文明到底掩藏了些什么秘密?是改朝换代,还是弃旧图新?是自我毁灭,还是外族入侵?或是天灾人祸所致?

自三星堆遗址被发现后,世纪之交发现的金沙遗址又再次将这个谜团加大,从出土器物的型制、文明符码等信息来看,从三星堆到金沙遗址,显示了一条古蜀文化紧密相联的纽带。

从战略上观察,四川盆地远离华夏的政治及军事中心,边缘上一系列山脉天然形成了"马奇诺防线",照理说来它应该是一处极少有战火染指的世外桃源,但事实上它曾无数次遭受过血腥的浩劫。

卡尔·威特福格尔过分强调水利重要性的意见对于巴蜀文化来讲是有说服力的,这片周围被高原山岭所环绕的内陆盆地正是历史上水利工程最大的受益者。古蜀国两位伟大的君王望帝杜宇和丛帝开明氏在传说中被描绘为功勋显著的治水英雄,在他们两人手里,对盆地农业危害最大的岷江水患得到初步治理,蜀国人集体的力量也通过政治权力的途径得以凝聚。

战国后期由李冰父子主持建成的都江堰是举世闻名的水利工程。承蒙这项著名的灌溉防洪工程恩泽,成都平原成为中国西部最为富庶的地区。1906年至1909年曾在中国四处考察的德国人柏石曼,来到都江堰后记述说:"远在基督刚刚出生的时期,成都府周围的平原就从沼泽地和洪水泛滥的地区变成了四川省最肥沃的一个地区。这个变化是通过修水渠和灌溉设施而实现的。这项巧妙计划的发明者是工程师李冰和他的儿子二郎。从那以后,他俩的形象被神化了,并且被当作四川的英雄而受到人们的尊崇。在以种水稻为主的四川省全省范围内,到处都可以看到为他俩建造的祭坛和路边寺观。此外,在山坡上、山谷中、水田中,以及在村庄和城市中也可以看到这些祭坛和寺观。为他俩所修建的最主要寺院位于他们最重要的活动地点,即岷江流经灌县附近的都江堰。二郎庙堪称是中国最漂亮的一个道观。这个道观坐落在山坡上,山脚下就是陡峭的岷江江岸,道观中有许多阶梯、庭院和门道。围绕着几个大的院子还有许多神殿、寝室和接待厅。李冰父子被供奉在主殿之中。道观中各种漂亮的建筑、色彩和雕塑相映生辉。屋顶和小塔楼那紧绷而又优雅的线条在繁茂的树荫之上傲然挺立,但其他部分都被树丛包裹得严严实实。'这儿江河奔流,山峰挺立,清泉爽口,山峦屏障。殿堂和道观岿然屹立,在这乐园中居住着神灵和圣人。'"

毛泽东曾经不无浪漫地把他的湖南老家喻为"芙蓉国"。湖南人吃辣椒比四川人狠,但木芙蓉却比不上四川好。四川木芙蓉树冠开展,花大色艳,星状短柔毛的枝叶婆娑,名品有红芙蓉,花大、色红,重瓣中多雄蕊;醉芙蓉,清晨花色粉白,中午桃红,晚转冰红;白芙蓉,通体纯白,冰清玉洁;五色芙蓉,花瓣中白红二色交相辉映。仅成都一地木芙蓉的品种就有十几种。五代十国时期,后蜀王孟昶在成都土筑城墙上遍植木芙蓉,每当深秋繁花盛开,"四十里如锦绣,高下相照"。所以成都又有"芙蓉城"或"蓉城"的别称。

从总体角度看,地处偏僻的四川盆地尽管拥有沃野千里,但它仅适合困守,而不适宜向外拓展去领袖江山。历史上四川盆地经常成为危急关头统治者们暂时栖身的政治避风港,如唐代的唐明皇、唐僖宗以及上世纪的蒋介石。

川西出土的汉代画像砖拓片祖神图

公元前 316 年,秦惠文王派兵一举灭掉蜀国,尔后又派司马错灭掉巴国。四川从此被纳入到"大一统"的裙裳下。

历史上四川曾是西汉末年成家公孙述、三国蜀汉刘备、东晋十六国成汉李特、五代前蜀王建、五代后蜀孟知祥、北宋大蜀国李顺、元末明玉珍及明末大西国张献忠等建都立业的根据地,然而这些政权无一例外都是历史上昙花一现的短命小王朝。

四川人有英气,脑袋瓜子灵光,但历来杀气不重。他们缺少气象恢弘的王者之气,缺少那种幕天席地纵横江湖的霸气、偶露峥嵘的杀气。

明末崇祯五年到清初康熙十九年的近半个世纪里,四川历经了大破坏——大移民——大复兴的千古嬗变。据《清代四川财政史料》记载,1578 年四川的人口数为3102073 口,至 1685 年锐减到 92000 口,漫长而惨烈的战火使丰饶的天府之国成了人烟稀少、虎狼横行的荒野。清朝初年,中江县仅剩 700 余人,资中县剩 520 人,什邡县剩110 人,温江县剩 54 人。当大清第一任四川巡抚张德地走马上任时,连赋税都征收不到,触目惊心的荒凉程度令他欷歔不已。

局势稳定下来后,清政府实施了大规模的移民入川政策。移民多来自湖南、湖北、广东、福建、陕西等省,政府在赋税、路费,耕牛、种子等方面给予了大力支持,能招募 300户人家入川的人,甚至让他当县太爷。壁山县《郑氏家谱》上的一首歌谣,生动地记录了当时的历史:"吾祖挈家西徙去,途经孝感又汉江。辗转跋涉三千里,插占为业垦大荒。被薄衣单盐一两,半袋干粮半袋糠。汗湿黄土十年后,鸡鸣犬吠谷满仓。"经过一个世纪的发展,到 1795 年,四川人口激增了近百倍,达到近 900 万,千里沃野上人口稠密,香车宝马随处可见,天府之土重又恢复了强盛的势头。至 1949 年,全国人口数为 4.75 亿口,其中四川就占去了 5370 万口。

中原汉族势力是在秦汉以后才逐渐源源不断地涌入四川的,在漫长的岁月里,四川曾经是巴、蜀、濮、羌、藏、彝、土家、氐、纳西等多种民族的杂居地,可以断言他们中的大多数人早已融入汉族文化中了。清初"湖广填四川"移民大量涌入后,川人的血统更加庞杂。清代以后的川人并不排外,因为他们的祖先当初大都是翻山越岭跑到四川来的外地人。

四川人普遍温和而讲究伦理,有一种与土地水乳交融的"家庭精神"(黑格尔把中国文化的主旨概括为"家庭精神")。他们缺乏北中国历史上的尚武精神,但又不似吴越一带江南人那样婉蔼柔弱。他们缺乏杀气,但同时不乏山地人特有的野性,这种野性使他们敦厚朴实中交织着狡黠的小农性情。川人向往相对闲散舒适的生活,与生俱来就有一份闲心,他们懂得调侃,懂得如何在逆境中精心地营造属于自己的悠闲气氛。他们是中国人中最精于烹调的一个群落,吃在日常生活中是雷打不动的头等大事,他们大都烧得一手好菜,尤其酷爱吃辣椒和花椒。在必要的时候,他们也能爆发出猩红色辣椒般的热情来。

那种认为川人风风火火、热情大方的观点是不确切的。在历史上盆地内的川人明显有着南北差异,差异的代表性地区就是成都和重庆。成都人胸襟开阔,性情闲雅飘逸,对人彬彬有礼,易于交往但不易深交,善于夸夸其谈而注重实际利益,不喜惹事却喜欢提劲。他们为人干练中庸,天性敏感,感情细腻,不断为生活中琐碎的小事所累,同时能从中寻觅到美。成都人是川人中禀赋超群、深谙生活之道的一个群体,他们精细如美丽的蜀锦。与成都人比起来,重庆人要粗线条得多,声如洪钟,办事麻利,重感情而喜欢广结朋友,在他们身上山地人的野性体现无遗,打架斗殴之事时有发生,他们精明过人,处世率性,一句"格老子"的口头禅把那种天真顽劣的内心活动展露无余。

从总体上来说,川人刚柔相济,小农习气较重,他们深受传统文化的熏陶,温文尔雅、城府深厚,坚韧能干而因循守旧。他们洞达细心,从不放弃丰富多彩的闲情逸趣。以成都为例,这座西南最繁华的城市有三多——茶馆多、饭馆多、球迷多。川娃儿迷球迷得厉害,铁杆球迷一串串,20世纪90年代时,偌大的四万人的市体育场,就算踢得再臭的球也是场场爆满,最臭的球也能使他们流连忘返、大侃特侃。球场里人山人海,鲜黄的大旗高高飘场,大旗下川娃们"雄起"之声不断,地动山摇的吼声和群情激昂的人浪使人想起了"文化大革命"中的某些情景。川娃儿为了看场球,甚至可以满满地坐着两列火车去西安给球队加油,可以乘着轮船沿江直下上海,可以雇着飞机去新加坡,真是水陆空三军倾巢而动。许多外地人自叹弗如地敬仰起川人的那份洒脱与激情来。然而要真让这些人操着家伙去场上遛,他们就摇头不干了,在战争与和平之间,川人更愿意选择后者。

1945年成都的丝绸庄 威廉·迪柏 摄

成都遗存的南朝万佛寺石刻 陈新宇 摄

那旋转的灵光

　　法不孤生仗境而生,道不虚行遇缘而应。佛法传入四川的准确年代已渺不可考,但从近年出土的绵阳何家山1号崖墓摇钱树上的铜铸佛像、乐山柿子湾1号崖墓和麻浩1号崖墓的石刻佛像、什邡皂角乡砖石墓画像砖上的佛塔与菩提树来看,佛法传入至迟应不晚于东汉末年。东晋哀帝兴宁三年(365),高僧法和从中原来四川传法,这是佛教入川有文字记载的开始。34年后,净土宗始祖慧远的弟弟慧持法师顺长江入夔门驻锡于成都龙渊精舍,次年,他在峨眉山烟岚四染的山半修建了普贤寺,这是这座佛教圣山的第一座正式寺庙。后来,淡然、智者、慧通等大德纷纷来到山中,到唐代时,翠羽修眉遍披佛光的峨眉山已成为宗风大盛慈名远播的庄严佛土。

　　四川出土的画像石和画像砖比其他地方的更率性,更具有生活的醉意,主要题材可归结为长生升仙、生活情态、祈愿求吉、驱鬼镇墓4类,其中长生升仙是轴心。这些遥远的浪漫派造像,让我想起俄罗斯诗人布罗茨基那句意味深长的诗句:"死是另一个佛罗伦萨。"汉代人对死亡的认识与现在全然不同,他们坚信人与世界的同源性,这种同源性意味着世界的内部有着神秘的"永恒灵力",该"永恒灵力"也贯穿了每个人,因而,死是生的尽头,死又是重生的开始——就像他们所喜欢的蝉,羽化是很自然的过程。墓葬地于是成了一个"生"与"重生"之间的中间地带,里面遍浮热烈的吉祥。汉代人的生死观,让人想起洛夫乔伊说的:"'彼世',和我们所熟知的'此世'一样,依然是一个由变动、感性、多元与尘缘所构成的共同世界。所不同的只是尘世中的苦略去了,乐则提升了,以补偿人在生前所遭受的种种挫折罢了。如果人们所向往的'彼世'是这样,那么他本质上恰恰是对'此世'依恋的一种最极端的方式。"

　　石头是核,映出宽阔的恒久之爱。风,这万物中的最轻盈者,吹拂着长形符咒般的石经墙,藏人认为,吹到玛尼石上的风被众生接触后,将因玛尼石而受益。松格玛尼石经墙那追魂的斑驳,让人想起苏珊·桑塔格所说的"传统碎片上的漂流",每块玛尼石都是心的化现,如此多心的灵意聚合为一,使分散的碎片回归到一个中心。日出月落,在清光、声音、气息的应和中,石头缄默的诵经声昼夜不息。

127

蜀中冠冕峨眉山

林壑涌现于心根，碧涧长流于念头。
漫漫浮世，最碧处是峨眉，重重峨峰的黛影，浮翠百千，投尽双眸。

东晋末年一个清凉的日子，在中土澄怀味道多年的印度和尚宝掌追寻普贤菩萨的吉光来到峨眉山，他激动而澄明的双眸映出清寂的山色，一束灿烂的丹霞打在他的缁衣和芒鞋上。长天辽阔，绣峦若玉，红日高曜于山巅，绿水低徊于云窝，宝掌和尚长叹道："高出五岳，秀甲九州，震旦第一山也。"他在洪椿坪后面的一座孤峰下搭了间茅房，留下来默修苦行。据说当他出生时，左手握拳，掌心有一颗醒目的红痣，所以7岁出家后得名"宝掌"。不久，宝掌和尚又到位于睹光岩十里处的峨峰下结茅独修，隐身于山青月皓的云水深处。后人在他修行的地方建了灵岩寺，该寺经历代扩建，成为峨眉山乃至西蜀第一大刹，明代最盛时，整座寺庙绵延于十里翠林，据传共有四十八座殿堂，前殿僧人不识后殿僧人，有"骑马烧香"之说。可惜的是，1644年这座庞大的寺庙在张献忠义军刘文秀部同清军的交战中毁于兵火。

峨眉山在成为佛教圣地前，其空明神秀已十分引人注目，"蜀国多仙山，峨眉邈难匹"，它是许多黄冠羽士之徒向往的修习地，在道教中排名第7洞天福地，道教创始人张道陵曾为它写过一本《峨眉灵异记》。据说真人广成子、财神赵公明、大道士左慈、大道士孙思邈都曾把这里当作栖身之所。峨眉山早期最大的道观是乾明道长修建的乾明观，南朝宋文帝时，观内道士发生严重分歧，向来受道士们敬重的高僧明果便入观传扬佛法，道士们大受开启，纷纷改宗佛教，乾明观于是变成了中峰寺。

峨眉山作为四大菩萨中普贤菩萨的道场，在北宋时期已获得普遍认同。普贤菩萨，梵语为"三曼多跋陀罗"，即普遍贤善之意，他为普度有情众生而广修"十大行愿"，所以又被称为"大行愿王"。北宋太平兴国五年（980）二月，白水寺住持茂真大师因弘法有功被太宗皇帝赵光义诏见，在皇宫里，茂真向皇帝的亲信解析皇帝的梦兆时说，皇帝很快将得到一名嗣子。不久，皇后果然生下后来的真宗皇帝赵恒。太宗皇帝欢喜之至，赐茂真大师黄金三千两，派遣大臣张仁瓒携带黄金，随茂真和尚回成都买铜30万斤，铸造高7.35米、重62吨的普贤骑白象铜像。披袈裟佩璎珞的金身普贤盘膝端坐在象背莲花座上，手持如意，头戴双层花叶金冠，巨大的六牙白象卷鼻舒尾、金饰雕鞍，站在四朵莲花上。这一气象雍容的普贤铜像从此成为峨眉山的镇山之宝。

所谓"言蜀不可以不言禅，言禅尤不可以不言蜀"。峨眉山是一花开五叶的南派禅宗的重要传承地，晚唐以来的主要法脉为临济宗和曹洞宗。明代万历年间，峨眉山累世灿烂的香火旺极一时。万历帝朱翊钧在位48年，据说他的母亲慈圣太后年轻时有沉鱼落雁之容，但苦于膝下无子，后因祷求普贤菩萨而生下太子，所以母子二人对峨眉山格外施恩呵护。上百万斤铜板、铜条、铜枋、铜皮及黄金锻造成的巍峨崇丽的华藏寺金顶大殿，"壮丽宏伟，驾乎诸山。闻者神往，观者叹异"的大佛殿及12米青铜千手观音像，高大精丽藻饰玲珑的伏虎寺须弥座紫铜华严塔，都是这一时期的产物。万历二十七年（1599），白水寺安放普贤铜像的木阁毁于一场大火，慈圣太后遂拨重金建造了著名的无梁砖殿，全殿高17.12米，殿顶竖立5座白塔和4只吉祥兽。巨大的半圆形穹隆砖顶覆盖在方形平面的砖墙上。殿墙、殿顶，甚至门楣、额枋、斗拱、花窗，全部用砖筑成，殿内四壁布满了佛龛，内供铜、铁佛像，穹隆顶部彩绘四位抱琵琶、箜篌、芦笙、笛子的华丽飞天。无梁砖殿建成时，恰逢慈圣太后70大寿，万历帝为此亲笔题写了"圣寿万年寺"的寺名，并赐给"普贤愿王之宝"的金印，从此，白水普贤寺改称为万年寺。万历年间，峨眉山大小寺庙计一百余座，常住僧人在1700人以上，山上云集了别传、无暇、通天、无穷、妙峰、楚山、归空等大批高僧，佛事极一时之盛。当时到洪椿坪楚山大师处"习静"的居士名流达千人之众，寺庙里住不下，大家便在寺外的密林中搭棚暂住，早晚餐霞咽云参悟性海，梵呗之声相闻，颂经之音不绝。

"我本楚狂人，凤歌笑孔丘。"峨眉山第一位有史可查的名士是春秋时的一代狂客陆通（号接舆）。公元前489年，大片热烈的秋阳明晃晃地打在楚国边城负函，一生致力于匡济天下的孔子带着他的得意门徒颜回、子贡、子路、宰予等人为等待楚王的诏见，在官驿里滞留了数月，不觉间淡淡的秋风已把几片阴郁的黄叶抖落下来。由于子西等一帮重臣担心饭碗旁落，极力反对任用孔子，一向好谋寡断的楚昭王尚在举棋不定中。一天，来自郢都的隐士陆通站在官驿的门口对着孔子唱了首《凤歌》："凤兮凤兮，何如德之衰也！来世不可待，往世不可追也。天下有道，圣人成焉，天下无道，圣人生焉……"唱腔中充满了讥讽的意味。孔子尽管知道陆通是在挖苦自己，但觉得言理高妙，很想跟他深谈一番，没想到陆通却旁若无人扬长而去。这件事传到楚昭王的耳朵里，他觉得楚国出了个高人,便派人乘坐驷马高车带着一千两黄金去找陆通,准备接他去江南当大官。不想陆通毫不犹豫地拒绝了。他老婆知道这事后说:"你是楚国的子民,你若不从,就是不忠,若从了不为所用,就是不义。不如远走高飞。"陆通觉得老婆说得有理,便打点行囊逆滚滚长江而上,夫妻俩蛰居于峨眉山深处的凤嘴石旁,从此过着与世无争幕天席地的耕读生活。

拥有一副举世无双的"明月肺肠"的诗仙李白与峨眉山因缘颇深,他25岁出川前曾在峨眉山足足住了半年,那是他青春岁月的巅峰时光。青春总是像一包猛烈而香甜的迷药可以把一个人的灵魂迷住,对李白来说,这包迷药的象征之物就是峨眉山的明月,"月出峨眉照沧海,与人万里常相随",他一生都在感怀这轮青春的明月,接受它丰满而滋润的秘密施洗。李白在峨眉山时,曾住在万年寺的毗卢殿,他常在殿旁的白水池边倾听义气相投的广浚和尚弹琴。公元753年清秋,52岁的李白在安徽宣州近郊敬亭山上的灵源寺,竟出人意料地碰到了阔别30年之久的广浚。百感交集中,广浚再次为李白抚琴一曲,那高古幽雅的琴声拂动着超越了灵与肉的至纯之情,捶打着李白的心脏,情难自禁的李白于是写了一首《听蜀僧浚弹琴》:"蜀僧抱绿绮,西下峨眉峰。为我一挥手,如听万壑松。客心洗流水,余响入霜钟。不觉碧山暮,秋云暗几重。"

峨眉山作为大名鼎鼎的佛教四大名山之一,历代都有大批墨客骚人社会贤达前来山中游历礼佛。在这些人中,南宋的范成大是最幸福的,日出、云海、佛光、圣灯四大峨眉奇观瑞相,这位石湖居士3天内全享受到了。1177年旧历六月十九日至七月二日,当了4年四川置制使的范成大在离开四川前游历了峨眉山,在山中待了14天,下山后写下万言游记《峨眉山行纪》。他在山顶上停留了3天,看到了云海,"云行勃如队仗……混然一白,银色世界也";看到了圣灯,"日暮,云物皆散,四山寂然。乙夜灯出,岩下遍满,弥望以千百计";看到了日出,"岩后岷山万重……此诸山之后,即西域雪山,凡数十百座。初日照之,雪色洞明,如烂银晃耀曙光中";还看到了佛光,"有大圆光偃卧平云之上,外晕三重,每重有青、黄、红、绿之色。光之正中,虚明凝湛,观者各自见其形现于虚明之处,毫厘无隐,一如对镜"。

追随宝掌和尚的双屦来到洪椿坪著名的千岁椿树下,胸径3米、身长28米的大树绿云结盖,虬枝遍披翠玉般的羽状复叶,夏阳像柔密银亮的万朵天花从上面飘下来,照得人满身空旷。远处，黛青的山壑浅浅地游动着许多烟萝，一些烟萝流向树木，一些烟萝流向天空。山光悦鸟性，树影空人心，一种"空绿"，让人不由得想起王摩诘的诗句：山路元无雨，空翠湿人衣。

椿树旁，是千佛禅院，寺内的佛像、殿堂、台基、门廊、重檐、雕饰、摆设、漆色，极其幽美而且全都保持着纯正的古味，弥散着佛教寺庙传统的"正气"——庄严、清寂、古朴，在这大破大立崇尚繁华的时代，这样的寺庙已很少了。禅院的三大殿为观音殿、大雄宝殿、普贤殿，大雄宝殿精丽而独具风格，大殿前3.15米高的素面台基上建有6米宽的台阁，温秀如戏台。禅院内的石碑上有康熙御笔题写的"忘尘虑"几个字，这真是让人忘掉尘虑的地方啊！

如今的千佛禅院，应该是1778年正月初三毁于火灾后峨云大师重修的老寺，历经两百多年的沧桑，这座古寺的主体风骨和气脉一直没有断，甚至在1968年10月，它一定程度上躲过了1300名披红挂绿的红卫兵上山大破四旧的劫难。

峨眉天下秀，秀在一个"树"字，树是山的势，没有灵动的"势"则山只剩下枯硬的"形"，哪里谈得上"秀"，全由钢筋和混凝土搭建成的都市，就同"秀"更扯不上关系了。峨眉山的树中，让人百感交集的是桢楠。山中最大的楠木林有两片，一片是伏虎寺一带的"布金林"，另一片是白龙洞一带的"古德林"。"布金林"是清朝初年伏虎寺寂护长老率徒众按《大乘经》一字一树种起来的，一共种了109000株。"古德林"则是明代别传禅师栽种的，每种一株楠木，别传禅师便朗诵《法华经》上的一个字，叩一个头，然后再种，一共种了69770株。别传禅师在峨眉山是德行超卓的高僧，四川历史上最大的铜钟圣积晚钟就是他募化来的，重达12500公斤的大钟，击响时，浑厚的黄钟大吕之声可传出几十里外。别传禅师于81岁那年圆寂，圆寂时弟子们鸣钟而泣，钟声停止后，禅师突然睁开双目喝道"一声吼破太虚空，烁烁禅光横大有"，说完此偈遂恬然而逝。1958年大炼钢铁时，伏虎寺、清音阁等处的近万亩林地被毁，众多楠木遭到严重毁坏。文革时期，峨眉山林木再次遭到严重破坏。如今，再次来到伏虎寺，但见"布金林"慈云覆映绿荫蔽日，重又现出蓬勃气象，大片浓绿把空气都染绿了。

峨眉山的楠木令人想起欧洲著名童话《哈默尔恩的吹笛人》。德国萨克森州的小城哈默尔恩位于美丽的威悉河畔，它在中世纪时是面粉制造中心，由于到处是面粉作坊，老鼠格外猖獗，于是出现了一些以捕鼠为业的人。在这些捕鼠人中有一个吹笛人，他能用美妙的笛声引出老鼠，把它们引到威悉河里淹死。哈默尔恩人为了灭鼠，就向吹笛人许诺说如果能把老鼠都淹死，将给他丰厚的报酬。但当所有的老鼠都被吹笛人引出淹死后，哈默尔恩人却食言了，他们没有履行诺言，愤怒的吹笛人于是用笛声引出城里所有的孩子，让他们像老鼠一样淹死于威悉河。

哈默尔恩的吹笛人正是大自然的象征，他的笛声能助人也能杀人，至于吹响什么样的笛声很大程度上取决于人们的态度，对楠木的栽种和破坏，正显明了人们不同的态度。中国传统的根本点是"天人本一"思想，它外化为"天人合一"思想，展示为人与万物

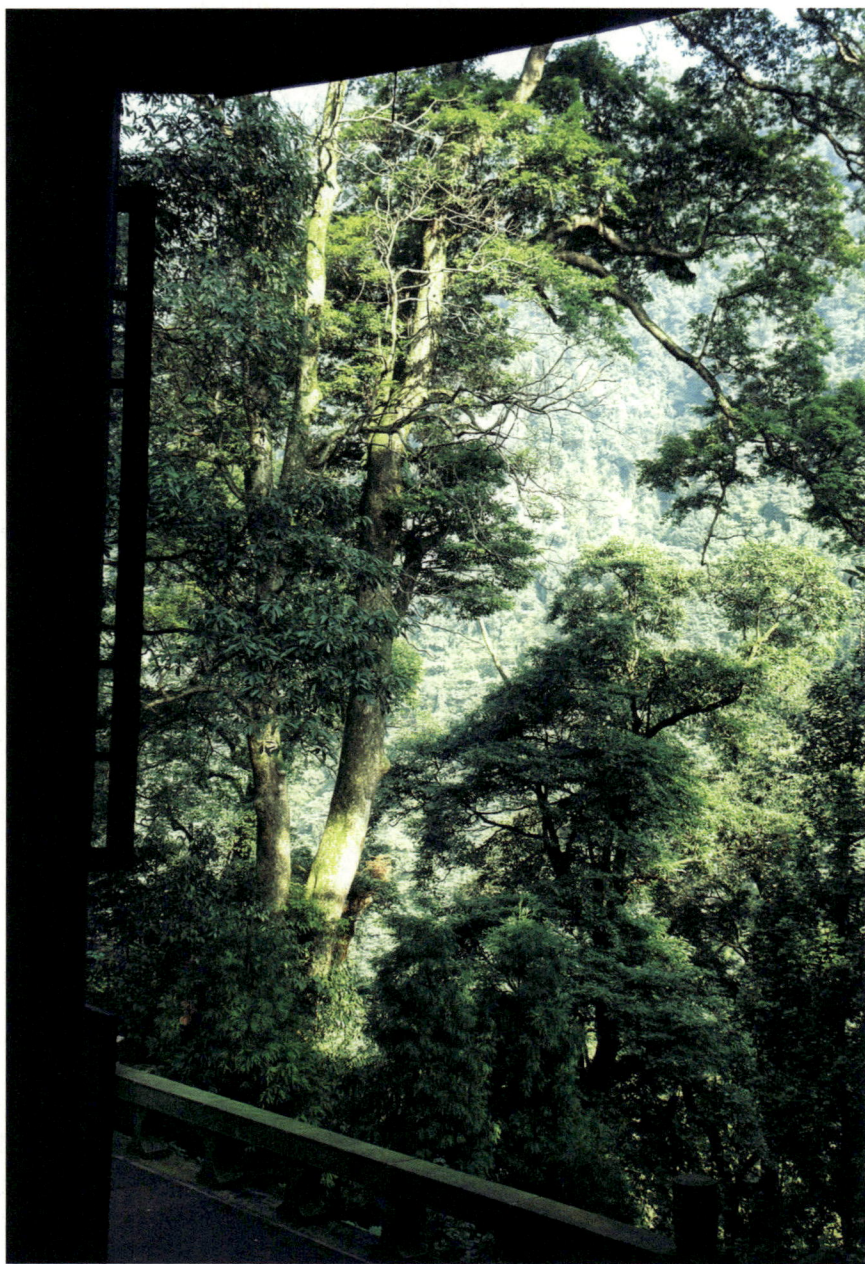

2013 年, 峨眉山洪椿坪　白郎 摄

平等和谐共处、人与社会与自然一体俱用参赞化育,这种传统的轴心部位隐藏着敬畏与节制。近年来科技经济浪潮造成的严重生态问题,从某种意义上说是传统的根本中断后产生的结果。

峨眉山的楠木以及满山的翠色,让人意识到种树对修复传统、改善人与自然紧张关系的重要性。

汉阙,追寻谢阁兰的步履

鲁迅曾说:"唯汉人石刻,气魄深沉雄大。"作为汉代文化遗存最丰厚的地方,四川这些当初与亡者有关的绚烂石刻,在今天已成为一笔祖先的赠礼,由此,相隔两千年的两个时代在一个甬道上达成了美的融合。

"异域情调论",是谢阁兰美学的支撑性概念,秘藏着"禅意",一而万,万而一,无数能量场处在共同的涌现当中,内涵极其纷杂丰盈,很像他曾描写过的一种奇怪的中国铜镜:在映照出镜前之物的同时也映照出镜背的花纹,于是镜面呈现出两种图案的糅合。所以,在谢氏看来,自然与人,主观与客观,古与今,心与物,真与幻,都是"一合相"(一个东西),双重延伸的背后有一个中间地带,这个中间地带含敛着更高维度的存在之真,"就在二者之间,比它们还要广、还要宽,大概尚有一物存在。此物,未被经验触及;此物,不可言,逸出于一切控制,能综合矛盾的两极……"他感叹道:"没有任何静止不动的物质可以逃避时光的齿轮,物质的建造不是用来针对永不停息的时光,永恒并非存在于你们的墙壁里,而是存在于你们,有传承性的人的本身之中。"也即是说,当谢阁兰面对世界,实际上他面对的是世界的本源——同时是他自己的灵能。

　　"雄健而人性"，这是维克多·谢阁兰对汉代气脉的感言。1914年，这位出生于法国海滨小城布雷斯特的才子带领一支考古队考察了四川汉阙。那是晚春时节，处处青翠，黄花烂熳，万物氤氲着蓬勃的吉气，谢阁兰骑着匹白色的高头大马穿行在异域的诗情中，他曾向妻子宣称自己"心中长期沉睡着一个骄傲的神秘主义者"，现在，这位秘密的"神秘主义者"正从包裹着重重光影的真实中苏醒过来，将其撞醒的是神秘主义之物汉代石阙——中国留存于地表之上时代最早的建筑物。这是历史上首次对四川汉阙进行大规模实地考察，谢阁兰寻访了十几个汉阙，其中的很大一部分属于首次发现，考察成果后来被收入《中国西部考古记》一书中，当如此多近两千年前的中国建筑被揭示出来，欧洲学界不禁吃了一惊。

　　谢阁兰到达著名的高颐阙的时间是1914年6月25日前后，在一大片玉米地旁的萋萋荒草间，高古雍容的石阙带给他一种欢愉的震颤，有孔的高颐碑上端缠绕着"汉代体范最美之螭龙"，两头长着羽翼的神兽腰部高高耸起，蹿入他精神高地的幻象之巅。谢阁兰之前，一个叫阿隆的法国人曾实地来看过高颐阙。之后，1939年深秋，梁思成和刘敦桢对高颐阙进行了实地考察，绘制了线描图，并借助高架木梯爬上阙顶进行细部测量，从现场照片可看出阙顶上长出的灌木已有一米多高。

　　高颐阙位于雅安东郊8公里的姚桥乡汉碑村九组，当地人把这里叫石马社，2011年4月17日午后，春光正顺着黛青色的金凤山湿漉漉地飘过来。早先的玉米地早已围成了专门用作保护汉阙的仿古院子，一进门就能看到两头长着双翼的汉代神兽张着巨口守在汉阙外，似狮非狮，似虎非虎，气韵万千，身上到处是斑白的苔藓。守阙人是45岁的赵文平，他已在这里守了10年，他接的是父亲的班，其父守了十多年。

　　高颐阙的东阙现仅存主阙的阙身，由5块红砂石垒成，顶盖系后来配做。西阙的主阙、耳阙保存完整（除了耳阙的脊饰有所残损），是全国现存汉阙中保存最完好、雕塑最精美的一尊。东西两阙相距13.6米。西阙为重檐四阿式仿木结构建筑，主阙由台基、阙身、楼部、顶盖4部分构成，共有13层石材，通高590厘米，耳阙共有6层石材，通高294厘米。阙体四面雕饰着各种线刻图、浅浮雕、高浮雕、透雕像，题材有出行图、献礼图、鼓琴图、季札挂剑图、西王母图、鸟兽率舞图等等。阙体密布着柱、斗、拱，四隅斜伸出俨若顽童的角神。阙盖造型为重檐庑殿顶，下方雕有枋头24双，最顶端脊饰正中栖着一只衔有绶带的雄鹰，头朝北，汉阙专家徐文彬认为应该头朝南才对，是后人维修时把方向搞错了。1940年，为保护西阙，西康省修建了一个保护亭，文革后期，这个亭子被大风刮倒。

　　高颐，字贯方，曾任益州太守，颇有政名，卒于汉献帝建安十四年（209），看来此人是个著名的孝子,距其墓阙不远处原有一个高孝廉祠,高颐碑就是后人从那里搬迁过来的。

一群在附近做工的汉碑村乡民走了进来,长着一头卷发的壮汉赵文平说,他们小时候这个汉阙还没专人看护,放学后他和小伙伴常爬到阙顶上玩耍,有时候翘着腿躺在上面睡觉,身子浮在半空中,阳光直直地射下来,很是舒服,那时候阙身间有个很大的缝隙,所以要爬上去比较容易,荒草很深,石阙里藏着一些蛇,不时会冒出来,所以胆小的孩子是不敢爬这个石阙的。他指着旁边精瘦的陈福全说,他长得像猴子,小时候爬得可快了,胆子又大,经常在石阙上捉蛇来耍。

阙,《说文解字》的解释是:"阙,门观也。"四川汉阙的风格主要有繁复沉雄和简约清逸两种,前者的代表是高颐阙、绵阳的平阳府君阙,后者的代表是渠县的冯焕阙、沈府君阙。平阳府君阙是双阙的主阙、耳阙都保留完整的唯一汉阙。忠县丁房阙的形制颇有特色,与画像石、画像砖上众多的汉阙刻像极为接近。从全国为数最多的汉阙遗存和画像石、画像砖上繁多的汉阙图像,可知汉代时汉阙在四川是相当多的,据《华阳国志·蜀志》,公元前311年(秦惠文王二十七年),秦灭蜀后,张仪筑成都城时修造了城阙,公元105年(汉武帝元鼎二年),成都建了18个城门,周围各地纷纷仿效,"于是郡县多城观矣"。秦汉之际,全国战乱频仍,而富庶的四川则未受破坏,经济文教盛极一时,当时成都是人口仅次长安的大都会,以公元2年为例,长安人口为八万八百户,而成都是七万六千二百五十户,所以《华阳国志》描绘汉代四川的风尚是:"家有盐铜之利,户专山川之

1914年,四川汉阙上的朱雀 谢阁兰 摄

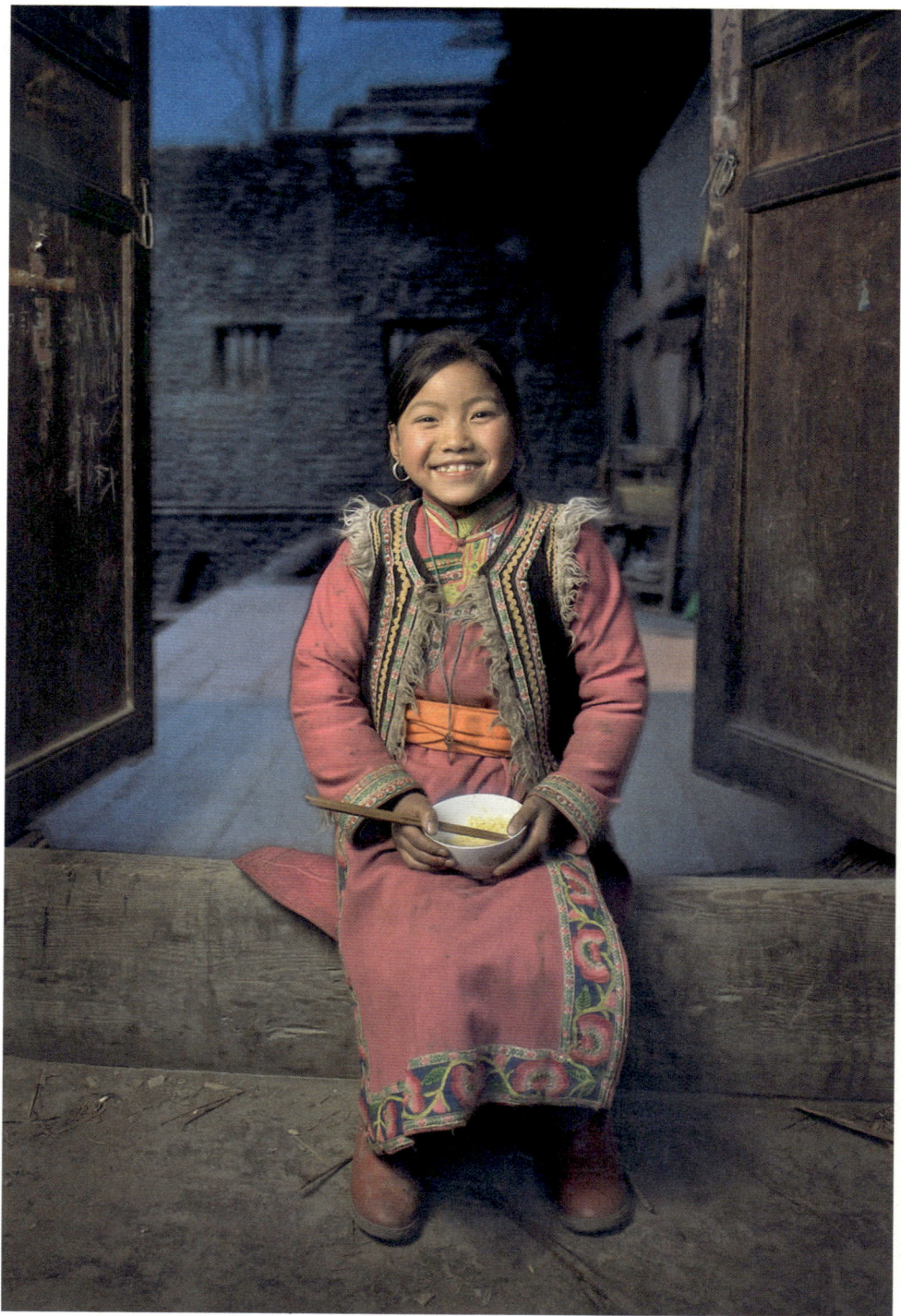

左图：坐在自家门口的羌族女孩　陈新宇　摄

下图：四川彭州白鹿镇上书院圣母堂，由法国传教士建成于1908年，在5·12大地震中毁塌　白郎　摄

新津观音寺明代壁画

材,居给人足,以富相尚。故工商致结驷连骑,豪族服王侯美衣,娶嫁设太牢之厨膳,归女有百两之徒车,送葬必高坟瓦椁,祭奠而羊豕夕牲,赠襚兼加,赗赙过礼,此其所失。原其由来,染秦化故也。"所谓"染秦化故也",指的是沾染了长安一带的风气——尚奢华尚厚葬。造石阙不但费资耗时,而且需要艺术品藻,它在四川大量出现正是"尚奢华尚厚葬"的一种具体呈示。另外,对于墓阙来说,本地固有的灵巫传统也是一个因素,根据这种传统中的灵魂观,三星堆时代的蜀人相信灵魂借助通天神树可以登天,到汉代,通天神树更多地衍化为了天门,"天门"的具体形态就是各种阙,往往有一只美丽的朱雀歇在上面,四川出土了全国最多的"天门",充分说明蜀人在那个时代的灵性指向。

谢阁兰的考古队是在 1914 年 4 月 21 日抵达渠县的,旋即对 6 处 7 尊汉阙进行仔细的考察,这些汉阙密集地分布在距离土溪乡和岩峰乡不足 10 公里的地方,而此二乡约在城外 20 公里。从当时留下的照片可看出,谢的马队在崎岖的古驿道上行进着,长时间的野外之旅使他的胡子有些零乱,锐利的眼神在静穆中流露出淡淡雄心。这位内心将一切视作泡影的法国人似乎正站在人与神之间的边界上,他要用自己的一次冲锋,在时间深处找到被人们忽略已久的一种东方灵力。

2011 年 5 月 21 日,追寻谢阁兰 97 年前的足迹来到"汉阙之乡"渠县的土溪乡。细雨迷蒙,滚滚绿树与云气四合,坡地上不时能看到墓茔,一座连着一座,它们距生者的屋舍很近。当一个乡民荷锄从墓旁走过,感到生与死被裹挟在某种隐的链条中,生,是死的阳面,而死,是生的阴面。在被当地人叫做石厂湾的王家坪,见到了王家坪无铭阙,阙体上布满了各种神灵活现的图案,其中最出名的是荆轲刺秦图。这个汉阙被围在围墙中。除了蒲家湾无铭阙,渠县的汉阙近年来都被围了起来进行专门保护。1914 年时,这个被水田环抱着的汉阙已有所倾斜,谢阁兰很担心它不久后便会倒塌。66 岁的当地人李伟东说,在他小时候,人们利用这个阙搭了个茅厕,保护是后来的事。渠县文博馆的专家肖仁杰指着不远处的一个山崖说,石厂湾准确的位置就在那儿,到处是红砂石,汉代时很可能是汉阙的集中制作地,近年陆续发现了当年制作汉阙时遗留下来的石质构件。谢阁兰曾在王家坪的水田里发现三尊汉代神兽,头部都已失缺,20 世纪 20 年代在四川红极一时的军阀杨森命人把这几尊神兽搬走,因太沉重民工们只搬到了冯焕阙旁,然后当地村民把神兽埋了起来,2005 年时挖了两尊出来,搬到了渠县文博馆。

　　著名的冯焕阙在土溪镇赵家村，因村东和村西的两个无铭阙，这个村已改名为"汉阙村"，一村三汉阙，的确天下无双。冯焕阙外，一个农夫牵着头牛慢慢离去，流动的牛背上浮着从汉阙飘下来的一点幽情。冯焕阙立于公元 121 年，原为双阙，现存东阙（渠县 7 尊汉阙中，只有沈府君阙双阙俱存，且 7 尊都失去了耳阙）。阙身由整块砂石做成，阙楼雕饰典雅，下部布满枋子和浅浮雕方胜纹图案，上部四周雕刻斗拱，两侧为曲拱，阙顶仿双层檐，檐石刻华丽筒瓦，勾头雕勒葵鳞瓣纹饰，可惜的是最高处的脊饰已失去。冯焕阙整体显得简练入神，朴素归真，敛含着典型的汉代风韵，谢阁兰赞其为"绝优美之物"，梁思成称它"曼约寡俦，为汉阙中唯一逸品"。阙身上用八分书分两排阴刻："故尚书侍郎河南京令，豫州幽州刺史冯使君神道。"这 20 个字在书写上兼具汉隶石刻与简牍之妙，充溢着率真与灵性，左掠右磔，极尽飘逸之态，被许多人视为蜀派汉隶的典范。曾在土溪镇工作过多年的蒲鲸全说，前些年常有日本人来参观汉阙，他记得曾经有两位七十多岁的日本早稻田大学教授来考察冯焕阙，被深深感动，竟跪倒在阙前哭泣不止。

　　汉阙，是汉风的凝结之物，是汉风本身，它让后人深切感受到汉代文化贯穿着的雄勃朝气和充沛威力——即使是在造墓艺术中，亦没有死丧消沉之气。当谢阁兰感慨"伟大的汉，所有朝代中最中国的一个"，他的话外音是此后中国文化广受佛教为主的外来文化的浸染，生出了万千变化。而汉阙，恰是佛教文化传入前的纯粹之物。在绵阳平阳府君阙上，有 29 座凿于南北朝时期大通三年（531）的小佛龛，仔细想来，这是一个意味深长的历史细节，显现了汉文化"纯粹风范"的某种消殒。

　　当站在距土溪乡不远三面被渠江环绕的汉代遗址城坝上面的时候，我看到一个戴斗笠穿蓑衣的乡民牵着头牛在水田里劳作，俨如汉代的农夫，3 口汉代时的陶井已被使用了两千年现在仍在使用，不远处的农舍镶着些菱形纹、车轮纹汉砖，连猪圈上也镶有不少汉砖，一头白色的小猪用嘴抵住汉砖发出几声怪叫，潇潇细雨中，天和地像上唇和下唇贴在一起，万象显得恍惚，恍惚中，记起谢阁兰的感慨来："生活在中国是古怪的，因为人们在那逝去的千年历史中穿行。"

符咒上的文昌大庙

"北拜孔子，南朝文昌"，七曲山文昌大庙堪称东方神秘主义信仰的典范之所。

细雨洗着浓翠，浓翠洗着细雨，孟春，梓潼七曲山，一种洁净的光斜斜地捧着春山。这是一种翡翠色的青黛光，它像巨大的绸幔漫开，透出一条路，顺着这条路，可进入一扇厚厚的中国式民间信仰的合门，里面混合着灵修的泥土、现实与历史的双重火焰。

新雨中，七曲山文昌大庙的朱红庙墙显得很艳，显然在最近重新涂染过。大门上高高挂着用金漆书写的"帝乡"二字，显示了此地作为天下文昌文化祖庭的尊位。站在重檐四合的大殿前，一眼就看见魁星殿两旁的侧楼上齐刷刷挂满了猩红色锦旗，极为突兀，这些旗子大都是满怀感戴之情的香客们还愿时进献的。文昌帝君是负责掌管文运功名及人间禄籍的大神，若把他比作上界的"教育兼文化部长"，那握朱笔占鳌头的魁星便是"招生考试办主任"，获得他俩的护庇，"金榜题名"自是小菜一碟，所以难怪每年高考前夕，四方赶考的学子蜂拥而至虔诚敬拜。

春雨把苍天拉进朱阁，一只鸟放牧着春山，一截鸳墙隐忍地嚼着花影。香客们正冒雨烧高香，长长的高香分红黄两种，比一般的香粗大阔气得多，标准的进香过程得供燃香、蜡、纸、炮四种祭物，蜡用的是典丽纯正的红蜡，纸用的是专供敬神使用的黄表纸。几排红烛在宽大的烛台上摇曳，映着大殿台基上的明式凤鸟和花饰，礼神的鞭炮声从不远处恭敬地传出，朝着遍披小青瓦的空濛殿宇撒下来。

单檐歇山式大殿内，供奉着雍容高贵的文昌帝君铁铸坐像，高 4.7 米，方面大耳，手持牙笏，头戴冠冕，全身鎏金。前方的供案上压了一堆祈福用的鲜红灵符，两旁呈八字形排列着 8 个铁铸侍从神，其中右侧手捧玉玺的是"天聋"，左侧手执铁如意的是"地哑"，传说帝君以此二人为侍者是为了避免泄露"天机"。这批铁像后背上刻有铁铸铭文，证明铸造时间为崇祯元年，由陕西薛姓匠人所铸。1966 年"文革"开始后，文昌大庙所有泥塑神像、木塑神像被捣毁，大部分木雕、石雕被毁坏，只有铁铸神像得以幸免。梓潼人亲切地把文昌神像称作"老爷"。当地人赵福春大爷说，在当年的"破四旧"运动中，红卫兵大肆捣坏庙里的文物后，拿那些生铁浇铸的老爷没办法，大殿里的那尊最大的"老爷"极为沉重，一群红卫兵用大麻绳套住"老爷"的脖子，使足吃奶力气也没把"老爷"拉倒，倒是主谋的那个人后来遭到报应突然横死。赵大爷感叹道，"文革"结束时，文昌大庙已很是荒凉，里面住了几户农家，庙堂上荒草丛生，敞养的猪牛到处游荡，好在政府很快让文管所驻扎进来，对大庙全面保护整治，情况由此改观。如今，大庙保存下来的元、明、清的古建筑群以文昌大殿为中心，包括魁星楼、桂香殿、钟楼、鼓楼、瘟祖殿、白特殿、风洞楼、天尊殿、关圣殿等 23 座。1996 年，七曲山文昌大庙被列为全国重点文物保护单位。

20世纪初期，川西更夫

142

"北拜孔子,南朝文昌",七曲山文昌大庙堪称东方神秘主义信仰的典范之所。它在唐代以前叫"善板祠",祭祀的是晋代大善人张亚子,当地人奉其为雷神,即梓潼的本土保护神。进入宋元时期,伴随着祭祀规格的不断提升,"梓潼神"和道教神祇中的"文昌星神"逐渐被糅合在一起,神格化级别不断跃进,终演化为掌管文昌府和人间禄籍的大神。元代延佑三年(1316),元仁宗加封"文昌梓潼神"为"辅元开化司禄宏仁帝君","文昌帝君"在中华神仙系统中的尊贵地位最终获得确立。宋元以来,中华文化儒道释三教合一的信仰之路日益显明,文昌信仰就是这条路汇集后的一个标记,它是一种伦理符号,是造神运动的产物,也是传统主流宗教世俗化后融合出的梦幻之主,散发着无尽的乡土巫气。

七曲山大庙最奇特的地方是风洞楼,里面供奉着一代枭雄张献忠的塑像。黄面、长身、虎颔的张献忠人称"八大王",堪称四川历史上最大的破坏者之一。《清史稿·食货志》载:"四川经张献忠之乱,孑遗者百无一二。"这么个"大坏蛋",梓潼人却要祭祀他,这和当初的历史有关。1640年,张献忠率部在七曲山一带击溃了明朝兵部尚书杨嗣昌亲率的10万大军,一举奠定在四川建立大西政权的根基,他不久后再度经过梓潼时,恭敬地对文昌神像说:"此吾祖也,吾祖助我。"说罢在文昌正殿内大设香案举行隆重的联宗认祖仪式,并亲自撰文:"咱老子姓张,尔也姓张,咱与尔联了宗吧。尚飨!"4年后张在成都称帝,下诏封文昌帝君为"始祖高皇帝",敕封七曲山文昌庙为"太庙",七曲山改为"太庙山",并拨银五万两,扩修太庙,命七曲山的裴、贾二姓为护庙的"司香户"。这事后来在曾国藩讨伐太平天国的《讨粤匪檄》中被提及:"……王道治明,神道治幽,虽乱臣贼子,穷凶极丑,亦往往敬畏神祇。李自成至曲阜,不犯圣庙;张献忠至梓潼,亦祭文昌……"

乾隆时期的1742年,绵竹县令安洪德路过梓潼,得知风洞楼内的塑像是张献忠,大怒之余下令将塑像打得粉碎,抛撒于山门外的大道中,任由往来的人践踏、牲畜在上面拉屎拉尿,并立《除毁贼像碑记》一通,同时还把张献忠钦命的"司香户"裴、贾二姓的后人游街示众3个月。1943年,随师父智光法师在七曲山大庙修行的海灯法师将风洞楼更名为大悲楼,在里面塑了一尊释迦牟尼佛像和观世音菩萨塑像,"文革"中佛像被毁。1987年9月,全国第二次"明末农民战争史学术研讨会"在梓潼召开之际,特意在风洞楼当初供奉释迦牟尼佛像的位置重新塑了绿袍金脸的张献忠像,并将风洞楼的一半整修为张献忠家庙。

七曲山大庙最有特色的民俗活动是庙会,可以说是四川最有代表性的庙会,每年都会举行两次,分为春季庙会和秋季庙会,春庙会从农历二月一日到十五,是纪念文昌帝君诞辰的,秋庙会从农历八月一日到十五,是纪念文昌帝君成道的。参加庙会的人每届都在数十万人以上,影响波及周围数县。以前,赶庙会的人往往会给文昌老爷祭献上一只鸡,敬拜完后,把鸡头割下来供上,以表明诚意,条件好一点的会敬献猪头,农户到天尊殿侧殿向掌管五谷的神明祈福时,会献上祭米,祷告结束后图吉利抓一把回去喂给自家家畜。梓潼文昌庙会也叫"文昌会",起源于古老的文昌祭祀。清代咸丰年间,文昌祭祀被朝廷列为礼部祭典，升格为国家级祭典，以文昌官为支撑点的文昌文化遍播全国，七曲山文昌祖庭的祭祀活动进入到鼎盛时期。最近这些年，随着文化道统的衰减和经济潮流的席卷，文昌庙会已由早先宗教意味较浓的祭祀文化，转化为了集祭祀、民俗、商贸、旅游为一体的综合性民俗节日。如今，庙会的特色和民俗参与性是比原来减淡了，但仍然热闹非凡，红男绿女形成的滚滚人潮里，梓潼人那唱戏似的甜软叫卖声响成一片，现代音响掀起的喧嚣直冲白云，河南驯兽耍猴人扯起的草台班子前围满了娃娃；常能看到一位姓窦的梓潼老艺人手持楠竹长筒做的竹琴，一边敲响蒙了羊皮的琴鼓，一边用脚踩响系有铜铃的竹制简板，嘴里绵绵不绝地唱着《目连救母》《割肝救母》《寿昌寻母》等孝子歌，深切沙哑的声腔，令不少惷朴乡民动容。一些极为虔诚的乡民则围在文昌大殿前的古柏旁，用长满茧巴的手努力地抚摸树干，接着用这只手抚摸自己的脑门或面颊，他们相信这棵古柏深藏着文昌帝君的灵气和文气，仁慈的帝君将以这棵树的气息加持于他们，有的乡民颤悠悠掏出了红纸，把它工工整整地贴在树干上，以表明自己的虔敬。

七曲山是一座古意苍茫的山，这种古意一半来自古庙一半来自古树，全山两万余棵古柏密密麻麻地汇集为全国最大的成片纯古柏林，其中挂牌编号的有14305棵。山色浩大如映，在深重的苍翠中，海水中的绿岛似的林子重叠在一起，噙着春之秘香，形成了大地上灵异的美丽巨翼，它旷达地抖着黛色幻影，将纷繁的春收于真淳，在里面走着，感到一把无形的明镜正把灵魂照绿。于是不禁想起赫尔曼·黑塞的话来："树木是圣物，谁能同它们交谈，谁能倾听它们的语言，谁就能获得真理。"

在希腊神话中，翩翩少年赛帕里西亚斯一次狩猎时误将神鹿射死，悲痛欲绝，于是爱神厄洛斯请求宙斯将他变成柏树，既不让他死，又让他保持恒久的伤感，柏树由此成为深切和恒久的标志；古希腊人和古罗马人习惯将柏枝放入死者的灵柩中，而古罗马人的棺木通常用柏木制成。在中国文化中，柏树是"百木之长"，象征着吉祥、坚贞、高尚和不朽，梓潼至今有煨柏枝、插柏枝来驱邪除瘟的风俗。

七曲山一带的古柏，大多为两百来岁的"潘家柏"，系乾隆四十四年(1779)，梓潼青牛镇贡生潘悖带着儿子潘子羽、潘子黛，孙子潘永楠，举家迁至七曲山，为培植文昌大庙的风水地脉而种植的，10年中共种了4万棵柏树，潘氏欣慰之余笑称这片柏林是"四万株松之斋"。

从七曲山驱车来到不远处的上亭铺，霏微的春雨中，路边一片形局辽阔的空地上立着个石龟，上面驮着块大石碑，上面写着"唐明皇幸蜀闻铃处"，石碑系梓潼知县桂良材在光绪年间所立。据清代《重修梓潼县志》记载："上亭铺，县北四十里，唐明皇幸蜀，至此闻铃声，似言三郎郎当者，故名郎当驿。""文革"时，此地被辟为氨水池，1984年，梓潼县文管所在附近的一户农民家里发现了这块已被砌在墙上的大石碑，龟座则被遗弃在菜园边上，不久碑址得以复原。大唐天宝十五年(756)农历七月十七日，安史之乱中从长安延秋门一路南逃的唐明皇来到梓潼上亭铺驿站，当夜细雨绵绵不绝，夜半时，檐角的风铃在冷雨中当啷作响，孤独拥着罗衾的明皇迷迷糊糊间被惊醒，怅然起身问侍候自己的黄幡绰说，这是什么声音呀，黄知道皇上每天都在深深地思念杨贵妃，遂说："好像是三郎三郎，郎当郎当。"明皇听后不禁泫然泪下，一月前他心爱的贵妃娘娘在马嵬驿的一棵梨树上被逼自缢了，"三郎"正是明皇的小名，杨贵妃每天都要亲切叫唤，而"郎当"是落魄的意思，"三郎郎当"，仿佛是贵妃娘娘在满怀爱怜地说："三郎，你怎么这么郎当呀。"明皇再也睡不着了，长于音律的他揣着一腔悲伤写下《雨霖铃》以遣愁怀。第二天，右丞相韦见素令梨园弟子演唱此曲，乐工张野狐奏筚篥助兴。据史料载，面对蜀道富丽的山水，当时唐明皇愁肠百结地对侍臣说："鸟啼花落，水绿山青，无非助人悲悼。"日本人竹添进一郎于1876年夏天到过"唐明皇幸蜀闻铃处"，写道："诗情酒兴任纵横，莫管蛾眉恨未平。地下三郎应妒杀，看山含笑听铃声。"

　　当年，文管人员还在上亭铺的一个大粪坑里发现了一块光绪年间的大石碑，通高3.36米，上书"七曲山"三个大字，题写者为民国初年做过京师图书馆馆长的著名书法家彭聚星。这块石碑现立于文昌大庙外的南坡原址，石碑的粪味已散尽，褐黄的碑身清寂地融入山色，凝视它，能感受到时光的魔性，这一魔性销蚀历史，销蚀现实，销蚀万物，销蚀虚空。

晚清，一个川西道人　立德夫人 摄

145

松格玛尼石经城记

古老疆域,泱泱风土,石头挽起信仰和生活,掰开了两者之间的界限。
在石渠,玛尼石文化的巅峰之地是松格玛尼石经城。

　　2013 年 10 月 3 日,来到距石渠县城 80 公里外阿日扎乡的石经城,慷慨的浩渺之气中,古城堡似的石经城形同古铜色大地抬着的一个巨大灵魂,仿佛从大地深处的本质之海中升出来,苍苍古色,超以象外得其环中,持之非强来之无穷。石经城坐落于四围有对称山坡的草原上,呈不规则长方形,坐西朝东,长 73 米、宽 47 米,最高点在中心偏南的塔顶位置,约 14.5 米。整个石经城没有框架支撑,不用任何粘合材料,整体形制是一个坛场, 重重叠叠的墙体和一般嘛呢堆一样, 由刻有经文或佛像的嘛呢石随意垒砌搭建,城内无数甬道形同迷宫,置身其中,倍感一种磅礴的迂回。石经城搭建有 400 个左右的佛龛,外墙正面佛龛排列最为集中,格萨尔王及 30 大将在石刻画像中占据显要位置。据传,格萨尔王时代,由于格萨尔叔父措同的出卖,两员将领隆乌玉达、荣查马勒在霍岭之战中身亡,后来措同忏悔自己的行为在此建了嘛呢堆和白塔。16 世纪时,高僧白玛仁青于此基础上建造石经城,此后人们世代堆砌嘛呢石,形成了今天的状况。从传说来看,松格玛尼石经城历经了两次营造,目前的建构是后一次营造的累积,到现在仍每天有许多信众在往上添加玛尼石。

　　在石经城的底部,可看到许多气息极为古拙的经文石和图像石,两块裸露的粗大图像石吸引了我,一块刻着 3 个并排的"卍"字,一块并排刻着"卍"字纹、法轮纹、宝相纹。从一道豁口我进入了石经城,在玛尼石的深邃秘境中穿行,似感觉自己仅是一股气流,不断层垒起来的石板中间,有大量泥土做的小擦擦,时间一长,便化入石板的接缝,起到沾合作用,这对石经城的稳固很重要,城内原有三个喇嘛塔,现仅存一个,处于中心部位的喇嘛塔被雷击坏后混入一大片高高的玛尼石中,仅露出原属塔顶的颈口,像一口井,井坎为圆形,民间关于这口井有种种传奇说法,认为里面秘不可测,俯身用耳贴近井口,可听见风声、水声,甚至法鼓声、海螺声、诵经声等玄音。

　　石头是核,映出宽阔的恒久之爱。在石渠,各种石经墙多达三百多处,玛尼堆随处可见。石头是人们日常生活的核心之一,是古老的苯教时代就已存在的灵魂母题,象征着轮回深境中的永恒灵力,作为大自然的骨骸,世界的元气会持久地灌注在石头中。石渠藏人把玛尼石艺人叫做朵格,他们创造的这种独特雕石,是经书的升级版,涵摄着智慧与慈悲的加持力,所以,无论祈福、祛邪、禳灾、发愿、忏悔、感恩、超度,种种心灵生活的示现都和玛尼石分不开。当一个人经过玛尼堆时,往往要一边祈祷一边添加一块石头或一颗石子,他们相信这样做等于念了一遍经文。每年都有为数众多的人发心在玛尼石上刊刻经文,视此为种下吉祥善因之举,功德恒久不失。病中之人,认为怀着虔诚的清静心不断绕着玛尼堆转经,将逐渐痊愈。藏民普遍有刻玛尼石为亲人超度的传统,有些家庭会拿出家产的一部分为亡者刻玛尼石、印经旗及做佛事。与其他康区的藏人一样,石渠藏人非常重视护生,视杀生渔猎为低贱之业,以杀一虫蚁为恶业。

玛尼堆是由玛尼石砌成的坛场,玛尼墙、玛尼城是玛尼堆扩展后的变体,坛场的梵语读音是"曼陀罗",意指"圆轮具足、聚集",亦可引申为"佛的集合与澈悟的本质"。绕着这一正能量圆心进行体验,心灵可被引导至天人合一的的源泉,此源泉是万物俱有的本心,并不外在于人心。所以,生活中的修行,实际上是一场"唤醒"。顶果钦哲仁波切说:"我们心的本质是自然的流动,但是一遇到内在和外在的事物,它就开始抓取,然后发生漩涡。它认为自己是那个漩涡,忘记了自己是整条溪流。"

松格玛尼石经城南边是帐篷村庄,帐篷旅馆的女主人卓嘎说,她家已在这里住了三十多年,刚来时只有三十多户人,现在已超过一百户,村里有格萨尔说唱艺人。谈及石经城,她说印象最深的是石经城的底部偶尔会朝外冒五色土,每个方向冒出的颜色不一样,有红色、蓝色、白色、黑色,每当冒五色土时,大家会把这些吉祥土捧回去吃,认为可以治病、祛邪,这几年冒的时候越来越少了,因为来的人太多,地气已不纯。

松格玛尼石经城有玛尼石刻工叫朋楚,78 岁,生于 1935 年,他是阿日扎乡马曲村人,从 23 岁起就在松格玛尼,13 岁那年父亲去世后,他便跟着爷爷学石刻手艺,一边放牧一边学刻玛尼石。说到爷爷,老人从身上的皮袄中掏出了一把小铁锤,说这把小锤就是爷爷送的,多年来他一直随身珍藏着。1959 年前后的三年自然灾害中,朋楚老人的家族饿死了 15 口人,而他的左腿亦在翻山时摔瘸了。尽管老人的两只眼睛都有白内障,但很明澈,鼻子很大,脸上写满了安静的吉祥,他头上戴着顶白羊毛大帽子,微笑时就像可爱的圣诞老人。问及石经城的变化,他说来朝拜的人不断往上堆玛尼石,但石经城的形状一直没怎么变,以前的石经城比现在更泛红,早的时候远远能看到宝塔,在太阳下闪着金光。老人近来眼睛不太好,玛尼石刻得少,他不和买主讲价,想给多少就给多少,每天他都慢悠悠地拄着拐杖绕石经城转经,转上十来圈,转一会儿,歇一会儿,他说自己是用脚转经,用手转经筒,用嘴巴念经,来日无多,能多转点就多转点,希望以后死在这片圣地上,葬在附近。朋楚老人已舍弃更多欲望,单纯为信仰活着,转经和念经是他最重要的

2013 年，遥远的石渠高原上，辩经的觉姆　白郎　摄

生活方式,边转边默默为生者和死者祷告,并用石经城的恩光洗自己的罪。老人手里拿着的念珠手串上拴有小木块,上面有些黑点,一问才知道是用来计数的,日复一日、年复一年地念心咒,每念到一亿次左右,就会在小木块上打个点,算起来已念了15亿左右的阿弥陀佛心咒,11亿左右的金刚萨埵心咒,以及1亿左右的观音心咒。他这是照传统念咒方式在修德,德修得好,心性之门自然会打开。朋楚老人的帐篷是帐篷村离石经城最近的,跟着他回到帐篷,观察到他长期孤身一人的日子简单之至,帐篷里除了铁皮炉、被盖、酥油茶筒、糌粑等必需品外,就有个装有《甘珠尔》的简易大转经筒,上面饰有彩色藏八宝。这位一辈子与玛尼石为伍的老人,他的慈柔,有佛果的馨香之气,他与滚滚红尘相反的简朴,他的精神纯度,意志的光晕,表明他是生活在归途中,玛尼石的精魄已化入他。

　　天色像野鸽的羽翼暗下来,渐渐,灰白转为幽蓝,冰冷的夕光中,仍有不少藏民绕着石经城转经,一个一直匍匐全身磕长头的汉子还在磕,距他不远,磕长头的是一个背上背着孩子的母亲。点点寒鸦从暮晚的最后一抹蓝中掠过,模糊黑影纷纷降落在石经城上方的经筒上,越降越多,"哇哇"的暮颂声中,嬉戏如童话里的精灵。仿佛是寒鸦们从虚空中把白雪召唤出来,突然就下起雪来,大雪缤纷,很快染白了我的衣襟,鸦群在飞雪中翅膀挨着翅膀站在高处,像一些暗物质,传达着白雪暮晚秘密的魔力,天地一片奇谲,透出梦境的迷离和斑斓。

　　落了一夜的雪。第二天清晨,大野缥缈,明影与阴影皆归于白。万籁闲寂,天幕之白与土地之白无别无涯,非寒白,而是浓白,若水流花开之上的一团大云。苍茫雪色中,天地的筋骨透出一点红,乃是披着红色氅衣的喇嘛,转经后出现在雪地深处,当他默行,呵出古老念头,一只寒鸦从他的上方神秘升起。

　　雪中的松格嘛呢石经城,上下一白,褐黄的身姿,在飘飘白雾中愈发显出高古之相。转经者多起来,一个戴着红帽的游方僧身后,跟着成群结队的野狗,松格嘛呢的野狗为数众多,这些壮硕的"自由之子"随意栖止,陶醉在慵懒之中,一副寄身大荒无忧无虑的样子。不远处,洛曲河已有冰块,大队牦牛集结在河畔的雪地中,厚厚的绒毛扫过积雪。见几个朵格在石经城旁边刻玛尼石边出售,其中两个手艺上乘的朵格,一个叫尼扎,63岁,刻了五十几年,另一个叫波热,46岁,刻了二十几年,他父亲是这一带最好的朵格,通过他们,了解到松格嘛呢没有机刻玛尼石现象,一个青海富商拉着几卡车《甘珠尔》机刻玛尼石,准备朝石经城上堆,结果遭到了制止。

　　在一块石头上坐对石经城,心里静极了,恍惚是坐在唐诗中的雪国,茫茫吾何思?雪卧观无始。天光渐渐打开,乳白巨云在南山形成几公里长的玉带状哈达云,久久凝视,倍感这片圣域的祥妙。

三个老地方的流水簿

　　哈佛大学设计学博士俞孔坚曾尖锐地指出，19世纪末20世纪初，西方国家曾掀起过一场改造城市形象和秩序的"城市美化运动"，其特点是大搞政绩工程、形象工程，竭尽城市化妆之能事，大造城市广场、景观大道、纪念性建筑等，这场只顾面子的市政改造运动造成了多方面的恶果，成为西方城市规划设计史上的一块伤疤。而在当今中国，一方面单调机械的混凝土同马赛克式建筑已砌平了绝大多数城市间的差别，另一方面，许多城市在暴发户意识和小农意识的支配下，掀起了与西方城市美化运动相类似的大规模市政建设。

　　肖斯塔科维奇曾说："许多事物在我们眼前老去了，消逝了，可是，我想，许多似乎已经时过境迁的事物最后会显得新鲜、强有力和永恒。"这段话令人伤感，因为在今天，大多数川人已意识不到在世界面前的代表着川味文化特质的正是没落不堪的阆中古城、罗城船形街，而不是到处气象一新、大兴土木的新成都。

阆中,神秘主义的金桃

对十几年前尚暮气沉沉的阆中古城来说,一个以古民居为依托的"掘金时代"正徐徐降临。

　　四川阆中古城是与云南丽江、山西平遥、安徽歙县齐名的中国现存四大古城之一。在单调机械的混凝土与马赛克式建筑已砌平了南方和北方的今天,这座古城能保存下来,实属不易。在北京发布的"2006年度全国最具投资潜力的中小城市百强榜"上,阆中名列其中,"钱景"自不言而喻。对之前一直暮气沉沉的阆中古城来说,一个以古民居为依托的"掘金时代"正徐徐降临,在经济大潮的推动下,这座向来以风水著称的古城焕发出一种既古老又妖艳的新气象。

　　在通往古城区的路口上,不少地方竖起了巨大的广告牌,四处洋溢着一派热腾腾的光景,当我登上古城古建筑群落中的标志性建筑——华光楼时,黄昏就要来临。青山丹崖间,晕染着青灰色的山光,浑沉的嘉陵古水由西向东,环绕城南的大片青瓦粉墙缓缓逝去,面南而坐,不禁想起杜甫当年游历阆中时留下的诗句来:"阆中胜事可断肠,阆州城南天下稀。"

　　古城与嘉陵江交汇处,原来有许多高大的柳树,1981年发大水时,被江水冲走无数。2002年我来到这里时,一条正在修建的现代柏油大道占据了当年水码头的位置,站在三重檐歇山式的华光楼头,春水苍茫,城廓寥落,远处的几株泡桐树寂寞地开着满树紫花,偶尔可见到一两只春燕或野八哥,在残破的瓦墙上飞着。如今,这一上风上水之地的黄金水岸,已尽数由房产投资开发公司打造成阆中旅游的形象工程——"阆苑·城南天下",该工程临嘉陵江而建,背拥华光楼,由55幢高品质的川北仿古院落组成,融高规格酒店及现代商业步行街于一体。显然,对几年前尚暮气沉沉的阆中古城来说,一个"掘金时代"正徐徐降临。

　　从城南步入古城,最先映入眼帘的是低矮长檐下挂着的大红灯笼。整座古城都挂满了这种下端留着穗状流苏的扁圆形宫灯,它们增添了街道两侧的喜庆程度,同时也有点生硬地参与到人们的日常生活当中。在过去,古城人只有在过年的时候才悬挂灯笼,家家户户都自己制作,互相较劲,灯笼用竹片编成,外面糊上棉纸,形状有长宫灯、圆宫灯、兔灯、鹿灯、鱼灯、牛灯、羊灯、莲花灯等。

随着旅游业的高涨,政府正着手打造6条旅游专业街区:把景点多、人流量大的武庙街建成旅游商品一条街;以北街和盐市口街为中心,搞名特小吃一条街;把回族聚居的礼拜寺街建成伊斯兰风情一条街;把南街和管星街建成风水文化一条街;把状元街、学道街建成古玩字画一条街;把下新街和古城核心区建设为古民居客栈一条街。

1949年时,阆中古城有大小古街巷91条,绝大多数保持了明清时期的风貌,且有超过半数被保留到了今天。方圆数里的古代民居大多为穿斗式单层土木结构,双坡屋面的吊檐、檐头、门楣,窗格上原本有大量典雅精丽的雕饰——仁兽、瑞鸟、铜钱、如意、寿桃、鲜花、川剧脸谱,以及被古书称做"仙鼠"的蝙蝠。在老态龙钟的民居中,明清时期的一些金粉世家留下了不少八字垂檐院门、通连四进的大宅院,保存较好的如笔巷街40号的马家大院、何家巷4号的何家大院、左营街3号的张家大院等。新中国成立后,每户大院都搬进了几户寻常百姓,正应了那句古诗:昔时王谢堂前燕,飞入寻常百姓家。

在盛产丝绸和醋液的阆中古城,大片古民居的原生态早已繁华落尽,逐渐被旅游的风尚包装得堂而皇之。原先古城最奢华的地方,是安放着张飞无头尸的桓侯祠。燕人张翼德被手下的范强、张达砍下头颅后,已在此躺了近1800年。古城最近一次大规模拆迁是在1999年,新城的这次大举入侵使其损失惨重。著名的寿山寺街和三陈街遭到全面的破坏,孙家大院、樊家大院、陈家大院等众多明清时期的豪宅大院被彻底拆除,取而代之的是一批钢筋混凝土筑成的平庸新楼。当地许多文化人至今对这次拆迁痛惜不已。早先铺着红石板路的寿山寺街是阆中地区最具代表性的老街,而三陈街是阆中人最引以为豪的老街——北宋时,这条街上诞生了陈尧叟、陈尧咨、陈尧佑三兄弟,前二人双双状元及第,陈尧佑则位及人臣,官居宰相。

2002年春天时,笔巷街马家大院的瓦屋绮窗旁,种着几棵树,最大的一棵是柚子树,最小的一棵也是柚子树,小柚子树是大柚子树的果核长成的。旧时,每逢中秋,阆中人会在大门上方挂一个插满天香的柚子(以喻"有子"),然后点燃香炷以图吉祥。当时,大院的住户之一、刚刚从丝厂下岗的蒲彦勤指着只结了一个柚子的大树说,这棵树太老了,它是爷爷小时候种的,有90多年了。她又说:"还是住古城安逸些,老平房生活上是有些不方便,但清静,夏天凉快,每天早上醒来就能听见许多鸟儿歇在柚子树上唱歌。"如今,马家大院已被改造成了一家韵味十足的旅馆,散发着一种传统与时尚交汇后奇怪的高雅之气,老柚树还在,老得已结不动果子了。

1908 年的阆中南津关　威尔逊 摄

154

在类似于中世纪某个城邦的阆中古城,山水显得温润而壮丽,骄阳用它的光把朴素的生活同古老的建筑紧密地圈在一起。普鲁斯特说:"好好看,世界的全部秘密都隐藏在这些简单的形式下面了。"只要紧紧地盯住古城的细部,就能接近生活的树杈赖以维持的根基,以及这种根基被还原后的历史图景。

阆中历史玄远悠久,夏朝时为梁州之城,殷商时为彭国之地,战国时为巴国末期的都城,从秦惠文王置阆中县算起,至今也有2300多年的建城史。明末清初时,当时叫保宁的阆中做过17年四川临时省府。

作为古典时代中国风水文化的中心,阆中拥有独步天下的风水格局。宽阔的嘉陵江在大地上切出漂亮的圆弧,从三面绕城而过,江水畔,锦屏山、黄华山、敖峰山、白塔山、大象山、灵山、蟠龙山、玉台山、金耳山、印斗山妩媚地连成满月状,山围四面,水绕三方,山水均成蟠龙蜿蜒之势,活灵活现,腾挪欲飞,不同凡响。按风水学的专业眼光来看,阆中古城的地理器局,天然并且完美地齐备了"龙、穴、砂、水、向"的所谓"地理五诀"。形成一个巨大的"?"形环带,天然形成了"丽水成垣"和"金城环抱"的风水绝胜之地。

其实早在汉唐时代,阆中已俨然是我国天文勘舆学的中心了。阆中民间天文学家落下闳于汉武帝元封元年(前110)被征召进京,授官太史侍诏。他运用自己创制的赤道浑天仪,经6年的测算研究,主持完成了当时最完善的一部历法《太初历》。这部历法被汉武帝采纳,颁行天下,成为我国历史上有文字记载的第一部完整的历法。其后的两汉三国期间,阆中此类奇人异士频出,著名的有汉成帝时期的议郎官谯玄、汉哀帝时的益州刺史任文公及其子任文孙、蜀汉刘备时期的儒林校尉周群祖孙三人、以天象之名劝蜀主刘禅降魏的谯周以及谯周的学生《三国志》的作者陈寿等。阆中古城中至今留存的观星楼、管星街等遗迹,便是这一时期阆中天文勘舆之学兴盛的见证。

从唐宋时期开始,阆中城就完全按照风水的法度修筑,城里有许多粉饰着神秘主义色彩的建筑。街道的取向与山水相呼应,以俗称"四牌楼"的中天楼为轴心向周围辐射,城墙的东、北、南三座城门上,筑有月城,以收迎山接水之效。在城南几间爬满青苔的老宅子之间,人们目睹了阆中古城墙最后的遗容——一截数米长的灰黑残垣。

不久前,在古城民俗会馆著名的柳树井改造过程中,爬出了一只甲背披有青苔的中华鳖,一个叫赵松的人发现了这一足足有6公斤重的神秘王八,但发现时它已死了。据说这只巨大的王八,已被民俗会馆用甲醛溶液浸泡在长方形的玻璃缸里,供人们参观。我没去瞻仰这一奇品及它的"玻璃棺材",但记得2002年来阆中时,曾在柳树井旁的露天茶肆喝过茶的,柳树井是一口凿于明代嘉靖年间的古井,古城原本有18口这样的古井,如今只剩下了两口,除了这口井外,还有保宁醋厂的唐代松华古井,它是保宁醋名满天下品质持久的保证。我依稀记得,那时的茶肆中央,几棵百年老柚树撑出一大片阴凉,靠近地面的枝桠上挂着几个鸟笼,画眉们鸣啭着,与嘈杂的人声相和,并无半点怯意,树冠高处吊着两只残柚,渐渐西去的阳光打在上面,给人留下澄黄空茫的印象。

川西遗存的清代宗祠　白郎　摄

156

成都最后的乾隆大院

可以说,高家大院能在成都市中心闹市区残留至今,简直是个奇迹。它像一个孤岛,像一个异数。

　　成都二环路内现存基本完整的百年民居,估计不会超过 6 个院落。光大巷 37 号高家大院,始建于乾隆年间,是成都市区现存最老的民居。

　　2007 年 10 月 23 日,被一片零乱的建筑工地夹住的光大巷 37 号,77 岁的退休老教师高德麟坐在一张灰褐色的旧式方桌旁喝着茶。深秋的光线,顺着高家大院清代青砖砌成的院墙,慵懒地涌进来,为陈旧的院落增添了一份甜蜜的清新。

　　据《高氏宗谱》,1755 年(乾隆二十年),以教书为业的书生高德言从浙江来到四川,成为高氏入川的始祖。入川后,颇有眼光的高德言与朋友合办了一家叫"弘发号"的绸厂,由于生意红火,接下来单独开办了"德隆号""德源号"两家绸厂。高德言有三个儿子,其中的高大烈和高大猷被他从浙江叫到成都帮着经营绸厂,晚年时他返乡养老,两个儿子则长久地留了下来。位于金河边的高家大院,就是高德言入川后相继修建的。大院共分三个部分,按建成的时间,被高家后人称作老院(光大巷 29 号)、中院(光大巷 37 号)、后院(光大巷 39 号),三个院落既连为一片又独立成院,占了很大一块地。上世纪 90 年代中期,靠东面的老院被拆除,建成了马赛克楼房,后院和中院的一半,在去年和前年相继被拆除,现场一片狼藉,现在仍然存在的是中院靠东的一半,为一进三院式砖木院落,占地约 800 平方米,住了 4 户高家后人。

　　此前曾有报纸简要报道过高家大院,称其建造于乾隆二十年。显然,这个年份是高德言入川的时间,以其作为大院的修造时间,依据并不充分。正常情形下大院的修造应稍晚于乾隆二十年,现存的中院比老院建得晚,时间更靠后,但高家大院整体上建于乾隆时期,当无问题。

　　根据祖传的《高氏宗谱》记载,高氏祖上的高士奇是康熙时代的状元。高士奇为浙江钱塘人,官至礼部侍郎,系清代初期著名书法家和收藏家。高老先生说,高士奇当年赴京赶考落榜,在京城卖字为生,过新年时,在街头给人写春联,恰巧被微服私访的康熙皇帝碰到,康熙看出他是个人才,问了他 4 个问题,都对答如流,令康熙赞叹,于是不久后被钦点为状元。

　　高家大院的老院,在成都解放前就被继承人卖了。这支高家人去了重庆,高德麟先生的祖父继承了中院现存的一半,另一半和一些田地由他的长兄继承,"土改"时,这部分房产被出售,所得的钱拿去搞减租退押。上世纪 60 年代后期,现存的中院部分被抄家,被拉走的祖上传下来的好东西足足装了两大卡车。1969 年,房产被公家没收,安排了6户外姓人进来住,加上本来住着的4户高家后人,院子里一共挤了10户人。这一年院落建筑遭到严重破坏,许多精美的木雕被有的单位拆去做了家具。1978年,落实政策后,院落归还高家,6户外姓人家迁了出去。

高老先生指着一栋中西合璧式的老洋楼说:"这栋显然是后来建的,到现在也有近百年历史了,是我父亲结婚时,祖父专门为他建的。"高老先生就出生在这栋洋楼里,这栋洋楼现已极为破败,几乎成为危房,砖柱上尚遗留有漂亮的白菜状雕饰,楼梯的扶栏上连缀着华丽的细长雕柱,岁月的严重侵蚀,使这些雕柱呈现出古怪的青灰色。一股淡淡的霉味从洋楼里落寞地飘下来,混合着旁边一棵枸树的气息,我能从这股霉味里,感受到时光是如此迅猛,里面仿佛深藏着"万物无不随风而逝"的幻景。

在高家大院,高德麟老先生住了一辈子,从相同的角度看惯了春花秋月,1992年2月,他从位于市郊的洪河职中退休后,待在家里的时间更多了。平日里,他外出的时候不是太多,这处寂静地藏在闹市里的一进三院小天地,给他带来了无穷的清幽和天伦之乐,同时,它的命途也让他常常担忧不已。

聊到自己在院子里度过的童年时光,天性豁达的高老先生眼里闪出了一道亮亮的精光:

那时候,院坝里好耍哦,我喜欢逮蟋蟀来斗。我们家大门前就是金河,两岸全是高高的杨柳,水很清的,里面有不少鱼,我和很多小孩常常在河里逮鱼。从我们家门前顺着河往东走,不远处就是余庆桥,那是一座单孔拱桥,两棵高大的泡桐树把桥遮住了,旁边有个小庙,叫大仙庙,成都市民相信在这里许愿很灵验,每年都有很多人来许愿,来还愿。来还愿的人,要在河中间搭台子唱木偶戏,一唱就要唱上几天哦,看戏的人挤在桥上,好不热闹。剧目主要是一些敬老、孝悌方面的,我记忆较深的是《雷打张继保》,张继保是个孤儿,他的养父养母是卖豆腐的,把他捡了来,含辛茹苦地养大,他高中状元后,瞧不起出身寒微的养父养母,不认他们,结果遭天谴被雷劈死了。我们家门前顺着河往西走,不远处就是法国人办的天主教堂,附近的河面上有一座桥,解放后改为了向荣桥,旁边有个精美的字库,比现在大慈寺前面的那个精美多了,我们家所有的废纸,都会被装进一个竹篓里,拿到字库里恭恭敬敬地去烧,绝对不敢随便乱扔。

问及金河是什么时候消失的,高老先生说,是"文革"时搞人防工程那阵被盖起来了。接着,他指着院落里的一口枯井对我说:"这是口清代老井,应该是建房子的时候凿的,高家人一直喝这口井的水,水质甘洌,夏天时尤其清凉,有时候井里甚至会冒出冷气来。那时没有冰箱,我们常把西瓜吊到井水里泡,泡冷了再捞起来吃,很爽。这口井也是在搞人防工程期间被勒令废弃的。"

以前，古井周围种了很多兰花，花开时节，整个高家大院都弥散着兰花那纯雅的芬芳。这些兰花，如今早已"香销玉殒"。高老先生忆及这个大院最令他难忘的细节时说，以前，每逢过年，大院里就要挂宫灯，曼妙的红色把这个家映衬得喜气洋洋，令他很难忘。他年少时曾和父亲高季淮一起购买过一套珍贵的明代版《汉书》，他父亲喜欢字画，收藏有满满的一大皮箱，"破四旧"那阵，由于担心惹事，一把火把这些东西烧了。"好可惜哟！"高老先生叹息道，这件事也令他难忘，至今想来仍隐隐作痛。

可以说，高家大院能在成都市中心闹市区残留至今，简直是个奇迹。它像一个孤岛，像一个异数，孤零零地被一大堆正在大干快上的工地所包围，它一溜长长的青色砖墙，它深黛色的鸳瓦，它厚实的栗色裙板，它细腻的美丽木窗，像从梦中摘下的唯美之物，尚顽强地显露出乾隆时代的韵致，同时又和周围由钢筋混凝土引领下的摩登景观格格不入。这一成都市区内幸存下来的老院落，不知还能挺立多久。当看到去年和前年在外墙上刷的三个大大的"拆"字时，真是不知道下次来，还能不能看到这院老房子。

说到高家大院最终的命运，尽管这几年来，高德麟老先生为此也有不小的担忧，但内心其实倒也通达，他表示如果最终要拆，自己也只有顺其自然。当了几十年老师的他感慨地说：

我倒不是说，非要从高家的利益和角度来讲这院子的保护。绝不仅仅是为了保留我们高家的私人财产，而是像这样原汁原味的院子，在成都已很少了啊。现在修的很多，但都是假古董。成都是个历史文化名城，不应该只保留武侯祠、杜甫草堂这样的名胜，还应该有市井的真东西、民间的真东西，成都深厚的积淀，不应只是在纸上的记载中看到。光靠经济是不能构建和谐社会的，这次十七大也提出了这个意思。我们应有这样的长远眼光——不忽略本土文化。

高老先生表示，由于院子最终的命运还未定下来，所以他只有耐心等待。现在，院子的状况不太好，如果有可能保护下来的话，以后不会是这个样子，到时会进行全面维修，改善卫生等各个方面的设施，但暂时就只能这样了。

秋光带着几丝谦逊，从苍天上扫下来，流到这一成都现存最老的民居斑驳的小青瓦上，上面沾满了幽深的天意。

罗城,迟暮与望乡

这条遍体浮动着迟暮之美的老街据说是中国唯一一条船形街道。

1983 年在广州国际贸易交流会上,四川省西南建筑设计院展出了空中俯拍到的罗城"船形街"图形,结果该图形在投标中被澳大利亚参加方选中,双方于当年四月草签了协议。不久,由日本、泰国以及中国香港等 8 个国家和地区投资者组成的澳大利亚"中国城股份有限公司",在距澳大利亚墨尔本市 24 公里处的洛克斯市,开始投资建设以罗城"船形街"为母本的"中国城",该城占地 9 公顷,建筑面积约 3 万平方米。

凉厅街是罗城旧时代的中心,被当地人叫作"船形街",长度为 209 米,两端较窄,中间宽敞,最宽处 9.5 米,看上去完全像一条搁置在高处的大船。位于镇西的"清真西寺"是船头,梭形的街面是船底,中部的戏楼是船舱,东端的"灵官庙"似船的尾篷,"灵官庙"右侧 22 米的过街楼是船舵。同时,它又像一把织布的梭子,因此有"云中一把梭"的称号。这条遍体浮动着迟暮之美的老街据说是中国唯一一条船形街道,它的建筑风格属于川南民居传统的穿斗构架形式,对地震的抵抗能力非常强。

船形街两侧是木结构的长排旧瓦屋,临街一面的屋檐异常宽大,形成了叫作"凉厅子"的罕见长廊,其支撑点是 100 多根立在六边体长条石柱上的旧圆木。几百年来,罗城人在这不怕雨淋日晒的"凉厅子"下喝酒、吃肉、饮茶、听小曲、抽叶子烟、卖狗皮膏药,享尽人间红尘的清福。"凉厅子"下原来有一些老字号店铺,如三元号、丰泰店、亨又亨、四能堂、长清源等,如今已消失得无影无踪,取而代之的是各种服装店、小食店、百货店和旅馆、茶馆等,其中茶馆的数量最多,大概有十几家,生意兴隆。不少人三个一桌在玩着乐山地区特有的一种"字牌",当地人叫作"二七十",它的玩法类似麻将。旁边往往还有四五人,或坐或站,盯着桌上的牌对玩家指点点,俗称"抱膀子"。四川的休闲在这条古老的长街上体现得淋漓尽致,一杯热茶,一桌牌,一段龙门阵,往往一天就这么过去了。望着满街喝茶的乡民,我突然想起李劼人笔下的乡土茶铺来:"茶铺都不很干净。不大的黑油面红油脚的高桌子,大都有一层垢腻,桌栓上全是抱膝人踏上去的泥污。坐的是窄而轻的高脚板凳。地上千层泥高高低低,头上梁桁间,免不了既有灰尘又有蛛网。茶碗哩，一百个之中，或许有十个是完整的……"

船形街的中央有一座典雅的戏楼（万年台），它的上半截像漂亮的小庙，但从整体呈现的阴柔之美来看，更像是一位红粉佳人的绣楼。大片阳光透过镂空的花格木窗涌进来，坚硬的光块在触及戏楼的瞬间纷纷柔软下来。整个戏楼的设计更让我领略到设计者周密体贴的心思，其椭圆形檐廊造型使观众无论坐或站，身子只需稍侧就可面对戏台。两旁大木柱上"曲绕画栋"的对联让人遥想起当初戏楼的风华，它曾经是三个川戏班子的演出场所，"文革"开始后被闲置起来，底层通道处现在成了鸽子迷们经常聚会的地点。作为罗城的娱乐中心，戏楼后来被一所修建于20世纪70年代的电影院取代。该电影院与位于船形街尾部的灵官庙相邻，如今已破旧不堪，由于经营状况不好，电影院的前台被改造成了旱冰场。戏楼背面有一座高大的石牌坊，上面有一副口气很大的对联："罗众志而成城倚铁峰枕峨秀跨八百里巫云长驱五海，灵古今而作官纳优孟集高腔通四千年韶乐胞与万方。"文字激扬，气象不俗。

兴盛于清代初年的罗城据说最初只有大榕树下的两间茅草房，其主人是一欧姓地主，出于为附近农民出售或交换耕牛提供方便的目的，他修建了当时叫作"调市"的简陋场所。后来，"调市"不断扩大，发展成了罗城镇的雏形。

罗城镇形成后，一直面临着严重的缺水问题，因为它既不靠河，也不临江，还时常天旱，"滴水贵如油"这句俚语就说明了事情的严重程度。为了解决饮水这一日常生活中的老大难问题，人们被迫天天到几里外的地方去挑水。崇祯年间一位姓张的外地秀才路过此地，见此情形后别出心裁地提出修建一条"船行街"，还作了首诗："罗城旱码头，衣冠不长久。要得水成河，罗城修成舟。舟在水中行，有舟必有水。"这一提议获得了当地人的赞同，纷纷出资改建，于是就有了这座举世罕见的小镇。当然，这只是民间传说，小镇为何修成船形，这个谜底仍有待揭开。不过，罗城人对水的渴求却是真真切切的。直到几年前，由于附近焦煤厂和街上的排污影响水质，罗城镇的居民仍然要靠购买几里外运来的井水解决饮水问题，街上"卖水哟"的吆喝声连绵不断，5毛钱能买到一挑水，一般人家每个星期至少得买两挑以上的水才能维持日常生活。

161

清朝初年后,盛产煤和盐的罗城成了犍为县境内与"水码头"清溪镇齐名的"旱码头",大量外地移民和客商的涌入使它繁荣起来。作为方圆百里内最繁荣的贸易集散地,许多川粤客商云集在此,米帮、油帮、盐帮、酒帮、茶帮、煤帮及各种勾栏瓦舍在凉厅街汇集,当时,在 209 米长的街道周围,一共分布着十几座庙宇,平均相距不足 50 米就有一座。平时,这些庙宇除了被用做祭祀等宗教活动的场馆外,其中的一些还兼做各地客商的会馆。如南华宫是广东会馆,禹王宫是江西会馆,川主庙是四川会馆。如此名目繁多的庙宇是船形街曾经繁荣一时的见证。每年,罗城人都要在船形街上摆设香蜡供果,举行各种求雨活动,其中最盛大的是农历九月十五日的"灵官会"。这天,人们要举行踩高跷、扭秧歌、耍灯等民俗活动,灯的类型分为狮灯、麒麟灯、牛灯、花灯、车灯等,不少人拿着锣鼓、幡旗、金瓜、绒伞进入修建于乾隆十九年(1754)的灵官庙去祭拜灵官。这一据说能够除邪气、降旱魔的神祇至今仍在罗城人心目中有着很高的地位。和尚们簇拥着跟在后面,一些幼童手持小黄旗口唱"天老爷,快下雨,保佑娃娃吃白米",两长排"凉厅子"上夜夜天灯高挂,川戏楼上夜夜红烛高烧,由各个帮会出银子,戏班子将在这里连演 7 天大戏。

20 世纪 50 年代后,"三宫五庙"纷纷被充公做了粮站的仓库。在"文革"中,它们作为"破四旧"的首选对象遭到了大清洗。据著名川剧学者蒋维明回忆,1967 年他去罗城的时候,"三宫五庙"已被管制起来,这些繁华落尽的老家伙马上就要面临厄运了。

夜晚时分,船形街被夜色涂了一层朦胧的水墨,幽黯的夕光中,无数蝙蝠像巨大的蝴蝶四处低徊,这些在夜色中起舞弄清影的生灵,为船形街增添了一些静谧而忧郁的诗情。在"凉厅子"下喝着一杯夜茶,竟让人有些坐在夜航船中的感觉。

1914 年的乐山"睡佛" 谢阁兰 摄

1895 年,后来华西协合大学的创立者之一启尔德和夫人启希贤

1920 年代,成都杜甫草堂草庐,关野贞 摄

川味文化丹药

　　周作人说："喝茶,当于瓦屋绮窗下,清泉绿茶,用素雅的陶瓷茶具,同二三人共饮,得半日之闲,可抵十年尘梦。"

　　显然周谈的是江南人惯用的喝茶方式。李太白诗曰："扬子江中水,蒙山顶上茶。"四川自古产茶,名品有蒙顶黄茶、峨眉毛峰等,但川人实际上最常喝的还是郁香的花茶,如锦城露芽、香珠、明前郁露等。川人素来不喜欢小巧玲珑的紫砂陶具,他们一般以青白瓷盖碗作为茶具。

　　川剧是中国戏剧中的古老剧种。中国向来把戏剧、国画、书法、中医当作四大国粹,而中国戏剧与印度梵剧、古希腊悲喜剧并称世界三大古典戏剧。

　　四川袍哥曾在近代中国威风了好一阵子,清末民初的四川历史与当时声势浩大的袍哥组织密不可分。

　　杯中日月,壶里乾坤,文化为核,酒所沾溉。川酒在海内无疑是响当当的货色,诗圣杜甫便感叹:蜀酒浓无敌。

　　德国人白洛柯斯曾作赞美诗,把上帝比做一位伟大的厨师做饭给全人类吃,而中国人则说:民以食为天。中国菜系博大精深、源远流长,有川菜、粤菜、京菜、湘菜、苏菜、鲁菜、淮扬菜、潮州菜等风格迥异的地方菜流派,其中川菜更是风靡全国乃至世界。

民国时，华西协合大学养的熊猫

1930 年代，川西戏班子

成都乃茶馆之都

茶馆让成都人慢下来，这"慢"是岁月之饮，生活之树由此静静绽放出一朵华丽的大花来。

20世纪40年代某个春夜，初次来到成都的黄裳，"觉得走进晚唐诗境里来了"，这种典雅的浪漫也许和满街的茶馆不无关系吧。

四川有3000余年种茶史，汉代王褒的《僮约》，唐代陆羽《茶经》，五代毛文锡的《茶谱》，顾炎武的《日知录》，都明确记载饮茶之风始于巴蜀。据《华阳国志》记载，古蜀王之弟葭侯，居住在葭萌（今广元市），有学者认为，"葭萌"二字，用汉语对译古蜀语言，即为"茶"字。传说西汉时，雅安蒙顶山药农吴理真，偶然发现野生茶有止渴提神的功能，带回家为母治病很有效，于是种下了7株茶树，开创了人工种茶的先河。如今，四川盆地内有64个县都开发了自己的种茶基地。

川茶圣地蒙顶山自古产好茶，"味甘而清，色黄而碧，酌杯中香云蒙覆其上，久凝不散"。远在东汉，已有"雷鸣茶""吉祥蕊""圣扬花"等茶问世。蒙山茶在唐玄宗天宝元年（742年）被列为贡品，从此岁岁入官，历代持续。唐代日本留学僧慈觉从长安返回日本时，唐皇李昂馈赠给他的礼物中，即有"蒙顶茶二斤，团茶一串"，可见蒙山茶在当时的地位。

民国时黄炎培到成都，写有一首打油诗描绘成都人的日常生活，其中两句是："一个人无事大街数石板，两个人进茶铺从早坐到晚。"据《成都通览》记载，清代末年成都有茶馆454家，到解放前夕有茶馆598家，几乎每条街都有茶馆。据当时的《新新新闻报》统计，当时每日去茶铺的人约占全市人口的五分之一。难怪旧时蓉城号称"三多"：闲人多，茶馆多，厕所多。最近几年，成都泡茶馆的闲人大增，茶馆数早已比从前多出许多。

李劼人曾生动地描绘过清末成都茶铺的特点："茶铺都很不干净。——茶碗哩，一百个之中，或许十个是完整的，其余都是千疤万补的碎磁。而补碗匠的手艺也真高，他能用多种花色不同的破茶碗，并合拢来，不走圆与大的样子，还包你不漏。也有茶船，黄铜皮锤的，又薄又脏。"

茶铺如满天星辰，特征却几乎整齐划一，四川茶铺的茶具大都采用三件套，即茶碗、茶盖、茶船，俗称"盖碗茶"，而铺子里的桌椅则一例通行地采用小方木桌和竹靠椅。成都茶馆过去一般摆着小方桌，轻便灵活的竹椅一般用四川斑竹或"硬头黄"制作，坐垫部分用蔑条编成，柔韧舒适富有弹性。竹椅上有美观大方的扶手靠背。茶馆一般说来不大，斟茶的茶倌手上提把铜壶满堂穿花，等茶客一进馆，他左手拿七八套茶碗，右手提壶快步迎去，"当当当"先把茶船一一撒在桌上，继而将茶盖搁在茶船旁，然后又把装好茶叶的碗放进茶船里，接着右手中的壶把同手腕同时转动，壶嘴由后转向前，一落一起，射出一注水冲满茶碗，那水刚斟满茶碗，不见桌上地上洒出一滴。技术熟练的老茶倌碰到高兴了，便把壶提到齐臂高，老远做一个"雪花盖顶"，开水划条优美的弧线把碗斟满，完了，老茶倌小姆指把茶盖子轻轻一勾，来个"海底捞月"稳稳地扣住碗口，这套动作一环扣一环，一气呵成，没有点真功夫是做不出来的。

摄影家陈锦在温江寿安镇的茶铺吃茶时，遇上过一件令他终生难忘的事情：

寿安街上的茶铺子却一如既往地热闹：十来张茶桌，打川牌（又称"长牌"，现多见于四川农村）的，搓麻将的，摆龙门阵的，甚至还有吃闲茶的……座无虚席；老虎灶上蒸腾起白色的水雾，矮个子幺师提一把铜壶夹一摞茶碗，敏捷地穿梭在茶客之间，整个堂子里弥漫着浓烈的叶子烟（四川本土产的旱烟）味和浓厚而嘈杂的乡音，不知谁个的画眉鸟打起嘹亮的响曲，让原本十分热闹的茶铺更有了十二分的热闹。突然间，镇口上传来了一阵荡荡悠悠的哀乐声，渐渐由远而近，是一列百十人组成的送葬队伍吹吹打打地行了过来。当队伍来到茶铺门前，停下，有人从茶铺中搬出了一张茶桌和一把茶椅，置于街的中央，然后泡上一碗热滚滚的花茶，端着灵牌的孝子们齐刷刷地跪倒在了茶桌前……原来，一位故去了的叫陈绪兵的老茶客入土为安之前，来平日里常来的茶铺喝阳世间的最后一碗茶了——什么叫茶客？这才叫茶客。茶铺伴随了茶客的一生，对茶铺的依恋，至死而不能释怀！

南北朝时候，南齐投奔北魏的降臣王肃酷爱喝茶，据说此人喝茶一向张大嘴"咕咕"一饮而下，一次就要喝一斗茶水。后来人们把这种大口喝茶的方式称为"牛饮"。茶中日月长，成都人喝的是闲茶，他们很少牛饮，而是小口小口地呷，在茶馆里一泡就是半日。

过去，成都有很多著名的茶馆，如可园、随园、晓园、悦来茶庄、妙高楼、吟啸楼、枕江楼、望江楼、漱泉等。直到保路运动前后，成都人泡茶还一直是直接使用府南河中水，次之才是井水，可见当时府南河水之清澈甘醇。保路运动时成都举行全城罢工，独独没罢工的就是从府南河往茶馆送水的工人。

169

四川茶铺不仅卖茶,也捎带卖些香烟、花生、瓜子,供应热水、开水。有些养鸟的茶客挂好鸟笼,一边喝茶,一边听鸟,兴趣高时,则将鸟笼挂成一排,比赛鸟的鸣声。喜欢抽烟的茶客(大多指旱烟)则身靠竹椅,烟袋在手,看云雾飞升,心情释然,有时亦交换一下烟卷,品评咂味一番。茶铺小天地,天地小茶铺,旧时的茶铺绝非单纯的休息场所,三教九流,尽皆出没于此,行业打控,生意洽谈,甚至买卖枪支,贩卖鸦片,好不热闹。除此之外,更有调解纠纷者,请得一个头面人物,在茶桌边坐定,道一句:"一张桌子四只脚,说得脱来走得脱。"然后一番理论讲得双方频频点头。调解结束依仲裁结果决定支付茶钱,如双方各有不是,则各付一半茶钱。

除了上述各类人外,还有各等小商贩、手艺人,从卖药、卖报、卖针头麻线、唱小曲、测字算命、推拿按摩、修脚、擦皮鞋、理发、掏耳朵,直到卖瓜子、胡豆、桃片、油饼、麻花之流,也有卖根雕木刻、玉器珍玩,直到名家书画的七十二行,真可谓咸集于此。

如今,在时代巨大的轰鸣声中,往昔鸳墙黛瓦下散发着泥土香和茶香的老茶馆已几乎被现代化消灭殆尽。沉沉烟水间,卅年化为青烟。这30年来,成都最具代表性的茶馆当数前些年属于成都市博物馆的大慈寺茶馆,在里面住过多年的肖平在其《大慈寺灵魂书》中怀揣着一腔秘密乡愁写道:"在大慈寺温暖的午后阳光下喝茶会看到如下情景:开阔的露天庭院内数百把桌椅依次排开,它们处于殿与殿之间的空地上,仿佛皇宫内召集'经筵'时的热闹场面。然而这里的陈设却是极端的平民化,椅是常见的竹椅,一个靠背、四条腿,坐久之后的扶手和靠背变得尤为光亮。人的汗水从椅子的光晕中浸进去,流出来,那椅子的光晕就变得模糊而陈旧,像一封古老的信。桌子呢,是一律的黑漆小方桌,桌面上烫着茶壶底圆圆的烙印,环环相套,像是树干的年轮。有时阳光从树叶或藤蔓间洒下来——那是张爱玲笔下才有的阳光,穿过了岁月的尘埃和朱红色的老建筑,显得有些陈旧,有点灰扑扑,然而却很温暖、实在,像怀揣着一只烤红薯。"

约翰·列侬说:"当我们为生活疲于奔命,生活实际上已离我们远去。"茶馆让成都人慢下来,这"慢"盛满了真醇和至味,这"慢"是岁月之饮,令岁月静好,生活之树由此静静绽放出一朵华丽的大花来,一头伸向头上的明月,一头伸向颈下的肺腑。

170

鸡公车,木牛流马的叙事

照李劼人的说法,鸡公车应叫"叽咕车"才对,旧时在四川随处可见。

鸡公车是川西农耕时代的标志性运输器具。叶圣陶对川西的鸡公车印象极深,1940年,他供职于四川省教育科学馆,住在陕西街,年底时,去视察成都郊县各中学的国学教育状况,几乎坐了半月的鸡公车。在那期间,11月27日,叶圣陶从崇州城(当时叫崇庆)动身,在乡间竹影斑驳的土路上迤逦而行,坐了30里的鸡公车,车价3元。

照李劼人的说法,鸡公车应叫"叽咕车"才对,旧时在四川随处可见,是重要的传统运输工具和代步工具。据说这种独轮车的原型就是诸葛亮发明的著名的"木牛流马"。《三国志》卷三十五《诸葛亮传》载:"(建兴)九年,亮复出祁山,以木牛运,粮尽退军,与魏将张郃交战,射杀郃。十二年春,亮悉大众由斜谷出,以流马运……亮性长于巧思,损益连弩,木牛流马,皆出其意。"关于"木牛流马",宋人高承在《事务纪原》小车一节中说:"蜀相诸葛亮之出征,始造木牛流马以运饷,盖巴蜀道阻,便于登陟故耳。木牛即今小车之有前辕者,流马即今独推者是。"以此推断,"木牛"可能是鸡公车中高车的原型,而"流马"可能是鸡公车中矮车的原型。据清代四川《昭化县志》载:"木马山俗名大高山,在昭化八十里……孔明造木牛流马处。"如果这一记载属实,那么当年诸葛亮北伐制造木牛流马的场所,就在现广元市境内的大高山一带。

民国以前四川各地的土路上,往往有两种深痕,一种是笨重的水牛蹄子踩出的蹄印,一种是叽咕车木轮上铁圈的压痕。坐叽咕车不如坐黄包车和轿子舒服,如果土路不平或碎石很多,则坐起来更加难受,但由于旧时四川的土路大都很狭窄,所以这一使用起来便捷而省力的"木牛流马"被广为使用,历千年不衰。

1906年底至1909年在成都任教习的日本人中野孤山,在其《游蜀杂俎》中记述道:"蜀都(即成都)街道完全是用石头铺成的。比如东大街又宽敞又漂亮。其街道的中央,有一条笔直的沟状路,这就是车道。独轮车经常沿着这条沟道搬运货物。我国的车有两个轮子,是拉着走的,而蜀地的货车是一个轮子的,从后面推着走。运送时,可以一直看守着装在车上的货物,因此,货物不会有散落遗失的情况。这一点的确非常方便。有时,还用独轮车载人。这种时候,一般要在车上牢牢地捆上一把竹椅子,让人坐在上面,推着车走。偶尔也有让人坐在货物上的。由于独轮车道是单行道,因此,或许有人担心往来的独轮车会不会发生碰撞。其实,这不成其为问题,好像都是装载货物少的车离开车道,让装载重货物的车通过。这一点充分地体现了孔子思想的教化。"在该书中,他还提到:"东洋车(人力车)和马车,于光绪三十二年三月四川省劝工总会(劝工博览会)召开之际开始出现。当时,在蜀都南门外约有50辆人力车和4辆马车,往来于二仙庵与蜀都之间约七八华里的路段。此乃蜀都人力车和马车之开端。"中野孤山的这些记述挺有意思,值得补充的是,此前的10年,一个叫宋云岩的官员就已把东洋车引入了成都,但因为在街上肇事很快被官府禁止。

20世纪初年,岷江上游的藤桥 威尔逊 摄

1913年川西推着鸡公车的乡民 弗里茨·魏司 摄

　　一排排鸡公车汇成的长龙，是旧成都的一道人文景观，那刺耳的"嘎吱"声，与茶馆、川剧、蜀锦、翠竹、芙蓉花一道，构成了影响一代又一代成都人的文化磁场。在旧时代，鸡公车对成都街道造成的损坏是令人头疼的问题，人们曾尝试过用加宽轮子和在轮边上钉麻绳来解决这道难题，但效果不太理想。晚清时，成都的鸡公车一般由城外的乡民推入城中，因经常损坏街道，住户便让推鸡公车的人出过街钱，或一文或两文，如遇到不付钱的，就勒令乘坐者下车步行，或让车夫把鸡公车抬着走，不准推行。有段时间，警局只准鸡公车在城内空地较多的地带和城边地带活动，只有运送石头、粮食及为警局运垃圾的鸡公车不受限制。后来，市中心区域的街道上修凿了石槽，专供鸡公车行走，这才解决了长期积攒下来的矛盾。民国时期，成都郊县如郫县、灌县、广汉、新都等等，都是鸡公车云集之地，络绎不绝，广汉几乎家家都有鸡公车，许多人家有二三辆；灌县市区的鸡公车多聚在东门口、灌柏桥头、观凤楼及天乙街出口处，往往是几十辆鸡公车排在路口，一看到有远行模样的人，便竞相挤上前去，招呼拉客讨价还价，好不热闹。

　　1937年抗日战争全面爆发后，当时的四川省主席刘湘率30万川军出川抗战，此后8年，四川付出了巨大牺牲，据曾任国民政府军政部长的何应钦在《八年抗日之经过》中统计：抗战8年中，四川（包括西康省）提供了近300万人的兵员，出川川军伤亡人数约为全国抗日军队的五分之一，即阵亡263991人，负伤356267人，失踪26025人，共计64万余人，居全国之冠！在此过程中，作为重要运输工具的鸡公车发挥了积极作用，出川时，很多装备简陋的川军就是推着鸡公车奔赴抗日前线的，如前往山西战场的川军走了两个多月才走到山西前线，众多鸡公车被他们推到了那里。而四川后方民众节衣缩食负担了国家财政总支出的30%以上，在各地都能看到无数的乡民为交纳粮赋，络绎不绝地推着"鸡公车"，把粮食运送到征收处，仅1942年，四川就供应军粮和公粮达1600万石。

　　如今，鸡公车在时光猛烈而锐利的轰鸣声中迅速隐退了，成为令川人充满缅怀之情的"遗老"。它在城市人的日常生活中已彻底谢幕，只在乡下和游乐景点，不时袒露出朴拙的憨态，年轻人将很难想象它当初曾有过漫长的"黄金时代"。

173

2009 年，青城山太清宫 104 岁的蒋信平道长 白郎 摄

寻访青城百岁隐士

老道长与末代皇帝爱新觉罗·溥仪同龄,出生时距清朝垮台尚有 6 年,
在时间的溪水之上垂钓了太久太久。

唯美而孤逸的日本老头谷崎润一郎会喜欢青城山太清宫,这个小道观如同处在一个绿梦之中,阴翳无处不在,如幄青山飘拂世外之气,山色像青碧大鸟的巨翅奄拉下来。

太清宫在宝唐山麓,沉沉绿霭化为云气。一阵含着鹦鹉绿山光的山风从空山中流出。道观很简朴,在大地震中受损严重,斧头的劳作声从厢房里传出,木格窗溢出一股新漆和清香木头的混合气味。三清殿前堆着维修用的宽片青瓦,盖了块彩料大帆布。老远就见一个老者端坐另一侧厢房前,白净的道袍上怪怪地披了件摄影家常穿的绿夹克。丝毫看不出老道长已一百好几了,一脸细皮嫩肉,看不到年迈者通常有的老年斑。他的后脑勺大得异于常人,两只大耳朵优雅地挺着,眉毛、头发已掉得差不多了,只在后脑上部萧疏地剩了一束银发,用黑布条高高绾成一个漂亮的髻子。他的眼睛不时半眯着,混沌深邃,敏锐,俏皮,当眼中深沉的精光射出,似立时便洞穿滚滚红尘。向老道长打听出生年份,回答说生于光绪三十二年,也就是 1906 年。

老道长与末代皇帝爱新觉罗·溥仪同龄,出生时距清朝垮台尚有 6 年,在时间的溪水之上垂钓了太久太久。谈到养生秘诀,他对高深玄奥的养生理念嗤之以鼻,认为当代人喜欢在这上面打转转,是小儿之见,养生其实就是先把最基本的、最符合本性的事情做好,根子牢固了,身体真正获益了,自然能渐渐明道。具体说来,就是先要做到三好——睡好,吃好,动好。"呵呵,每天我都睡得很长",老道长每天子时(晚 12 点左右)开始睡觉,睡到中午或午后才起来,一般要睡 12 到 14 个小时。他每天吃两顿,中午起来吃一次,晚上 10 点左右吃一次,下午有时吃点水果。他最爱吃鸡蛋和汤圆,地震前一顿吃 10 个鸡蛋,或者是 40 个汤圆。现在一顿只吃 5 个鸡蛋了。他还爱吃面条、糯米饭、绿豆稀饭、花生浆稀饭,食量异于常人。

老道长说:"养生,东西不能乱吃。要清心,要多动脑筋。身中自有长生药,何必天涯海角寻。"接着又吟了句:"红梅与青松,爬山疾如风。"这说的是"动好",老道长性喜梅花,给自己取的雅号叫"红梅青松道长",他爱动,平时经常打太极拳,有事下山走路比常人快得多。他手里挂着的拐杖用金刚倒钩藤做成,制作于 1981 年,上面的黑漆已显出斑驳,有事外出时,他会挂另外一根铁拐杖防身,铁拐杖有十多斤重,他使起来却轻巧。据后来碰到的一个山民说,老道长这些年很少到成都,如果去的话,一定会带上一大壶水,水用完了一定不肯再待下去,在他看来成都水污染重,根本不能喝。这一细节算是他说的"东西不能乱吃"的一个注脚。

接着向老道长"问道",他淡淡答道:"要有功夫,一个'道'字;'德'是外功,'道'是内功。"

接着诵了句自己作的诗:"菩萨面子佛祖身,罗汉肚皮慈航心。"道教中人的灵修之路追求"人能常清净,天地归我焉",记得帕斯卡说过:"大自然是一个无限的圆球,其圆心无处不在,而圆周却不在任何地方。"何为"道"? 知者自知,不知者自不知。

老道长属龙门派 25 代"信"字辈弟子,老家在四川乐至县牌楼乡,旧时叫普安桥,老宅在蒋家祠堂旁。25 岁在太清宫入道出家,拜周成璧道长为师,周道长于 1948 年羽化(离世)。1956 年蒋道长前往青城前山,在天师洞、建福宫、二王庙等处待过。问及"文革"期间的际遇,他说"破四旧"那阵在天师洞,自己和其他道人一起张贴了很多毛主席语录,红卫兵气势汹汹冲来,见到处是伟大领袖的语录,不敢造次,悻悻而返。当时天师洞的道人有十几个未还俗,有十几个则还俗后留守附近。这批道人现在还剩 4 个,3 个是坤道(道姑),自己是唯一的乾道(道士)。

流水送来天籁。几片柔柔的吉光扫过老道长的秃顶。他把绿夹克脱了取来玄色道袍换上,长袖飘飘古气斜逸,一下子庄严高雅了许多。

见来访者想见识一下他融入太极拳力道的书法作品,老爷子兴致不错,顽童似的嬉笑着爽快应允,说马上可一起到三皇殿楼上的书斋去瞧。

一起穿过暂时围着长排木格窗的三清殿,见地震中严重受损的殿内一片狼藉,堆满了旧木料和各种杂物,新立的五尊泥塑神像尚未上彩,素颜在漏进来的重重光影中显得黯淡,地震中砸坏的老塑像已集中埋到殿后的银杏树下,一盏油灯在老君像前孤单地摇曳黄焰,咽着无尽清寂。

青灰色天幕低下来,山气渐浓欲染人衣。三皇殿正对着半天青翠与赭黄相间的金鞭岩,站在二楼过廊上,满眼黛绿,意境万千,天与地上下一清,华丽叠嶂状若城郭,置身此处方恍然明白青城山何以得名。老道长蛰居这灵奥之所,真是俨然高隐于仙际。一只鸟高栖在蓬勃的老银杏上,它的婉转歌喉,一下子唤出某种朴素的天意。

老道长的书斋在靠西的屋子,没怎么整理,极为凌乱,地震前他一直住在与书斋相连的内室,后才搬到三清殿前的厢房,也就是现在的住处。书斋内放了张大书桌,一面墙上挂了大大小小的毛笔,最大一支居然有小扫帚那么大。他搜出一堆墨宝一页页翻开,其中有两个大字——一个是"虎",一个是"龙",自成一格颇有韵势,看得出是花费了很多心力的。老道长缓缓说:"我写字就好似在打另一种太极推手,太极即心,心即字,要使全身的气自自然然运起来,集中到腕上。"看起来他这几年对书道颇有闲情逸致,有时候来了兴致,半夜突然会爬起来写上一会儿字。

问起大地震时的情景，老道长说地震时他就在这楼上，摇得非常厉害，当时死死抱住一根最大的柱子，以为房子要垮了，幸好这穿斗结构的房子修得还算牢固，没出大事，但整个道观损失惨重。震后老道长亲自率领庙里所有人马——也就是几个人——砍伐他种的长竹子到玉米地搭棚子，再把被褥垫好，在泥地里过了好几天。地震过后不久，前山来人接他下山，免得遭罪，但他死活不肯，"不能无事就来，有事就走，那算什么道。道家讲无为，不是不动，不作为，无为而无不为呀，无为也是一种顺势而为，其实往往是功成身退"。

对老道长来说，最大的"功"，莫过于恢复了这太清宫。当年他师父周成璧道长临死前，曾紧紧握着他的手说："你一定要好好守住这个道场啊。"这句话一直压在他的心上，沉甸甸的。太清宫原先是佛教寺庙，最初建于唐代，叫"龙居寺"，清代时俗称郭家庵，晚清改为道观。到 1960 年，由于屡次被拆，仅存三清殿和多间厢房。1989 年，时年 83 岁的蒋信平老道长重新返回已荒芜不堪的太清宫，发心进行恢复重建，新建三皇殿，培修三清殿，另还新建了一些厢房。道观尽管简朴，不能同青城山其他庙宇比，但香火总算重燃起来了。大灾后，他以一百余岁之高龄，淡定自若地指挥整个恢复重建工程，把自己的所有工资、各方不多的援助全部投入到重建中。庙内的道人只有他和周道长师徒二人，加上几个常驻的居士婆婆，就是整个重建工程的"生力军"，他们请来不同工种的工人，做了一年多活路，距离"兴盛"虽遥遥无期，但总算是让庙子缓过气来了。

在时代轰鸣的聒噪中，在这濡染着缓慢天光的青城山幽深处，百岁老道长过着与现代主义大相径庭的隐居生活，在人与自然相互间敌意不断加重的今天，他的观念和状态为人们提供了一面迥然不同的小镜子。

民国初年，四川射洪太和镇的牌坊

177

袍哥和关二爷的袍子

关羽答道："旧袍是我大哥刘玄德所赐，如今受了丞相的新袍，却不敢忘却大哥的旧袍。"

　　"袍哥"二字的来源，据袍哥们自己说是根据《三国演义》来的——美髯翁关羽为了保护两位嫂嫂被迫降曹，一心想收服关羽的曹操经常赐给他金玉珠帛，但关二爷概不接受。一次曹操将日行千里的赤兔马赠给了关羽，关公大喜，说有此良马不日将与兄长刘备相会，于是曹操闷闷不乐。后来曹操见关羽穿了自己赐的锦袍却在外面罩了件旧袍，便问其原因，关羽答道："旧袍是我大哥刘玄德所赐，如今受了丞相的新袍，却不敢忘却大哥的旧袍。"四川袍哥对武圣人关羽这种义薄云天的人格佩服得五体投地，于是以此为名。袍哥兄弟处处以关羽作行为楷模，他们常挂在嘴头的一口话是："袍哥人家，义字当先，决不拉稀摆带。"四川袍哥组织的源头有两种说法，一种说法认为源于清朝初年王夫之、曾耀祖等爱国文人发起的以"反清复明"为宗旨的民间秘密组织"汉留"；另一种说法认为郑成功从台湾秘密派了足智多谋的军师陈近南潜回大陆组成"天地会"，势力遍及长江以南地区。后来各地天地会纷纷遭到清政府镇压，一度宣告失败，鸦片战争以后，天地会的两支力量重新壮大起来，一支是湖广一带的哥老会，一支是流入四川的袍哥。

　　1911年辛亥革命前夕，袍哥势力深入到四川所有城市乡村。成都附近县份中，声势最大的是广汉的侯橘园、新津的侯宝斋、温江的吴庆照、崇庆的孙泽沛、灌县的张捷无等人。保路运动爆发后，他们接受孙中山的主张纷纷组成保路"同志会""同志军"，以袍哥舵爷的身份率领各路人马围攻成都，使反清的硝烟迅速燃及全川，为推翻满清帝国做出了突出贡献。

　　袍哥组织以五伦（君臣、父子、兄弟、夫妇、朋友）、八德（孝、悌、忠、信、礼、义、廉、耻）为信条。各路兄弟聚集的地点一开始叫"山头""香堂"，随着参加的会员日益增多，后来才改叫"码头"。码头共分"仁""义""礼""智""信"五个堂口，五个堂口由五类性质不同的人参加。仁字旗主要成员大都是社会上有头有脸的上流人物，义字旗成员大都是有钱的绅士商家，礼字旗成员大都是手工业者、小商贩或普通良民。至于那些测字、算命、跑堂、兵车等被视为下贱行业的人，只能被列在"智""信"二堂。

袍哥内部有许多戒条,其中最主要的是四不准:一不准卖人(出卖袍哥兄弟),二不准卡字更股(分钱财不公平),三不准进门参灶(看内财,与袍哥兄弟的妻女通奸),四不准红面肆凶(发酒疯,出恶语伤人)。犯戒条者,必须受到严厉制裁,轻者磕头认罪,最严重者要遭受"三刀六眼"的极刑处治。各种处罚在每年农历五月十三日(关羽生日)的大聚会上解决。

农历五月十三日的聚会是袍哥一年中最为重要的盛会,这天各大小码头张灯结彩,杀猪烹羊,大排香案,欢庆会员的聚会。新入伙的袍哥必须到这一天身份方能得到正式承认,原先的袍哥也要总结过去一年的所作所为,或论功行赏,或严惩不贷。

进入20世纪二三十年代后,四川袍哥势力泛滥成灾,各种各样的牛鬼蛇神拉帮结派,兴风作浪,搞得四川政坛一派乌烟瘴气。当时最为出名的地头蛇舵把子有徐子昌、陈俊珊、冷开泰、邓叔才、马昆山、龚谓德等人。范绍增、陈兰亭、石肇武、李树骅等人的袍哥势力则在军阀混战的泥塘里滚来爬去。

1917年,四川挑草鞋的农民 甘博 摄

世界文化遗产大足石刻的宋代佛像

出川与闪电

　　自从伟大的水利工程都江堰建成后,四川盆地便成了一只巨大的金饭碗,它一直是中国最著名的粮仓之一,川人躲在其中悠哉游哉,自成一统。

　　秦汉后巴山蜀水从未丧失过孕育人才所需要的地气。西汉初年,蜀郡郡守文翁用石头在成都垒建了全国第一所地方性的官学(文翁石室),此后,在良好的儒学传统与瑰丽的巴山蜀水的交融下,四川盆地成了中国历史的一大人才聚宝盆。我们注意到作为人才聚集区,八百里秦川在唐代后随着山水的日益枯竭,人才亦随之剧减,北宋以前涌现人才最多的河南在此之后盛况不复存在,江南才子在南宋后才蓬勃兴起如日中天,湖南人俊才星驰独领风骚的状况是在清代中期后才出现的。唯有四川盆地两千年来龙脉旺盛,人才辈出,未有间断,与之相邻的西部各地远不能望其项背。

　　出川,对川人来说是意味深长之举,就像闪电滑出云端,隐伏着坚韧的骚动和激烈的诗情。在希腊神话中,巨人安泰的母亲是大地之神盖娅,只要安泰身不离地,就能源源不断地汲取母亲的力量。对北出剑门南出夔门的川人来说,古老的盆地便是他们的盖娅。

一出夔门天地宽

在历史上,川人出川主要有东、北两条线路,"剑门天下险","夔门天下雄",剑门、夔门便是两大门户。

1911年春天,大片来自冥界的夕光笼罩着清帝国。在混杂着新与旧的喧嚣中,一个叫罗林·夏伯林的洋人来到四川盆地,他看到稠密的人群正在千里沃野上劳作,似乎每一寸土地都被开垦过,都被精耕细作,这土地既是田畴,又是墓地,人们在上面长相厮守,生生不息,与之融为一体。远处,云天雍容,黄花遍地,浓丽的青山保持着与绿水间的调和。夏伯林在这里体验到了"美的巅峰与极致",他感叹道:"我从未看到过如此动人的景象绵绵不绝地展现在眼前,它不断激起你对大自然的激情。"

令夏伯林感到震撼的四川盆地就像一个偌大的摇篮,其边缘延伸着一系列"黄鹤之飞尚不得过,猿猱欲渡愁攀援"的高山——秦岭、大巴山、巫山、乌蒙山、峨眉山、邛崃山等,摇篮的轴心是偏安一隅的成都平原,它与江南同为显赫的富贵红尘之地。古语道"天下山水之胜在蜀",巴蜀江山如此多娇,雄健而灵柔,鲜活而激昂,旺盛的气脉有如浩荡的长江之水长盛不衰。

作为人文荟萃之地,四川盆地盛产稻粮,亦盛产英才,它封闭的山水符合风水学中藏风聚气的法度,这或许是它深厚的传统两千年间不断孕育出灿若星河般英才的缘由。四川盆地的封闭令天下人皱眉,柳宗元就曾在《答韦中立论师道书》中挖苦说:四川多雾,那里的狗不常见到太阳,所以每当太阳一出来,狗便会少见多怪地对着太阳吼叫。

在历史上,川人出川主要有东、北两条线路,"剑门天下险","夔门天下雄",剑门、夔门便是两大门户。北线剑门道古时又叫金牛道或石牛道,通往陕西汉中。相传战国秦惠文王时,秦国很想派出大军灭掉蜀国,但苦于伐蜀无南下的道路,于是利用蜀王贪财的弱点,假意修好,表示愿把一头中间挖空后塞满黄金的玉石牛送给蜀国以示诚意,蜀王大喜过望,下令集中国内力士劈山开路引石牛入川,结果秦军随后开拔,一举灭掉蜀国,金牛道之名由此而来。东线出夔门经长江三峡直达湖北,夔门之名来自古夔州(今奉节),"夔"是古代传说中一种凶猛的独角奇兽。夔门又称瞿塘关,两岸嵯峨壮丽气势磅礴的白甲山、赤盐山形同两扇巨门,滚滚长江从数百丈高的摩天峭壁下咆哮而过,卷起千堆晴雪,江面最窄处不到 50 米,远望犹如一条蓝色麻绳。

俗话说,一出夔门天地宽。对川人来说,夔门是混合着苦乐和梦想的象征之门,是实现飞升一跃的龙门,多得难以胜数的川人正是从这里壮怀激烈地走出盆地,肩挑日月,脚踏江山,化虫为蝶,化鱼为龙。

大鸟出笼,与骄阳齐飞

出川的时刻,便是出招的时刻。

川人留川磨成牛,川人出川惊海内。出川的时刻,便是出招的时刻。司马相如、扬雄、李白、苏轼、杨慎、李调元、张大千……有谁不是中国历史上的一轮骄阳?

汉代第一才子司马相如是成都的富家子弟,他的小名叫"犬子"。司马相如好读书,喜欢舞剑,善鼓琴,风姿秀逸,才情高卓。当第一次出川前往帝都长安经过成都北郊的一座必经之桥时,他以一种舍我其谁的口吻指着桥说:我要是不当个大官坐着四匹高头大马拉的车回来,就不从这上面经过(后人于是把这座桥叫作"驷马桥")。此去长安,汉景帝看上了司马相如的剑术,封了他一个武骑常侍的侍从武官头衔。在宫中混了几年,素以文才自负的司马相如见汉景帝对词赋毫无兴趣,不禁大失所望,后来便称病跟随情志高雅的梁孝王去了梁国,整天和邹阳、枚乘等一班玩文学的哥们泡在一起,并写出了成名作《子虚赋》。梁孝王很赏识司马相如的才情,送给他一把绿绮古琴,琴上写有"桐梓合精"四字。那时,说话有些口吃的司马相如尚未患上糖尿病,青春的盛气有如莲花正在打开花身,不料梁孝王不幸早逝,他只好怀揣着几分伤惋返回成都。回到成都时,原本富有的家境已彻底没落,连基本生活都难以保障,但他高旷闲散的性情并未因此而改变。

一次,临邛大款卓王孙在自家鸳墙黛瓦的华堂上接待司马相如,相如知道卓王孙国色天香的女儿卓文君新近寡居在家,便用绿绮琴弹了一曲《凤求凰》去挑逗她。热烈善感的卓文君在华丽的珠帘外被如慕如怨的琴声撩拨得如同一只起兴的雎鸠鸟,又见司马相如气宇高华,当晚便跟他私奔了。两人同居后,为了解决吃饭问题,只得典当家产,靠开小酒坊维持生计。面若春雪的卓文君荆钗布裙淡妆素抹,当垆沽酒叫卖,司马相如则穿上犊鼻裤,与保佣杂作,涤器于闹市,忙里忙外担任跑堂工作。

183

　　过了一段时间,汉景帝死了,小名叫"刘猪"的汉武帝登上了金銮宝座,一天,他读到《子虚赋》,惊为天人所作,感叹说:可惜我不能与这个作者同处在一个时代。在宫廷里管狗的蜀人杨得意听到后报告说,我曾听同乡司马相如说这篇文章是他写的。汉武帝大喜过望,立即下诏命司马相如前来觐见。一块巨大的金元宝从天上掉下来,砸得司马相如欲死欲仙,他跃上吉祥的高车,二次出川前往帝都长安。"凤兮凤兮非无凰,山重水阔不可量;梧桐结阴在朝阳,濯羽弱水鸣高翔",黄金般的朝阳如同温暖的丝绸覆盖在他襟带飘摇的衣冠上,文学史上的司马时代到来了。

　　诗仙李白长着一双大眼睛,明眸善睐,性情高蹈。未出川时,他同司马相如一样好观奇书,喜弄长剑,颇有一股任侠之气,曾跟随川内一代高士赵蕤隐居在青城山一带学习帝王学。20 岁后,李白遍游蜀中山水,尤喜峨眉。公元 725 年,25 岁时,他知"大丈夫必有四方之志,乃仗剑去国,辞亲远游",东出夔门开始了长达 37 年的游吟生涯。年轻的李白像一只英迈的出笼大鸟,充满了自由高翔的壮思和喜悦。

　　浮洞庭,历湘汉,下江南,仕长安,进中原,隐山东,去夜郎……笑傲江湖,纵意所如,李白平生以大鹏鸟自况,而他的一生正是一次大鹏鸟漫长的逍遥游。迈出三峡后,他再也没能返回蜀中故土,公元 758 年,当他 58 岁时,因涉嫌永王之乱,被万里流放前往夜郎,来到巫峡时幸遇全国大赦,这是他出川后距离故土最近的一次。

　　一醉累月轻王侯的李白乃狂放重情之人,出川后,与他一同出游的川中友人吴指南在洞庭湖畔病死了,李白哀恸不已,他将其尸首临时埋葬在湖边,过了一些日子,跑回去亲自用刀子将尚没有完全腐烂的尸骨洗削干净,然后正式安葬于鄂城(今武昌)郊区。青年时,李白很阔绰,他曾在江南一年间散钱三十余万救济落魄之人。"千金散尽还复来",但实际上到晚年他穷困潦倒,60 岁时那年,他回首自己波澜壮阔的一生,不禁"三杯拂剑舞秋月,忽然高咏涕泗涟",不久,连喝酒的钱都没有了。一天,在路上碰到一个从甥,他想请这位亲戚喝酒又没钱,就把多年来一直悬挂在腰间的宝剑解下来换酒。李白通音律善抚琴,他最得意的知己崔宗之曾送给他一把孔子琴,崔宗之死后,李白常以孔子琴感怀,每一抚之,必潸然泪下。

　　对李白来说,明月是灵魂的救赎之物。这是大唐的明月,灵和、美丽、幽秘、明澈、广大,洁白苍茫,温情不可抗拒,在它的秘密施洗下,李白获得了一副举世无双的"明月肺肠"。李白名"白",字"太白",他的妹妹叫"月圆",他的儿子叫"明月奴",这些都和明月因缘颇深。明月是李白的至爱,他一生写下了大量歌咏明月的佳作,王定保在《唐摭言》中甚至记载说:"李白着宫锦袍,游采石江中,傲然自得,旁若无人,因醉,入水中捉月而死。"这虽不足为信,但却令人无限感慨!

　　北宋仁宗嘉佑元年(1056)三月,春草萋萋,春花如映,在蓬勃的峨眉春光中,20 岁的苏东坡与还在新婚燕尔中的弟弟苏子由随父亲苏洵北出剑门，走旱路万里迢迢前往京都赶考。两个月后，他们来到处处是朱门绮院、宝马香车和榆树的帝都汴梁城，寄宿在一个和尚庙里。苏氏兄弟顺利通过秋季的初试后，又参加了第二年春季的殿试，四月十四日，兄弟俩双双高中进士。主考官欧阳修对苏东坡论为政宽与简的答卷《刑赏忠厚之至论》激赏不已，本拟点为388名新进士中的头名，但怀疑这篇文章是自己的学生曾巩所作，于是避嫌改判为第二名；四川历史上共出过20名状元，欧阳修的"清正"之举使得天府之国少了一名状元郎。

此次进京赶考，眉山三苏声名鹊起，正待平步青云时，尚未获得喜报的母亲突然在家乡去世，得到消息，苏氏兄弟急忙赶回去奔丧。按照朝廷律令，苏东坡和弟弟子由得为亡母居丧守礼两年零三个月，在此期间，他和娴雅的妻子王弗过着寻幽青山、读书绿水的蛰居生活。居丧期满后，苏家沿水路举家迁往汴梁，他们从嘉州（今乐山）大佛下的岷江上船，焚香祷告，然后一路漂出夔门。一江秋水向东流，水上是千古风流人物苏东坡，他激动的热血把这次出川的浩气化作了78首诗作。

此后，苏东坡还回过一次四川，那是1066年4月，他的父亲苏老泉去世了，数月前他的爱妻王弗刚刚去世，于是他和弟弟辞去官职，全身缟素护送灵柩回乡。苏东坡在峨眉山外的故里再次服孝两年零三个月，他在父母大人的墓旁盖了一座小庙，并种了三千棵松树。服孝期满后不久，苏氏兄弟北上剑门从陆路返回汴梁，从此被拖入政治的旋涡，宦游大江南北，再也没有回过故里。

传说背上长着北斗七星痣的苏东坡体貌魁伟，长眼，美髯，颅骨很高，性情豪迈而细腻，身上贯穿着飞鸿渡雪般的根性，以及合阳刚与阴柔为一的真气。据统计，他担任过30个官职，遭贬17次，最严重的一次遭人陷害卷入"乌台诗案"，在大牢里待了130天，差点死于非命。但他并未在严酷的现实中垮掉，相反，他曾对弟弟子由说："吾上可陪玉皇大帝，下可以陪卑田院乞儿，眼前见天下无一个不是好人。"他兼有耶稣所说的蟒蛇的智慧和鸽子的温厚，他是大文豪、大画家、大书法家、大哲学家、大美食家，是佛教徒、瑜珈士，是悲天悯人的士大夫，更准确地说，他是在庙堂上漫步的大地之子。

44岁那年，苏东坡出狱后被贬往湖北黄州，在这人生的低谷时期，他常常在一棵山楂树下散步，人生境界猛然大进。他在一个春水共长天一色的山坡上修筑了著名的雪堂，写下了《前赤壁赋》《后赤壁赋》《记承天寺夜游》等极品之作。一天，他给友人写信说：

"下十数步，便是大江。其半是峨眉雪水。吾饮食沐浴皆取也。何必回乡哉？"他不必害乡愁之苦了，因为故乡已被他化入到本性之中。

61岁那年，苏东坡被流放到海南，在这天远地偏的孤岛上，他得自己制墨，自己制药，有时还得忍受饥饿，但他仍然秉性难移。他常带着心爱的海南种大狗"乌嘴"到处游逛，与渔民农夫结交，为他们办实事，并完成了对《论语》《尚书》《易经》三本经典的注释。

1101年7月28日，在海南获得赦免归来后，伟大的顽童苏东坡在常州病逝。当时朝廷已任命他为四川一家寺庙的管理者，让他回老家养老，但他最终没能回到故乡。

四川高人执牛耳

巴山峨峨蜀水泱泱，孕育出众多特立独行的奇人。

齐鲁多鸿儒，燕赵多壮士，江南多佳人，巴蜀多高士。历史上，神秘主义与巴山蜀水相映发，长盛不衰。巴山峨峨蜀水泱泱，孕育出众多特立独行的奇人，代表人物如严君平、赵直、法照、袁天罡、马祖道一、赵蕤、陈抟、袁焕仙、李果真等等。

成都人袁天罡是历史上最著名的数术风水学大师，生卒年月已不可考。隋朝末年，他出仕当过火井(卓文君家乡邛崃)县令。据《旧唐书》记载，公元624年武则天出世后，袁天罡碰巧到过她家，为她看过相，当时武则天尚在襁褓中，她的乳母给她穿了一身小男孩的衣服。袁天罡看过相后惊叹道：这位公子神色爽彻，龙睛凤颈，是一个罕见的贵人，假如一个女孩长有这副骨相的话，将会成为天下之主。

公元633年，当时袁天罡已是大名鼎鼎的人物，贞观大帝李世民仰慕他的盛名，把他召进九成宫担任司管全国地理风水的火山令。这似乎不是他第一次出川。据《古今图书集成》记载："唐贞观中有望气者上言太宗，观测天文，西南千里之外有王气。太宗令袁天罡测步王气，由长安到四川，行至阆中，果见灵山嵯峨，佳气葱郁，其脉在蟠龙山，袁天罡在此处凿断石脉，水流如血，阆中人呼之为锯山垭。""水流如血"显然不足为信，但"锯山垭"至今尚在阆中，可见袁天罡确实到过阆中。唐高宗永徽五年(654)，对阆中风水至为赞叹的袁天罡再次来到阆中，在蟠龙山上筑台观天象，并定居在这里，不久，袁的挚友、另一个赫赫有名的风水学大师李淳风亦随之来到阆中。江流天地外，山色有无中。两人一起纵情于嘉陵山水，死后安葬在离城数十里外的天宫乡，袁天罡的墓在观稼山，李淳风的墓在五里台山，两墓相距3公里。

袁天罡和李淳风合著过一本与《诺查丹马斯预言》齐名的预言书《推背图》，书中共有 60 幅预言图，每幅图附有隐晦的预言诗和颂词。如第五图画了一个马鞍、一函史书，一旁躺着一个女人，预言诗写道："杨花飞，蜀道难，截断竹箫方见日，更无一吏乃平安。"颂词写道："渔阳鼙鼓过潼关，此日君王过剑山。木易若逢山下鬼，定于此处葬金环。"安史之乱后，人们才看懂其中的玄妙，马鞍隐喻的是安禄山，史书隐喻的是史思明，躺在地上的女人及"杨花""木易""金环"隐喻的是杨贵妃，蜀道隐喻唐玄宗逃入四川，"山下鬼"是个"嵬"字，隐喻杨贵妃的葬身地马嵬坡，"截断竹箫"是个"肃"字，隐喻平定安史之乱的新皇帝唐肃宗。

禅宗六祖惠能曾对衣钵传人怀让预言说："向后佛法汝边去，马驹踏杀天下人。"这匹马驹就是怀让的高足马祖道一。

马祖道一是四川什邡人，俗姓马，出生于一个卖簸箕的穷家小户。据记载他走起路来像头壮牛，眼眸如猛虎，长舌可以舔到鼻尖，脚板上有两道奇异的轮纹。12 岁时他在什邡罗汉寺出家，后到资州宁国寺处寂法师处修习"息妄修心"之法，学成后回到什邡，乡人对他颇为尊崇。一天，正当他在溪水畔前呼后拥志得意满之时，一个老太婆不屑地说："这么多人在这里凑热闹，我还以为是哪个贵人来了，却不过是马簸箕的儿子，有什么值得大惊小怪的？"一席话说得马祖道一面红耳赤，于是他自嘲道："劝君莫还乡，还乡道不成。溪边老婆子，唤我旧时名。"

不久，马祖道一走岷峨、出夔门，前往湖南衡山，拜在怀让禅师门下。一次，道一正在坐禅，怀让问他说："你学坐禅，是为了什么？"道一答道："想要成佛。"于是怀让便拿了一块砖头磨起来，马祖不禁好奇地问道："师父磨砖做什么？"怀让说："磨砖做镜呀！"马祖不禁诧异道："砖怎么能磨成镜子呢？"怀让于是反驳说："砖既然不能磨成镜子，那么你坐禅又岂能成佛？"马祖便礼拜请教道："那要怎样才能成佛呢？"怀让回答说："这道理正像牛拉着车子，如果车子不动了，你是打车子呢，还是打牛？"马祖被问得无话可对。于是怀让接着说："你是学坐禅，还是学坐佛？如果学坐禅，但禅并不在于坐卧，如果学坐佛，但佛并没有一定的状态。法是无住的，因此我们求法也不应有取舍的执着。你如果学坐佛，就等于扼杀了佛，你如果执着于坐相，便永远不能见到大道。"马祖听了这番话，如醍醐灌顶，大梦醒来。

马祖道一后来继承了怀让的衣钵，成为唐代影响空前的禅门领袖，他于 80 岁那年圆寂。史载他宗风大畅，有"入室弟子一百五十九人，各为一方宗主"，百丈、南泉、大珠、智藏、归宗等一代高僧都是他的弟子。

陈抟是继老子、张道陵之后的道教至尊,五代至北宋时普州崇龛(今四川安岳县台镇)人。也有人认为他是安徽亳州人或陕西华山人。但最能证实陈抟确系安岳人的是《宋文鉴》,这部书收存有陈抟亲写的《易龙图序》,上面署有"西蜀崇龛陈抟序"七字。陈抟的出生时间已不得而知,只留下一个类似于哪吒出世似的传说:一个姓陈的渔夫有一天捡到一团紫色的肉团,奇怪之余将它带回家准备煮熟充饥,谁知锅中水刚刚烧热,远处突然传来一阵雷响,惊得渔夫连忙丢下肉团,那肉球落地裂开后露出一个男婴来,渔夫惊喜万分,认为这是上天所赐,便把他收作自己的儿子,长大后请人取名为陈抟("抟"字同"团")。

陈抟天资聪颖,15岁即精读诗、书、礼、术数、方药等经史百家之书,参加科举考试落第后,他怀揣着家乡的一块石头开始云游四方,求仙访道。后来,在孙君仿、獐皮两位隐士的指点下,他前往武当山九室岩隐居修习道家内功。大约在公元936年到944年左右,陈抟返回四川向邛州天师观的高道何昌一学习内丹精修之道。

日月临身,烟霞托迹,陈抟的后半生是在华山度过的。相传他精通修炼胎息的"蛰龙法",常常一睡就是几个月,在此期间要叫醒他只有敲响旁边的大铁钟。

关于陈抟最著名的故事是,赵匡胤喜欢下围棋,他飞黄腾达前曾到过华山,陈抟看出他是将来的四海之主,便跟他赌棋说:"要是我输了,把道观输给你,要是你输了,将来华山属于你的时候,就把华山输给我。"赵匡胤心想华山怎么会属于我呢? 便满口应允。不想赵匡胤连输三局,把"华山"输给了陈抟。后来赵匡胤黄袍加身果真做了皇帝,陈抟得到消息,放声大笑,说道:"天下于是定矣! "

陈抟的道学体系主要有无极图学、先天易学、玄门丹学,著述有《指玄篇》《无极图》《河图》《洛书》等十余种,对后世影响巨大。北宋端拱二年(989),他卒于华山莲花峰下的张超谷中。

欧内斯特·亨利·威尔逊

一个大牌植物猎人的华西传奇

要知道,这个罗宾逊式的异端豪杰曾 5 度前往中国(3 次来到四川),是"第一个打开中国西部花园的人"。

1930 年 10 月 15 日,一具笑傲江湖的躯体在秋风中倒下了,猩红的血像一簇舞落的玫瑰慢慢融入土地。他是 54 岁的传奇人物欧内斯特·亨利·威尔逊(Ernest Henry Wilson),西方世界鼎鼎大名的植物猎人和博物学家。他和妻子海伦去探望新婚燕尔的女儿,在返回位于波士顿的阿诺德植物园途中,不幸遭遇车祸。这猝不及防的变故使威尔逊猝然沉入昏暗的幻影,弥留之际,他一定闻到了无边无际的秘香,这些秘香来自记忆之神,来自大自然殿堂里那些曾与他日夜相伴的美丽植物,来自两片洁白的苞片像白手帕安详地垂着的珙桐、喇叭形白花上晕染着淡淡紫红的帝王百合、深绿的叶背上有厚厚绸缎般绒毛的圆叶玉兰、比哥特式圆柱还要优雅庄严的巨杉……要知道,这个罗宾逊式的异端豪杰曾 5 度前往中国(3 次来到四川),是"第一个打开中国西部花园的人"。他从古老的东方尤其是华西地区的四川为西方引入了一千多种新的植物,几乎在西方园艺界引发了一场"革命"。对威尔逊那戛然而止的命运来说,用约翰·列侬的一句话来概括也许再恰当不过了:"与其苟延残喘,不如从容燃烧。"

　　1899年4月，从未出过远门的欧内斯特·威尔逊开始了他极富传奇色彩的东方之行，一艘叫"孔雀号"的轮船在碧蓝的海水中将他带往美国，他在甲板上极目远眺，暖春的海风为他的勃勃雄心注入了无边的梦幻。5月6日，他从旧金山启程前往遥远得如同处在天尽头的中国。这年，这个睿智而强壮的英格兰人23岁，蓬勃的青春像一头猛兽在他的血管里乱窜。他此行的使命，是去搜集被称做鸽子树或手帕树的珙桐树种。

　　1900年2月24日，沐浴着新世纪的曙光，威尔逊抵达长江畔的宜昌，立即组织了一只探险队，乘船逆江而上，穿过雄奇的三峡，向亨利提供的地图上标明的川鄂交界地带、属于湖北一侧的巴东县进发。巴东位于长江三峡的巫峡与西陵峡之间，有"川鄂咽喉，鄂西门户"之称。威尔逊带着一群帮手在山里一阵乱窜后，终于在一个山沟里惊喜地发现了一棵珙桐树，遗憾的是它已被人砍断了，这让威尔逊十分沮丧。失望之余，他彻夜难眠。几天后他灰溜溜地返回到宜昌，稍作休整后，无精打采地继续在鄂西区域的山野里考察。在此期间，他发现了造型奇特、营养丰富的猕猴桃，稍稍弥补了自己糟糕的心情。四处转悠数月后，威尔逊的耐心获得了幸运之神的眷顾，5月19日这天，他在一片葱翠的密林里，赫然看到一棵满树飞舞着美丽白花的高大珙桐，他禁不住激动得尖叫起来。事后，他兴奋地记录道："我以为珙桐是北温带所有树种中最有趣和最漂亮的……花朵和苞片垂挂在那些长长的花茎上，微风吹拂时，它们就像在树上曼舞的大蝴蝶。"

　　过了一段时间，威尔逊从这棵树上采集到许多珙桐种子，这些种子藏在橄榄状的褐色果核内，每枚果核里有5至7粒种子。与此同时，敏锐而干劲十足的威尔逊在同一区域里采集到上百种植物标本和植物新种，包括山玉兰、小木通、大白花杜鹃、尖叶山茶、虎耳草、盘叶忍冬、巴山冷杉、红桦、血皮槭等。

　　1902年4月，初出茅庐便赚了个满钵的威尔逊怀揣着几丝乡愁回到英国，受到后台老板哈里·维奇爵士的热烈欢迎，维奇爵士万分高兴之余掏出了一块金表，以示对这位虎虎有生气的年轻人的奖赏。

　　1903年1月23日，新婚燕尔的威尔逊第二次接受维奇公司的派遣，前往远东地区的四川寻找黄色罂粟科植物——全缘叶绿绒蒿。到达上海后，他招募了一批帮手，购买了一艘有着船屋的大木船，亲切地将其命名为"埃伦娜"（他妻子海伦·甘德顿的昵称）。

　　6月，威尔逊从成都抵达山明水媚的乐山。7月1日，他登上雄奇的瓦屋山，这座与著名的峨眉山比肩耸立的姊妹山有若一只巨大的诺亚方舟，高高地屹立在云海之中。在瓦屋山采集了大约200种植物后，威尔逊和随从沿着汉源方向一路西行，经过两个星期的艰难旅途，于7月14日来到打箭炉（康定）附近的一个小镇。几年前，英国自然科学家普拉特在这一带发现过全缘叶绿绒蒿，威尔逊无疑是循着他的足迹而来。几天后他朝着打箭炉西南方向一座叫"雅加埂"的山峰进发，当到达海拔3000米的山腰时，突然下起冰雹来,累坏了的威尔逊只得借宿于一户农家,当晚睡在一间漏雨的小屋里,他把这个难眠之夜写进了日记:"我一躺下,一滴雨水便落进我的眼睛;我翻了翻身,一滴雨水又落进我的耳朵,翻来覆去都逃不开。"黎明前,威尔逊被冻醒了,身上的毛毯早已落到地上,毛毯下面发出些奇怪的响声,他掀开毛毯,发现4只冻得瑟瑟发抖的鸡正躲在里面取暖,一股臭气从鸡身上飘出来。

雨后,碧空如洗,清新的山野在朝阳下像涂了一层釉彩。威尔逊继续向高处进发,在一片开阔的坡地上,终于看到了为之朝思暮盼的全缘叶绿绒蒿,那大片艳黄的花朵在丽日下连成一片,犹如一块灿烂的巨大绸缎。威尔逊激动地跪到地上,将几束丰艳的鲜花拥入怀中。他对这美妙的时刻记述道:

在海拔11500英尺以上,华丽的全缘叶绿绒蒿,开着巨大的、球形的、内向弯曲的黄花,在山坡上盛开,绵延几英里。千万朵绝无伦比的绿绒蒿,耸立在其他草本之上,呈现一片景观宏大的场面。我相信再也找不到一个如此夸张豪华的地方了。

这年秋天,威尔逊专门派人来到这处山坡,成功地收集了种子。后来,被欧洲人称为"黄色罂粟花"的全缘叶绿绒蒿,成为西方家喻户晓的观赏花卉。第二年暮春时节,情绪高涨的威尔逊再次来到打箭炉一带,在花香四溢的山野里找到了川西绿绒蒿、紫点杓兰、西藏杓兰等高山花卉。

找到全缘叶绿绒蒿后,威尔逊于1903年7月23日离开打箭炉,像被注入了兴奋剂似的继续向松潘高原挺进,在那里他找到了首次引种后在西方引起轰动的帝王百合,8月底,他在5个骑兵的陪同下,在松坪一带的大山上找到了火焰般盛开着的大片红花绿绒蒿。

此行,威尔逊两个多月内行进了1000公里的路途,体力消耗很大,当他返回到川西平原时,体重减少了近20斤,几乎已筋疲力尽了。

1905年3月,威尔逊满载而归回到英国,他带回了510种树种,以及包括川西荚蒾、美容杜鹃、华西蔷薇在内的2400种植物标本。哈里·维奇爵士乐不可支,专门为威尔逊定做了一枚金质徽章,徽章的形状宛若一朵盛开的全缘叶绿绒蒿,周围镶嵌了41颗漂亮的钻石。

1907年初,带着美国著名的哈佛大学阿诺德植物园的负责人查尔斯·萨金特交给他的引进更多易于栽种的中国植物的使命,威尔逊开始了第二次四川之行。这次,眼光与众不同的萨金特坚持让他带上照相机,用桑德森标准胶片拍摄所到之处的自然和人文景观。

　　1908 年 5 月,威尔逊来到繁华的四川首府成都,5 年前,他曾在此停留过。这座积淀深厚的西南故都流淌着温润而柔软的红尘之气,处处是绮丽的鸳墙黛瓦,处处是贯穿着闲情逸趣的川味风韵,他醉心于其中,流连在天趣横生的私家花园、市井巷道和道观庙宇。他用照相机记录了关帝庙、青羊官、武侯祠、昭觉寺、少城、都江堰等胜景,由两株紫薇培植成的一处 8 米高、4 米宽的百年扇形藤景给他留下了深刻印象,令他赞叹不已。在一家理发店,他好奇地观察了留着长辫子的成都人是怎么打理他们那一头难以收拾的头发的。一个穿着葱白色布衫的顾客,很有雅兴地闭着眼睛享受着掏耳朵带来的舒服,他用镜头记录了这一独特的川味享乐方式。

　　以成都为根据地,威尔逊到灌县、汶川、岷江河谷、丹巴、打箭炉一带进行田野考察。冬天时,他把搜集到的一批标本和种子寄运到英国,没料到出了意外,托运 18237 株百合球茎时,为了省钱,没有用泥巴进行包裹,结果运到英国后,95% 的百合球茎都溃烂了。

　　这年 11 月 14 日,光绪皇帝驾崩,次日,清帝国的实际掌控者慈禧太后亦死去。威尔逊得到消息,担心一场政治上的大地震将不可避免,中国将陷入混乱,于是萌生去意。

　　不久,威尔逊离开四川前往北京。1909 年 4 月 25 日,他把拍摄所得的底片寄回伦敦,接着把收集到的一大批植物种子和标本寄往波士顿,其中包括三峡槭、甘青铁线莲的变种、紫金莲、山茱萸、西康玉兰、圆叶玉兰、林芝云杉、宝兴杜鹃等等。

　　回去后,查尔斯·萨金特履行了自己的诺言,在阿诺德植物园里给了他一个管理植物收藏的职位。这年 9 月 21 日,威尔逊带着妻子和女儿前往哈佛大学所在的波士顿。令他没有想到的是,在当地植物学界,自己的名气居然不小,人们给他取了个"中国威尔逊"的绰号。

　　1910 年 8 月底,威尔逊沿着川西岷江河谷再次来到松潘高原,在一条狭长的骡马道旁发现了成片的帝王百合,他让雇手们仔细地标明适合采集百合球茎的准确位置,准备一个多月后派人来批量采集。9 月 3 日,疲惫的威尔逊愉快地坐着一顶轿子从骡马道上撤离,没走多远,走在最前面的猎狗突然惊叫着窜出老远,紧接着一块小石头从高处的岩壁上掉下来,威尔逊让两个轿夫放下轿子,根据经验他们意识到情况不妙,两个轿夫慌乱地朝前跑去,威尔逊刚从轿子里钻出来,一块巨石便砸中了轿子,然后猛地落入了路旁的深沟中,威尔逊惊得脸色苍白,拼命往前跑,接着又有石头落下来,他一闪身,心爱的遮阳帽也掉了,随即他感到一阵钻心的疼痛,不禁摔倒在地上。他的右腿被山石砸中了,肌肉严重撕裂,血流不止,两处骨头被折断,大拇指的指甲盖被削去。几匹后边的骡子乱窜着从他身上跨了过去,幸好没踩着他。威尔逊强忍剧痛,让雇手们用照相机的脚架做夹板将右腿固定住,过了不久,他被抬上雇手弄来的另一顶轿子,一行人迅速赶往成都。

3天后，赶到成都时，威尔逊的伤口已经感染，面临着截肢。幸运的是，高明的外科医生戴维森刚好在成都，在他的精心治疗下，威尔逊的腿总算是保住了。他在病床上足足躺了3个月，才在拐杖的帮助下勉强能走上几步。在此期间，威尔逊忠实的团队给他带来了好消息，他们为他采集到不少很好的植物，如岷江冷杉、鳞皮冷杉、地锦槭等，威尔逊对一种姿态美丽的竹子爱不释手，也许是想念远隔重洋的女儿了，他以女儿的名字"穆里尔"来命名这种柔美的竹子（即神农箭竹）。经验丰富的雇手们还把采集好的百合球茎用泥土包好，成功地寄到了波士顿。

腿伤稍好后，威尔逊组织人手把此行采集到的5万余件植物标本和1283袋种子寄往阿诺德植物园，这批东西中包含着382个植物新品种和323个中国本土植物的新变种。另一个萨金特派来的植物猎人威廉·朴顿比起威尔逊来就逊色多了，在相同的时间段，他只寄出了304袋种子。

1911年3月，威尔逊回到英国后，又重新做了一次腿部手术，右腿被重新打断进行拼接，手术后骨头愈合得很好，但从此成了瘸子，走路时，比左脚短一些的右脚需套上特制的垫高了的鞋子。

此后的两年，威尔逊在波士顿制作植物标本，并潜心撰写《一个博物学家在华西》这本重要著作。1927年，查尔斯·萨金特去世后，已是园艺学界权威专家的威尔逊顶替了他在哈佛大学的位置。

20世纪初，威尔逊从四川西部采集到的绿绒蒿标本

岭南蓝调浪潮
Waves of Blues in Lingnan

20 世纪 90 年代，一首新民谣四处流传：
要看中国的两千年，请到西安；
要看中国的五百年，请到北京；
要看中国的一百年，请到上海；
要看中国的近十年，请到广东。

林语堂指指点点地说："广东人富事业精神，少挂虑，豪爽好斗，不顾情面，挥金如土，冒险而进取。又有一种奇俗，广东人犹继承着古代食蛇土著居民的遗传性，特别喜欢吃蛇肉，由此可见广东人含有古代百越民族的混合血统。"

德国人利希霍芬则指手画脚道:"在广东,杂居着语言、相貌、肤色、社会地位千差万别的不同群体。广州市及其附近的人较为开化,他们在智能、创业精神方面优于其他所有的中国人。广东人对经营大商业和大交通业有卓越的才能,他们生长在自古形成的经商氛围中,受其熏陶,形成了一个典型的商业种群。广东人活跃在其他各省,尤其是沿海诸省的大城市中。"

正如江苏人天生就是做秀才的料一样,广东人天生就长了副善于经商的脑子。中国历史上曾经兴起过贩卖盐巴的徽商和到处开钱庄的晋商,进入近代后兴办实业的宁波商帮和广东豪商异军突起,千帆竞秀,蔚为大观。商业精神是广东沿海文化传统中的一大特质,早在秦汉时期,许多广东人就已是生意场上腰缠十万的里手行家了。

辜鸿铭提醒我们说:"商人就是天晴的时候把雨伞借给你,下雨的时候就把雨伞拿回去的那种人。"广东出了个洪秀全,出了个康有为,还出了个孙中山,谁能说广东人仅是些见钱眼开唯利是图的商人?

太平天国运动,戊戌变法运动,辛亥革命运动,近代中国三大石破天惊的运动都是由广东人发起和领导的。

1986年3月,在会见新西兰总理朗伊时,邓小平说:"我们的政策是让一部分人先富起来,让一部分地区先好起来,好起来后再去帮助落后的地区,实现共同富裕,先进地区帮助落后地区是一个义务。我们的根本目标是实现共同富裕。"广东人先富起来了,富起来的广东在中国独领风骚。

晚清，广东商船 约翰·汤姆森 摄

民国时，香港卖海鲜干品的铺子 海达·莫里森 摄

晚清时，香港执扇女子　山本赞七郎　摄

1909 年,广州大户人家的山墙 柏石曼 摄

海水上的旧世纪

曾经，在外国人心目中，"千门日照珍珠市，万户烟生碧玉城"的广州就是中国的象征。

传说古时南海有五位仙人，身穿五色彩衣，骑着五色羊把每茎六穗的稻谷带到了广州，他们把稻谷和羊送给百姓后，便驾着彩色的祥云升天而去。这则美好的神话预示着广东会成为物阜民丰的地方，所以它是广东人津津乐道的话题。

广东兼有山地和海洋两重文化，这使得这里的民众同时具有强烈的兼收性和传统的保守性，这两种基本因素融会贯通一脉相承。一方面广东人喜欢展现自己独立不群的个性，常常喜新厌旧地紧跟时代浪潮真抓实干，另一方面他们又对算命、星象、风水、财神爷、黄道吉日等等表现出特殊的兴趣。

广东，《吕氏春秋》中称"百越"，《史记》中称"南越"，《汉书》称"南粤"。日啖荔枝三百颗，不辞长作岭南人。在古老的农耕时代，广东留给中原人的印象是这里除了鲜嫩的荔枝值得一吃之外，不过是个被充军或流放之人才不得不去的鬼地方，他们一再冷嘲热讽那些纹身吃蛇的"百越"民族是"射生饮血"的野蛮人。而实际上，历史上的广东自有它溢彩流光的容颜。

根据太史公司马迁的记载，秦汉时期广东的物产就已经畅销全国，犀象、玳瑁、珠玑、银铜、龙眼、荔枝、橘柚等广东货在南方城市里随处可见。秦始皇下令开凿古老的灵渠以连结长江和珠江两大水系，并下令迁50万汉族人前往开发百越地区，这些措施显然对推动岭南的经济文化发展起到了深远的作用。

唐宋年间,广州的对外贸易极为繁荣,对外贸易范围一度扩大到南太平洋和印度洋各国,白帆蔽日的外国商船带来的香药珍宝堆积如山。在外国人心目中,"千门日照珍珠市,万户烟生碧玉城"的广州就是中国的象征。当时由广州制造的木兰舟船,船身大如巨室,篷帆好像垂天的白云,舵长数丈,一般可载数百人,船舱里还可储放粮食,酿酒,甚至还有专门养猪的场所。大唐开元二年(714),唐政府开始在广州设专门管理对外贸易的官员"市舶使";当时侨居广州的外商(主要是阿拉伯人)达数万人,最多时近十万人。中山路的怀圣寺和寺内的光塔,就是唐贞观年间伊斯兰教徒来华时所建。

由此可见,古代广东并非像许多人想象的那样是个断发纹身的烟瘴之地,实际上两千年来它一直是中国通往外国的"海上丝绸之路"的交汇点,它的文化机体内缀满了海洋发达的商业气息,并且这种气息持续至今,越演越烈。

大海敞开了它那蔚蓝而博大的胸怀,赋予广东人以灵气、勇气、豪气和商业之气。广东传统中那些开放的真正大气的东西来自海洋。自古以来,广东人就总想到海上去驰骋。这是一种自发的冲动,仿佛是生命中久已期待的渴望。从周代至春秋战国,广东人大都为越人,汉朝征服割据岭南的南越王赵佗后,从今广东徐闻县出发,已能航海到印度以南,两宋时,广州最兴旺的产业是造船业和海外贸易,指南针的使用,更使海上贸易规模扩大。南宋后期,岭南对外贸易的重心逐渐转向泉州,有七十多个国家与宋朝有海上往来,至明代,朝廷一度限制对外贸易,闽粤的农民只好自行大批出海谋生,南洋各国于是成为广东人在海外最集中的聚居区。

在海上营生是一种冒险,在海上,广东人时时会涌起某种冲动,当冲动成为一种生命本能的意志,冒险就成为一种日常的习惯,成为求取成功的途径,成为个性张扬的标签。不用怀疑,正是这种由海洋召唤出来的特征,广东人才什么都敢吃,包括第一个吃螃蟹,包括改革,包括革命。希腊人、北欧人、意大利人、英国人、美国人,都是最有活力的海上民族。可我们看不出中国的强大与海洋到底有何直接联系,因为这种航海的先进不过是内陆经济的一点延伸,本身却不是由出海或利用海洋来取得的。中国人历来是内陆中心主义者,尽管古时航海业就一直发达,但不过是玩点洋盘,显示一下富有罢了。非但如此,海洋还可像万里长城一样,是一道天然的防线。

中国民族的海洋性格之所以没有聚合起足够的能量,也许还有别的种种原因,比如崇尚自然、不事侵略、恪守礼义等等,这也并没什么不好,但当其他民族都以海洋为依托逐渐强大,忍不住要四处侵略——而且正是借助于海洋来进行战争时,内陆民族就不得不重新思考海洋的力量。

谢选骏的这番话是有一定道理的:"海上生活常能刺激独立不羁和追求自由的精

神,航海通商和跨殖民的生活,也较易养成学术上的怀疑态度和批判精神,航海民族四处奔波,广采博纳的心灵,以自己固有的文化传统框架出发,步入一个较少偏见、敏于比较、重新选择的精神境界,是十分自然的,所以他们的知识也更易于系统化。"

海上民族不太愿意窝里斗,他们的眼光更远,所追求利益也更厚,常年临海、出海,海洋会将心脏连同生命一起从胸腔中拉出来,放置于一片更博大的浩瀚之中。

广东因为近海而获得内陆各省所没有的禀性,所以当其他地方的人还在"摸着石头过河"时,他们已在风浪更大的海上捞取到更多的实惠。

卓荦不凡的广东精英梁启超对此解释说:"海也者,能发人进取之雄心;陆居者以怀土之故,而种种之系累生焉。试一观海,忽觉超然万类之表,而行为思想,皆得无限自由。彼航海者,其所求固利也,然求之之始,却不可不先置利害以度外,以性命财产为孤注,冒万险而一掷之。故久于海上者,能使其精神日以勇猛,日以高尚,此古来濒海之民,所以比于陆居者活气较胜,进取较锐。"

晚清越南西贡的汉人

203

晚清时，一个广东贵妇　约翰·汤姆森　摄

老广东三重奏

往细里分的话，广东最具特色的主流人群可分为客家人、广州人和潮汕人。这三个群落形貌各异，各有千秋，颇有点"三足鼎立"的味道。

广东多山地、丘陵、江河，气候炎热阴湿，植物繁茂，长势旺盛。整个广东省被山地丘陵所环抱，实际上平原仅限于濒海及江河入海地区。最大的平原珠江三角洲面积约为4.3万平方公里，今天，这块黄金地段每年的工业产值占全省70％以上。封闭的山地对广东人吃苦耐劳精打细算的禀赋有着重要影响，并滋长了广东人的地方保护主义。

往细里分的话，广东最具特色的主流人群可分为客家人、广州人和潮汕人。这三个群落形貌各异，各有千秋，颇有点"三足鼎立"的味道。

客家人，顾名思义就是客居他乡之人。"客家"，在客家语与粤语中均读作"哈嘎"，既是自称，也是他称，他们是东晋以后陆续迁到南方的北中国汉族人，时至今日仍然顽强地保持了许多祖先纯正的习俗。据不完全统计，客家人分布在包括台湾、香港在内的16个省区、232个县市，人口在5200万以上，其最密集的居住地是广东的山地丘陵地区。

我们必须对客家人表示出应有的敬意，因为这个坚韧的南方群落并没有因为散居而失去他们的文化传统，经历了上千年的历史沧桑后仍不改特性，要做到这一点相当不容易，需要有强大的心灵世界作为基石。

　　客家人坚如磐石的品质是由灵柔的文化意蕴构成的，他们大都性情温和，品行俱佳，乐天知命。他们以淳朴好客和吃苦耐劳而著称，身上散发着遥远的儒家文化的清香。客家人一般生活在物质条件相对贫困的山区，但是他们朴实勤勉的生活中，从来没有丧失知书达礼的学习风气。如今，随着历史的变革，客家人相对封闭的天地正在发生着惊人的变化。

　　据肖平《客家人》统计，客家人中出现过的著名人物人至少可以开列如下一张清单：文学家欧阳修、张九龄、曾巩、郭沫若、韩素音、黄遵宪、李金发；政治及军事家李光耀、叶剑英、肖华、陈丕显、卢嘉锡、胡耀邦、杨成武、刘亚楼、廖承志、张鼎函、叶挺、邓演达、朱德、陈济棠、邹鲁、廖仲恺、姚雨平、丘逢甲、洪秀全、萧朝贵、冯云山、石达开、杨秀清、丁日昌、刘永福、文天祥；实业家曾宪梓、田家炳、胡文虎、胡仙、张弼士、姚美良、邱永汉、史学师陈寅恪；语言学家王力；艺术大师林风眠；数学家李国平；桥梁专家李国豪；肿瘤专家吴恒兴；生物学家黎尚豪；数学家丘成桐；高分子化学家王佛松等等，数不胜数。

　　客家人的母胎能诞生出这么多优秀人物，与其教育为本和敬宗爱祖的传统干系重大。

　　客家人最大的聚居点广东梅州享有"文化之乡"的美誉，在这里，再贫穷的家庭也会节衣缩食供养自己的孩子上学。注重教育，促进了公学和祠堂的兴盛，以广东七十二县陈姓氏族的祠堂为例，这座著名的装饰华美的建筑修于光绪年间，一为祭祀先祖，二为陈姓子弟提供读书场所。其装饰手法就有木雕、石雕、砖雕、灰塑、陶塑、玻璃刻花、铜铁铸件等，祖先的牌位居于正中厅堂，围绕在建筑四壁和外墙以及栏杆上的是人物、动物、植物、器物等组雕图案，如"三顾茅庐""渔舟唱晚"以及龙、凤、狮子、蝙蝠、松、竹、牡丹等图案。可以说，陈家祠堂就是传统工艺品的宝库，如今，它已更名为广东民间工艺馆。

　　1994年11月，世界客家恳亲大会在梅州召开，来自全世界的5千名客家人代表会聚一堂，共商振兴客家经济大计，向世人展现了客家人水乳相融、荣辱与共的凝聚力。

　　潮汕人是广东人中最强悍实干的一个群落。他们操一口与广州粤语大不相同而近似于闽南语的潮汕话，背起行囊走遍天涯海角，哪里的银子多、银子好挣他们就往哪里去，哪里的潮汕人发了他们就跟随而去。他们背井离乡在天南地北的异乡组成生意场上的潮汕兄弟团伙。

　　在保守的中国，目光远大、勇气十足的潮汕人是一个特例。他们飘洋过海的闯劲和干出来的成绩令其他地方的中国商人自愧弗如。世界范围内分布着的数千万侨胞中，广东人占了多数，而在广东人中又以潮汕人为主。在海外，潮汕人发展最好、影响最大的地区是东南亚。

潮汕人是古代闽越人融入汉族的一支。由于居住地人口稠密,资源开发过度,所以明朝以后他们纷纷外出谋生或移居南洋(东南亚)去发展。长期以来潮汕人形成了善于经营、富于创造的开拓精神。他们具有较强的商品观念,做事精益求精,那种不达目的誓不罢休的韧性表现突出。潮汕人多是实干家,不喜欢说浮光掠影不着边际的大话,他们有极强的乡土观念,相互之间常常表现出超越贫富等级的群体亲情。那些在外发了大财的潮汕大款也多以衣锦还乡造福桑梓为荣,最典型的例子是华人首富李嘉诚投资巨款创建了设备一流的汕头大学。改革开放后国内的潮汕人也有了一个施展拳脚的广阔天地,他们凭借非凡的经营管理才能,在各行各业声名鹊起,成绩斐然。

　　潮汕人性格豪爽,粗中有细,好狠斗勇之人大有人在,他们不怕事,胆小如鼠、谨小慎微的人在亲族朋友中是不吃香的。俗话说"南拳北腿",潮汕人就善于施展他们的"南拳"与对手周旋。潮汕话在海外有相当的影响力,在海外华人世界中到处设有潮州会馆,只要一说潮州话,潮汕人马上老乡望老乡,两眼泪汪汪,一见如故,分外亲热。

　　而在以广州为主的珠江三角洲地区,则居住着讲传统粤语的广东人,外地人也把粤语说成广州话。粤方言是广东境内使用人数最多、分布范围最广的语言,在中国如今它的影响仅次于普通话。广州人(泛指)生活地区经济发达,思想开放,各种新鲜事物光怪陆离杂混一堂。广州人精明能干、自视甚高,往往容易被优越的物质条件和周围灯红酒绿的花花世界所陶醉,他们赚钱的本事在全国首屈一指,同时其享乐主义的生活风尚在全国也独树一帜。

　　广州人以说粤语为荣,但是其他地方的中国人听粤语就如同听外语一样吃力。一则广为流传的粤语笑话令人忍俊不禁:有一个广州人在北京赶公共汽车,由于车上拥挤不堪,于是一男一女两个乘客争吵起来,广东人在旁边劝道:"吾(勿)用吵啦,你爱(挨)我,我爱(挨)你,大家都幸福(辛苦)。"结果广东人自己没搞清楚是怎么回事就挨了一拳。另一个广州人在北京排队买东西,他很有礼貌地向排在最后的那位小姐问道:"小姐,你是不是最美(尾)? 你最美(尾),我爱(挨)你啦!"结果,这个广州人劈头盖脑遭到了一顿臭骂。

207

晚清时,香港的艺术家 约翰·汤姆森 摄

鸦片战争前夜西人眼中的广州

那时期广州是全中国洋人唯一能够出没的城市,许多像老尼克一样揣着"东方春梦"的洋人来此攫取白花花的银子。

1836 年,法国医生老尼克来到商业大城广州,东方之美和东方之恶一下子涌入他敏锐的喉咙。对他来说,"眼前的一切像是长时间高烧所引发的那些耀眼光芒的幻影":清新的河风吹拂着悬挂在丰太商行前四根大旗杆上的英、法、荷、美四国国旗;如同水城威尼斯的冈多拉,卖食物的货郎驾着双桨小舢板吆喝着从晨雾中穿过;从南洋开来的大帆船竹制桅杆上挂着风帆,甲板上男男女女拥挤不堪,里面混杂着猴子、鹦鹉、锦鸡、狸猫和极乐鸟;晒成古铜色赤膊的小男孩脖子上系着一个小葫芦在水上游着;黑白相间的战船上四周竖着丝绸旗子,下面藏着遮盖了五彩织物的大炮,船身挂了不少绘有奇异神怪的大盾牌;官船像是典雅的美丽昆虫反射着阳光,船底漆成白色,船身上部呈淡蓝的云青色,两侧各开有三十扇椭圆形小窗,从里面伸出许多白色船桨,不使用时如同一条疲惫的鱼身上的鳍;一个穿着绣花缎和云纹缎官服的官员躺在一块席子上,昏昏欲睡地抽着马尼拉方头雪茄,50 名懒洋洋的士兵正接受他的指挥;摆满银质餐具的奢华晚宴整整吃了 7 个小时,令人筋疲力尽;椭圆形的门两边立着两只巨大的古瓷瓶,瓶中插满宽大的孔雀羽毛;一张画满鲜花的纸上留下漂亮辞藻,上好的墨散发出妙不可言的迷人芳香,里面掺入了麝香;一个形容枯槁的鸦片客手里拿着鸦片盒,身边围着一群宠妓,他盯着她们身上华丽缤纷的绸衣和戴满金饰的小手, 一场时日不多的必然毁灭正像帐幔一样朝他打开……

209

　　那时期广州是全中国洋人唯一能够出没的城市，许多像老尼克一样揣着"东方春梦"的洋人来此攫取白花花的银子。在 18 世纪最后几年，美国商船每前往广州一次，可获 60% 的高利润，不少美国商人靠走这条航线发了大财。

　　1757 年，不主张同洋人做生意的乾隆皇帝下了一道圣旨，让广州成为全国唯一一海上对外通商口岸，这出于他对外夷的"体恤"。此后数十年间，广州成为清王朝对外贸易中心，据清宫档案记载，1754 年，到广州的洋船为 27 艘，税银 52 万两，1790 年，洋船增至 83 艘，税银达到 110 万两，到鸦片战争前，洋船每年多达 200 艘，税银突破 180 万两。广州成为财源滚滚的"天子南库"。

　　当时的广州人轻蔑地把洋人叫作番鬼，住在城里的番鬼不断被警告要"听话和服从"，要"惶恐战栗"，不可"冥顽不灵，以致触犯圣怒"，他们"被容忍在这块地方暂住，是由于天朝对远来夷人的仁慈和怜恤"。美国"番鬼"威廉·亨特于 1825 年 13 岁时来到广州，数年后加入旗昌洋行，在广州、澳门、香港等地活动了 20 年，并创设亨特洋行，他在其著作《旧中国杂记》里描述了鸦片战争前广州的不少真实情况：

　　靠近岸边，一只挨着一只排成长长横列的，是那些装饰华丽的花艇。它们简直并列成一条条街道，只是比城里或城郊的许多街道还要宽些。花艇的上盖都是玲珑剔透的木雕，雕刻着花鸟，装着玻璃窗，窗棂油漆描金。艇内不时传出弹奏古琴或琵琶的音乐，还有纵酒狂欢、行令猜拳的声音。剃头匠的轻舟灵巧地在船堆中穿来穿去，把一把镊子弹得嘣嘣响，宣告他的到来。此外，还有不大多见的有许多桨的官家快艇——总而言之，这是一个浮动的世界。

　　广东的大户人家的私邸请客饮宴的时候，常常还加上演戏，戏在一个开放的戏台里演出，戏台对面是客人聚集的楼阁，这两者之间的空间是一个长满大片荷叶的荷池，荷池上有低低的石桥跨过，桥上刻着花鸟和古装人物。宴席快结束时，表演也就快要开始了。

　　最流行的剧集是《元人百种曲》，一场戏与一场戏之间的转换，用两块有彩花边的木牌来表示，牌上刻着金漆的大字，悬挂在戏台两边门廊的柱子上，聚在一起的客人很容易看清。戏台有 20 英尺深，由一道漂亮的雕花隔板与后台的化妆室隔开，而乐师们的位置则安排在隔板前边；这样，乐师们也就是在表演者的背后。

　　没有一个国家比中国更热衷于演戏的了。中国的戏剧是哀伤的、悲惨的，而常常也是极其滑稽的，有的悲剧性的戏描述大汉朝的古老历史事件。

　　本地的戏班都住在大艇子上——可以方便从一地到另一地演出以及运送服装和道具。历史剧的服装华丽到极点，而且与时代的风格式样相符合，这些服装都是用色彩优美的富丽丝绸做成的，上面有金线和丝线绣成的花，这也是戏剧吸引人的一方面。演生活剧时,则穿日常服装,丑角的滑稽表演有所增加。演出的剧目诸如《赵氏孤儿》《好逑传》《老生儿》《汉宫秋》及《灰阑记》等。

亨特格外感叹"当时的广东人不了解'番鬼'的礼节、习俗和社会关系,在他们眼里,'番鬼'的一切,哪怕是出自良好教养的基本礼貌,都是野蛮的、不完善的,跟他们自己彬彬有礼的举止相比,'番鬼'的野蛮显得太突出了"。

1830年,"番鬼"在广州城内犯下的一桩"野蛮"事严重激怒了地方当局。当时中国官府明文规定禁止"番鬼"私自乘坐肩舆(轿子),及私自带家眷进入广州城内,远涉重洋而来的西洋妇女都暂时生活在船上。禁止洋妞进城的原因主要是她们暴露胸部的服装和同男人随便握手的动作,对中国礼教来说是伤风败俗之举,再者洋妞不能入城也就不用担心洋商长期滞留下去。岂料这年10月4日,英国东印度公司驻广州的大班(东印度公司最高领导之一)盼师带着夫人和几个洋妞从澳门来到广州城,坐着绿呢轿子,大摇大摆地住进了商馆。接着,盼师夫人一连几天和几个颇为摩登的外国女人到处观光。"番鬼"如此招摇,引得满城风雨,两广总督李鸿宾得到消息后十分震怒,他下令给盼师下达公文,令其立即让番妇离开广州城,不然将派官兵进入商馆,强行驱逐。不料盼师反派人前往衙门申诉,声称洋商留在广州商馆,许多时候一住就是半年,如果不允许携带家眷,确实不太人道。李鸿宾对洋商的抗议申诉不加理会,发出通牒:如三天内,番妇不离开,将采取强制行动。在紧张的情形下,英方悄悄派出百余名水兵,带着武器星夜在商馆附近码头登陆,前来保护商馆。双方对峙,事态严重,李鸿宾恐朝廷怪罪,并不想把事情闹大,于是急忙派十三行的商界首领伍秉鉴出面调解,英方也不想太开罪中方而中断生意,在得到李鸿宾保证英国商馆安全的承诺后,将水兵撤出,随后几个洋妞退离了广州城。这起差点引发战事的纷争结束后,给盼师夫人送去绿呢轿子的小人物谢五被发配新疆充当苦力,做了"替罪羊"。禁止洋妞进城的举措,让广州的洋"光棍"们十分苦恼,难怪亨特在《旧中国杂记》中说:"住在广州的外国人,都成了身不由主的'修道士',女人的声音,对他们来说,简直是一种奢侈品。"1842年,鸦片战争结束后,中英签署了《南京条约》,明确载入外国人可以"带同家眷"寄居通商口岸的条文,"番鬼"们在广州的"修道士"生涯才宣告结束。

211

当时广州的"外贸特区"在西南角的十三行商馆,紧靠珠江码头,外来"番鬼"只能在这一带活动,他们与中国的贸易或外事交涉必须和十三行行商进行,即由行商充当中间人,以限制地方政府、地方官员和中国各地商人直接和外商接触,然后行商按规定上交税收,这一制度使行商具有重大权力和垄断地位,给他们带来了巨大商机。上面提到的广州商业巨子伍秉鉴,是广州呼风唤雨的人物,也是那个时代的全球首富,2001年,他被美国《华尔街日报》评为一千年来世界上最富有的人之一。美国学者马士说,"在当时,伍氏的资产是一笔世界上最大的商业财产"。1834年,伍家的财产多达2600万银元,折合现在的数十亿美元,富可敌国,而那时的美国首富约翰·阿斯特估计拥有2000-3000万美元,与伍氏完全不能比。

伍秉鉴与欧洲著名的大人物拿破仑、威灵顿都生于1769年。尽管他不苟言笑,但在"番鬼"眼中享有很高的声望,当时美国有一个波士顿商人欠了伍秉鉴7.2万银元,一直没有能力偿还这笔欠款,他为此痛苦不堪,无法返回美国,伍秉鉴知道后,把这个商人叫了去,对他说:"老朋友,你是一个最诚实的人,只不过不太走运。"说完,他拿出欠条当即撕了个粉碎,向对方表示他们之间的账目已经彻底结清,对方随时可以离开广州返回美国。伍秉鉴这个惊人的善举,在美国商界广为流传,脍炙人口达半个多世纪。伍秉鉴在商业上长袖善舞,与"番鬼"打交道很有一套,十三行洋货如山、樯橹奔辏的景象与他高明的手腕关系甚大。当时广州贸易往来的重要客户是大名鼎鼎的英国东印度公司,而伍秉鉴正是这家公司最大的债权人。

富甲天下的十三行作为在华外国人的集散地,在各个领域开风气之先,欧洲绘画、磨花玻璃、珐琅彩、自鸣钟等工艺从这里传入,与本地传统结合后被加以创新,牛痘种植法等先进科技也正是从这里登临中国然后传向各地的,叶曙明称这里是"新价值观的创造者,新制度、新文化的催生婆,推动中国进入现代化社会的最重要动力之一"。

在十三行时代,外销画是大受"番鬼"欢迎的代表性商品。这是一种在通草纸上完成的工艺美术作品,以国画的工笔手法结合西洋洛可可精绘画法,题材具有鲜明的岭南地方文化特色,既传统又时尚,高度写实而又极富装饰效果,画面上浮动着广州泥土之上的花朵、蝴蝶、羽翎、帆船,以及广州人所熟悉的十三行、镇海楼、莲花塔、琶洲塔、赤岗塔、光塔、六榕塔……19世纪最初的10年,史贝霖名噪一时,他是广州最出色的外销画画家,到1835年前后,林呱是最出色的外销画画家,他的作品曾在皇家画院展出,轰动一时。

当时广州的第一大寺海幢寺与十三行隔河相望,每月里有几天,在广州城内处处受制的"番鬼"被允许前往这个风光极佳的寺庙游览。法国画家波塞尔1838年10月曾来游寺并留下画作,他在日记中写道:"庙内万籁俱寂,气氛肃穆,使我顿然有出尘之想。"

海日吹霞,竹馆幽钟,威廉·亨特对海幢寺的静美经久难忘,他在《旧中国杂记》中写道:

到商馆对岸河南的大庙一游,总是很有意思的。这座庙宇是华南各省中最漂亮的寺庙之一。每到晚上,和尚们约有200-500人,聚集在三间一排的大殿上诵经。诵完经全体绕场行走,一边唱着经谶、点着香、打着钟;最后在表示过去、现在、未来的三尊巨大描金佛像中间那一尊前面行跪拜礼。

一系列大而漂亮的殿堂或独立的庙宇,都建造在石砌的平台上,殿前有宽阔的花岗岩石阶,周围是低矮的石头护栏,由花岗岩的石柱分开,石柱撑持着上面的屋顶。建筑物的各种色彩,挂在里里外外柱子上的金字条幅,构成一种欢快的美妙气氛。住持的屋子朴素而舒适,有一间会客室,陈设着好家具,另一间相邻的屋子里有一个供着佛像的神坛,佛像前有永远点着的香,以及一盏长明灯。

我跟这位"首席僧人"混熟了,有几次他请我共进早餐或吃晚饭,吃他那些无与伦比的"斋菜"和水果。餐桌上总是摆满各种鲜花,而且总有人很好地侍候。我当时刚从马六甲英华书院回来不久,很高兴有机会和他交谈,炫耀我的中国官话。

19世纪,改变广州历史的第一元素是鸦片。鸦片从唐代以来在中国就作为药物使用。

虽然早在1729年清政府就禁止鸦片输入,但这种麻醉剂仍不断从印度通过各种暗道涌入广州,1820年道光帝登极时被这种违法行为震惊,他的愤怒迫使当时的两广总督阮元全力禁止鸦片走私,但未起到实质性的效果,一个欧洲走私者得意洋洋地声称:"鸦片像黄金一样,我可随时卖出。"经过几个世纪的贸易交往之后,洋人终于发现敲开中国人钱包的最好东西了。到1836年,走私鸦片输入总额达一千八百万元,成为19世纪世界最贵重的单项商品贸易,最终,深受其害的中国被推到了火山口上。

晚清时,广东缓慢的乡土生活

213

十八岁时的孙中山先生

思想点燃了革命

湖南出革命家,广东出思想家。湖湘精英多以"革命家"身份活跃在清末民初的政治角斗场中,而广东精英则是一个思想家的群体。广东是近代中国思想家的摇篮。

马克思说:"每一个社会时代都需要有自己的伟大人物,如果没有这样的人物,它就要创造出这样的人物来。"在近代中国,黑暗的苍茫大地上,人们抬头仰望北斗星,他们渴望着出现高大的灯塔,从而指引自己走出黑暗。

近代中国的思想重担是由广东人担着的。

湖南出革命家,广东出思想家。湖湘精英多以"革命家"身份活跃在清末民初的政治角斗场中,而广东精英则是一个思想家的群体。广东是近代中国思想家的摇篮。

佛教大宗师惠能开创的禅宗思想和王阳明"知行合一"思想对近代广东人影响尤其深远。

214

地域传统学风对知识精英人格取向会有不同的模铸作用，一旦这种模铸达到潜意识的层次，就会形成一定的心理选择机制，从而制约着他们的行为模式。

一双看不见的大手扼住了精英人物的灵魂。

近代中国文化犹如黑夜中的磨盘，推动它前进的最大力量来自湖南和广东。

王夫之"心""势"合一的经世致用学说是湖南知识精英的指导思想，他们由此逐渐形成坚贞实干、注重兵谋舆地等经世之学的群体人格取向。与湖南人不同，广东知识精英深受陆九渊、陈献章、王阳明等人"心""理"合一的主观经验哲学的熏陶，这种哲学强调，朱熹理学中主宰世界并无所不在的本体性大道"理"，并不是作为某种客体高高存在于个体心灵之外；个体的心灵并不是臣属于"理"的任意摆布的渺小奴仆。"陆王心学"认为"心"与"理"在本质上是同一个东西，二者是一元化的无法分割的同一存在。这样一来，"心"就从空泛的"理"的束缚中解放出来，它的内涵包罗万象无限延伸，从中人的主观意志被空前地突出出来。

"阳明学"从根本上讲是理学和佛教禅宗思想互相糅合、互相观照的产物，这是一种心性之学和道德实践打成一片的学说，它试图通过"觉悟"式的玄思及具体社会实践完成对大千世界的圆满体证，最终达到王阳明"此心光明，亦复何言"的境界。

这实际上是一种如何努力去做一个"圣人"的学说，它把传统儒学"内圣外王"的思想推向了一个新的高度。

近代广东知识精英的鼻子大都被阳明学牵着走。同时我们不应忘记自唐代以来佛教禅宗"佛我不二"的顿悟思想在广东很有市场，使禅宗思想在历史上大放异彩的惠能大师正是在广东言传身教活动了几十年。

"总结湖广两个地域文化群落的特征而言，一为重外（湖南），一为重内（广东），一为重染有客观色彩的舆地器物之变迁（湖南），一为重颇带主观色彩的心理结构之变动（广东），所以隶属于湖南地域的近代人物多以实干家、政治家的面貌跻身于中国近代的变革浪潮中，从魏源、曾国藩、胡林翼、左宗棠到谭嗣同、毛泽东，均很精明干练，属政治型人物。相对来看，广东地域涌现出的近代名家如康有为、梁启超、孙中山之辈，却多少都带有些书生气，他们多在政坛上屡次失意，而在思想上斐然成家，属思想家类型。"

歌舞升平、海内晏清的小农经济时代一去不复返了。鸦片战争后，中国人不得不在西方工业文明强大的攻势面前俯首称臣，任其凌辱。他们必须面对痛苦现实中支离破碎的山河，必须进行全面的总结和沉思，就像落入了狼穴的绵羊必须尽快找到摆脱危险的道路及手段。

作为对历史的反思结果,三次石破天惊荡气回肠的运动爆发了——太平天国运动、戊戌变法、辛亥革命。这三次惊涛骇浪的变革运动,其一大共同特点是领导人(思想舵手)都是广东人。

考场失意的农村知识分子洪秀全实际上是一个天才的农民思想家。他独具匠心、洋为中用地创立了"拜上帝教",这是一种披着基督教外衣的中国化农民宗教派别,这个教派有一整套建设理想社会的方案,其中所展示出的蓝图对处于水深火热中的中国下层人民形成了巨大的感召力,这是它吸引人的地方。很快就有大批贫苦农民参加了拜上帝会,他们的激情被"上帝"派到人间来拯救众生的"次子"洪秀全深深地打动了。入教的会员从此有了人生崇高的信仰和奋斗目标,他们将会为此而赴汤蹈火,即使牺牲生命也在所不惜。事实证明这帮被强烈信仰支配着的农民有着可怕的战斗力,从1851年金田起义到1853年攻占长江下游大都会南京,他们仅仅用了两年时间就建立了一个拥有东南半壁河山的政权。

建国后,洪秀全出台了一系列令人耳目一新的天国政策:废除封建土地所有制,设立农民平分土地制度,不论男女,按人口多少、土地好坏搭配,平均分配土地。禁止娼妓、缠足、买卖奴婢等。鳏寡孤独、疾病残废等丧失劳动能力的人,都由"国库"供养。在天京,一度完全废除私有财产,居民的财物一概收归圣库,生活必需品由圣库按定额供给。居民按性别编入男馆女馆,夫妻不得同居。男子除参加军队外,都要参加生产或在政府机关中服役,妇女也要参与各种社会建设性事务。手工业方面,设诸匠营和百士衙统一经营管理,限制私人经营商业。

洪秀全想要建立的是一个使"天下人有田同耕,有饭同食,有衣同穿,有钱同使,无处不均匀,无人不饱暖"的大同社会,这是中国农民千百年来的一大梦想。洪秀全使这一理想一度得到实践和尝试。在他的领导下,太平天国纵横大半个中国,坚持斗争达14年之久。

任何新兴力量都有两个致命的危机,一是腐化,完全背弃他们最初的革命精神和奋斗目际;一是不能团结一致,发生一连串自相残杀的内讧斗争。不幸的是,太平天国在这两方面都出了大娄子,否则曾国藩的湘军和外国人的干涉,都不足以使太平天国彻底失败。

从严格意义上讲,康有为从来就不是一个革命者,他一生都反对暴力。就政治思想来说,他的两大思想支柱是主张君主立宪政体和国家富强,这就是为什么辛亥革命时他被列入保皇派保守势力的原因。

19世纪80年代,当清政府为洋枪洋炮武装起来的貌似强大的海军陆军所陶醉时,康有为就已清醒地认识到洋务运动并不是使中国走向强大的正确途径,必须像日本"明治维新"那样在深层的政治制度上动一次大型手术才行,基于这样的认识,他在1888年曾以个人的名义向光绪皇帝上书要求变法。

那时他已吸收了大量西方的思想营养，正忙着在广州万木草堂宣讲自己反思及批判中国传统文化的成果——《新学伪经考》《孔子改制考》两本专著。他的手下有一批像梁启超、陈千秋、欧榘甲、叶觉迈、韩文举这样才思敏捷、见识超群的学生。

1894年，在日本人重拳打击之下中国输掉了甲午战争。列强乘机纷纷张开血盆大口鲸吞中国。在空前强烈的民族危机面前，由"公车上书"带动起来的维新变法思潮已成为人们的共识，山雨欲来风满楼，各种变法团体如雨后春笋般兴起。康有为被历史性地推向了精神舵手的位置。

1898年，一场由康有为在幕后进行总体操纵的戊戌变法开始了。从6月11日到9日21日，光绪皇帝共颁布新政诏书110多道，主要内容有——

政治方面：设立制度局，改革旧机构，撤去闲散重叠的衙门，裁减冗员，澄清吏治，提倡廉正作风，准许臣民上书议事，严禁官吏抑阻。

经济方面：保护和奖励工商业，中央设立农工商总局，铁路矿务局，各省设立商务局；奖励和保护工商业的发展，广办邮政，兴建粤汉、沪宁等铁路，借鉴西法制茶；设立商学、商报、商会；改革财政，编制预算、决算，取消旗人由国家供养的特权，允许旗人自谋生计。

文化教育方面：废除八股文，改试论策；创办京师大学堂，广设中小学堂；设立翻译局，翻译外国书籍，提倡学习西学；准许创办报馆、学会；派人出国留学、游历；奖励新著作和发明。

军业方面：设厂制造军火，编练海陆军，裁汰旧军，改用西法操练新军。

然而这些以"明治维新"为参照的资本主义改良措施并未得到实行，仅仅103天后，慈禧太后便不费吹灰之力一举镇压了这场变法闹剧。康有为带着他的得意门生梁启超匆匆逃往日本避难，而他的同谋者谭嗣同等人则惨遭杀害。

康有为的失败是必然的，进行戊戌变法这样自上而下的变革运动，没有强大的国家机器作后盾是不行的。他缺乏强有力的支持，他不了解政治的真正现实规则，从一开始变法运动的措施就致使树敌太多。有道是"心急吃不了热豆腐"，对于身染重病奄奄一息的清帝国来说，康有为所开的药方药性太猛烈了，病情过重的人吃了这副猛药，身体受不了折腾反而会死。康有为仅仅是在没有群众支持的基石上建构他的空中楼阁。

一个属于孙中山的时代很快就来临了，它带着几分粗暴的羞涩，带着几分绝望的伤感，步履蹒跚地走来。

20世纪最初的十个年头，社会变迁和动荡的程度上超过了以前的任何一个时期。中国人对清王朝的希望之火彻底熄灭了。爱新觉罗氏的王朝已经走到了尽头。

民国时，在马来西亚生活的华人

民国初年，广东梅县一个吸烟的老者

陡然之间,孙中山发现大江南北到处是反对清王朝统治的激愤潜流,而在戊戌变法之前,他单枪匹马孤军奋战了不少年,响应号召的人不过寥寥。但时局很快就浩浩荡荡地急转直下。孙中山 13 岁离开广东前往檀香山,至中华民国成立时 45 岁,其间的 30 多年里,总共只在国内待了大约 4 年的时间。

他精通英语,清楚西方资本主义的优点所在,基于长期以来对世界形势的了解,他在 1894 年曾以维新派的姿态给朝廷重臣李鸿章写过一封信,信中说:"窃尝深维欧洲富强之本,不尽在于船坚炮利,垒固兵强,而在于人能尽其才,地能尽其利,物能尽其用,货能畅其流。此四事者,富强之大径,治国之大本也。我国家欲恢扩宏图,勤求远略,仿行西法,以筹自强,而不急于此四者,徒惟坚船利炮之是务,是舍本而图末也。"

上书失败后,孙中山迅速由维新派转变为了革命者,他坚信只有推翻清王朝的统治,一个新兴富强的中国才有可能出现在世界面前。十多年时间里,他先后发动了 6 次起义,结果都因势单力薄而失败。这同时从另外一个侧面说明他并不擅长使用暴力。

对于那些激进的革命斗士来说,孙中山是一面高扬的旗帜,他的三民主义政治学说从理论上为他们指明了具体奋斗的目标。从总的方面来看,孙中山之所以成为反清潮流的革命导师,并不是因为他具有非凡的领导和组织才能,而在于他博大的胸怀、不屈不挠的斗争精神以及罕见的个人品性,这一切使形形色色的革命派别纷纷聚集在他的旗帜下。他有着那种只有伟大人物才能做到的团结一切力量的魄力。伟大的圣人精神加上世界潮流与中国具体实际相结合的政治学说,使孙中山受到了全国范围内的敬仰。

1905 年同盟会成立后,大批接受了革命思想的日本留学生潜回国内,广泛宣传革命道理,尤其是在新式陆军里的宣传活动颇为成功,点燃了革命总爆发的火种。

革命圣人孙中山是给中国人带来共和与民主观念的关键性人物,他带领中国人推翻了两千多年的封建社会。然而中华民国建立后,中国社会的深层结构并未从根本上得到改变,中国被拖入了军阀混战的泥潭。所以,他在临终前的遗言"革命尚未成功,同志仍需努力",饱含了无限的惆怅和期盼之情。

1909 年,广州海幢寺 柏石曼 摄

晚清时，一个广东女孩 约翰·汤姆森 摄

马来西亚华人会馆的逝者和看守者 白郎 摄

南方镀金的虎笼

英国《新政治家周刊》以"镀金的虎笼"为题盛赞中国经济异常活跃,预言从广东、深圳和珠海一直到上海这片沿海地区在 21 世纪将成为亚洲新的超级虎。

尼克松在多年前曾经说:"有着世界上最能干的十亿人民和富饶自然资源的中国,不仅能够成为世界上人口最多的国家,而且能够成为世界上最强大的国家。"

中国于 20 世纪 80 年代掀起了狂飙突进式的大发展,广东是这一伟大变革运动中的实验场和龙头地区。它是最开放的经济省份,目前正在形成具有较强国际竞争能力、高效开放的经济体系和外向型经济运行机制的发展模式。

广东的经济飞跃引起了人们的啧啧惊叹。而在 20 世纪 70 年代,他还被人嘲笑为湖南人的穷表弟。150 年来它的命运几经沉浮,正应了那句老话:"三十年河东,三十年河西。"

尽管近代史上广东是接受西方文化最早的地方,并时有起伏地保持了仅次于"东方魔都"上海的繁荣景象,但在新中国成立后它却成为一个不甚重要的边远省份。直到改革开放前夕,广东落后的状况与内地许多地方并无二致,其地位与西安、重庆、郑州、南宁、苏州等城市并列在一起。那时,大海比现在更蔚蓝,渔民手持渔叉乘着破旧的船只在海面上捕鱼,除了海鸥清亮的鸣叫声,广东漫长而曲折的海岸线显得寂寥荒凉。广东人望着远处香港一幢幢耸入云天的摩天大楼只有一阵阵发愣的份儿。

南风强劲地吹起来,一声惊天霹雳滑过中华大地。一夜醒来,广东已非昔时只识几个大字的吴下阿蒙。一切都发生了天翻地覆的变更,经济奇迹正在创造之中。

广东省人口占全国 5%,面积不到 2%,改革开放后这里是世界上发展最快的地区,它是中国放出的一颗经济巨星。

短短几年间,广东的国民生产总值、国民收入、出口创汇总额、引进外资额,一下子跃居全国第一!预算收入由 1979 年的 34 亿增长到 1991 年的 100 多亿元。1979 年到 1991 年的 13 年间,广东省国内生产总值年递增达 12.4%,其中珠江三角洲地区的实际经济增长率年平均高达 15%,这是日本、韩国在类似发展阶段所未达到的。

到 1982 年,广东已提前实现国民生产总值比 1980 年翻一番的目标。1993 年初,省长朱森林宣布,广东在 1992 年已提前完成"翻两番"的战略目标,在全国率先进入小康社会。广东在 20 世纪 80 年代的发展速度,堪称同期全球第一。

几年内以广州为中心,向东、西、南三个方面扩展,珠江三角洲成为广东经济奇迹的核心地带。在这里,平均每 70 平方公里就有一座城市,崛起了深圳、珠海、东莞、中山、江门、佛山等发达的中等城市。数以百计的工业小城市像繁星拱月一般环绕着大城市。珠江三角洲成为我国最繁华最富裕的地区和城市化程度最高的地区。

广东成了令全国人民向往的经济天堂,在人们看来,这里到处是金山银山,自己若前往发展的话肯定也能大大地捞一把。人们潮水般地涌到广东发财来了。

广东货逐渐炙手可热,开始占领全国市场,并全线告捷,进入千家万户。食品、日用品、家用电器、汽车、服装等等质量优良价格合理的"广货"称雄市场。

以华侨食品工业公司出产的"华丰"牌方便面为例,该公司用 4 年时间在辽宁阜新建立了第二基地,将工厂办到了市场,其 4 个分厂、10 条生产线的强大供给能力,一度垄断了东北市场。

"在计划经济体制下早已萎缩、曾经为海派文化支柱的工商业文化重新复苏,成为广东文化强劲的主流。遍布中国各地城镇的广东老板和推销员,将重商务实的理性精神、市场导向的商品经济观念、自主经营、创新求变、敢为天下先的企业家精神,以及敬业精神、职业道德和企业文化的概念等等带到了内地。广东经验后来可表述为:用足、用够、用好文件上规定的政策,文件没有规定不可以做的,就是可以做。"

"显然,广东文化并不意味着粤式酒楼、潮汕菜肴的一时振兴,喝早茶和夜生活等等。都市的家庭革命,厕所革命,更为合理的大厅小室的住宅结构等等,也是从广东发源的,健美比赛,模特表演,房地产热,选美和跑马,炒股热和跳霹雳热等等,莫不是从广东走向全国。市场经济造成的经济民主渗透到社会生活中,造成一场名副其实的'观念革命'。由政治经济地位造成的身份差别逐渐淡漠了,钱成为畅通无阻的通行证。高干子弟不再是令人羡慕的身份;装配线上的工人只对前来视察的首长投去一个匆忙的、肤浅的微笑,又埋首工作。商品经济造成了社会生活和个人生活的自由开放。便利的城市公共服务和民主系统,大宾馆对市民的开放,高度的社会流动性等等,减少了传统生活造成的人身依附和依赖心理,一种更为自主和平的人格,更为自由开放的风气,成为挡不住的诱惑向内地渗透弥散。"

英国《新政治家周刊》以"镀金的虎笼"为题盛赞中国经济异常活跃,预言从广东、深圳和珠海一直到上海这片沿海地区在 21 世纪将成为亚洲新的超级虎。1979 年,中国建立深圳、珠海、汕头、厦门 4 个经济特区,其中 3 个在广东。此后,由广东开始,从东南沿海城市的对外开放,扩大成沿海、沿边、沿线的全方位开放,逐渐扩大至全国。

广东经济的迅速腾飞是中国改革开放时代的焦点性大事,它所产生的强大示范和推动效应对中国未来的发展取向产生了深远的影响。广东的大杂烩文化模式,像五光十色、极具诱惑的镜子,从里面飘出的镜光辐射至全国。

在良好政策的指挥棒指引下,广东经济持续稳定高速发展,其原因是多种多样的,它具备了天时、地利、人和的优越因素,同时传统的商业精神也浮出海面,调动了极积的主观意志。广东经济发展除了自身的强劲抬头外,与它同香港千丝万缕的密切关系是分不开的。

据学者傅高义分析,作为东方商贸中心的香港在 20 世纪 80 年代由于生活和工资标准大幅度上涨,致使许多中小企业处于倒闭的危机之中。这时恰逢广东开放,于是很快形成两地生产力要素富有活力的结合,为此后广东经济起飞奠定了基础。

另一个重要外因是港澳台华人及国外资金大量涌入广东的热潮有增无减,而且投入的行业越来越广,注入的资金越来越大。这为广东经济的大发展带来了良好的态势。广东毗邻港澳,在港澳台及国外,祖籍广东的人有近两千万,遍布全世界五大洲。美国的《时代》周刊认为,广东经济取得如此巨大的发展,原因是外来华人大量投入资金及技术,从而刺激其以飞跃的态势直线上升。至 1988 年,广东的三资企业发展到 3000 多家,在前来汕头投资的外商中,90%以上是祖籍潮汕地区的华侨、港澳台同胞。在汕头特区投资最多、规模最大的正大国际投资公司,通过独资、合资、合作等方式,在汕头办了许多厂。

除经济特区外,重点侨乡中山、顺德、东莞、台山、潮州、梅州、清远等县市,相继升格为地区市。这一批被人们誉为璀璨"侨星"的新兴城市,都是在对外开放政策指引下,得益于侨资、港澳台资涌入而发展起来的。

改革开放十多年后,《纽约时报》说:"随着香港和广东省日趋融为一体,广东和香港之间正在形成一种经济伙伴关系。这种关系今后将在亚洲形成一种不可抗拒的力量。"

一个现代化的广东已经在岭南大地上兴起,正在以巨人的步伐走向明天。

1992 年邓小平南巡时充分肯定了广东 13 年来的改革成就,他向广东的未来发展提出了具体要求——用 20 年时间,赶上亚洲四小龙!

这个梦想已势不可挡地在时代洪流中成为现实。

云南众神之地

Yunnan the Land of the Gods

　　天之涯,云之南。在红土高原秘境,暴烈阳光加重了土地的野性,高渺苍天加深了明月的锐度,星辰都是一团团永恒旧火,森林和流水在祖先的倒影中互为镜子,在这纯光的镜子中人们谛听到春天树叶在流水中摊开的声音。诗人于坚说:"我把云南那些幸存的土著,看成神的后裔。文明有一日会意识到,拯救最终是来自大地,而不是文明。"

云南大地灌满了大自然的蓬勃浩气，也灌满了祖先的灵巫之气和神性金辉。"万物有灵"观念是这片土地上盘根错节的古老"精神之树"，环绕着这棵树，各民族原始灵巫信仰、汉地儒道释、东南亚小乘佛教、藏传密宗、印度秘法、伊斯兰教、西方基督教天主教交融互摄，像一块斑斓灿烂的巨大纲网包裹万物。无疑，这是一块遥远而诚恳的众神之地，"它的陌生、温暖、梦幻、迷失，它的远在天边的自由与孤独，它的扑面而来的不可知，它人类童年期的记忆，它白银时代的神灵和英雄，它的创世古歌和英雄赞美诗，它还预留着体温的土地，它的阿央白和司岗里"（雷平阳语），是"安放大地之心的地方"。

　　"云南"作为地名最早出现于汉武帝元狩元年（前122），据说这一年，大理一座小城的白崖上现出祥瑞的彩云，于是政府为此在该地设置了云南县。而《南诏野史》上则说：蒙舍国相盛逻皮前往觐见唐玄宗，玄宗皇帝问他住在哪里。盛逻皮回答说："在南方，云之下。"于是皇帝老儿便呼其地为"云南"。公元1273年，"云南"正式成为省级地名。

　　云南山高水长阳光充沛，这里的人们大都是拥有深色玫瑰脸庞的自然之子，在相貌上有"南人北相"的倾向，但是于厚重中多了几分朴实，于率真中多了几分机灵。历史上，内地人长期将云南视作万里云天外的蛮荒边陲、化外之域，雄才大略的宋太祖赵匡胤甚至不屑于争夺这块土地，他用玉斧在地图上指着大渡河说："此外（指云南），非吾所有也。"然而正是在这片神秘的碧天厚土上，"南蛮子"们世代绵延，顺天法地，活出了另外一番景象，世道是很艰辛，条件是很恶劣，他们对此有着百折不挠的韧性，也有着百动不摇的惰性，他们从祖先那里继承了根深蒂固且相当适用的伊壁鸠鲁哲学，这种哲学教导他们，人生虽苦却短暂而实实在在，生活并非完美无缺无忧无虑，但是，只要生命犹存，就该快乐地享受每一片阳光，每一滴水，每一颗米。由于在极度封闭的坝子里呆惯了，"南蛮子"们也就成了乡土观念特重的家乡保，他们中的不少人甚至一生都未走出过常年生活的乡村一步。家乡保的代表人物是大理人杨士云，明朝正德年间，他以乡试第一名入京高中进士，任翰林院庶吉士，但很快便找借口返回老家奉母不出，过了些年他又被授予官职，没过多久，即称病辞职跑回老家。

云南剑川县沙溪镇欧阳大院 白郎 摄

云南是中国大陆少有的能从陆路通过东南亚直接沟通印度洋沿岸国家的省份,历史上著名的"南方丝绸之路",就是以云南为纽带把中国同东南亚、南亚连结起来的。随着"中国—东盟自由贸易区"的推进,曾长期处于内陆夹角中的云南一跃成为改革开放的前沿阵地。

　　如今,旅游业已成为云南经济最大的王牌,混杂着阳刚的激进与阴柔的退让,由无数线头构成的云南传统发生着有史以来最剧烈的嬗变,许多旧线头被颠覆,许多新线头在蔓延。1931年,埃德加·斯诺形容这种文化的内部变迁还是"一只脚警惕地探索着现代,而另一只脚却牢牢地根植于自从忽必烈把它并入帝国版图以来就没有多大变化的环境中",斯诺当时没料到的是,在随后长期夜以继日的各种变革中,他所说的"没有多大变化的环境",已天翻地覆,面目全非,以至于在今天,我们不得不追问一句:"云南人是谁?"

　　云南简称"滇",从一个角度,可解读为"流淌着真的地方",这种"云南之真"的最大秘密在于,这里的骄阳用它的日规把人的呼吸同大自然的呼吸合二为一,人就是大自然的另一种显形,在这样的日常生活中,人们谦卑地活在大自然之中,成为大自然的一部分,大自然成了天赐的大教堂,里面有无边的光,有祖先的根气,有万物奏响的圣洁和声。在无根化程度不断加重的今天,在时代喧嚣的巨翼下,能否继续持有"云南之真",是一种挑战。这一切不由得令人想起多年前英国自然学家斯蒂文斯对云南高原忧心忡忡的感慨。1929年,斯蒂文斯参加了美国总统奥多·罗斯福之子组织的"凯利 – 罗斯福探险队",横穿云南及康藏高原。当探险活动结束后,斯蒂文斯评价说:"毫无疑问,这在地球上是无与伦比的。高山、峡谷、河流、丘陵以及广阔的森林,仅把它们的庄严壮观描叙为气势雄伟、令人惊叹是远远不够的⋯⋯希望现代文明不会打破这片神秘土地的宁静与安祥;因为随着道路的开通就会有汽车喇叭的喧闹和汽油泵的污染出现,而所有这些令人厌恶的行为都是以人类进步作为名义的。至少我们要让上帝创造的地球上保留一块净土,不受现代商业气氛的破坏,我的期望是不是太多了?我只是更爱你。当心啊!别让转瞬即逝的娱乐遮住你的眼睛、浸入你的家园,占据你的灵魂,破坏你的幸福"。

1944 年，在昆明大观楼旁游泳的人们 艾伦·拉森 摄

1944年，滇池上的船 艾伦·拉森 摄

狂野的红土白雪

　　红土红，白雪白。红土与白雪是云南的两大标志性物象。云南高原向来有"红土高原"之称，红色土壤占据了大半土地，土壤中的铁质经过氧化后沉积下来，使重峦叠峰的大地呈现出暗红、砖红、紫红等红色，雨季时，就连河流也被泥沙俱下的红土染上了红色。在青藏高原向东南延伸的横断山区，则高耸着玉龙雪山、哈巴雪山、白马雪山、梅里雪山、碧罗雪山、甲午雪山等一系列天堂般壮美的巍峨高山，与落霞神鹰共浮于碧天的白雪有如雪国的白银神座，有如月窟里巨大的琼瑶。

　　云南的一大物产是烟草。1492 年，达·芬奇完成了他的历史性名作《最后的晚餐》，同年，哥伦布在美洲发现了烟草。此后，烟草由传教士逐渐带到了远东地区及云南，并迅速发展起来。过去的 20 年中，云南是世界上最大的烟叶和卷烟产地之一，烟草产业为地方财政提供了约 70% 的收入份额，创造全省近四分之一的生产总值。近年来，随着反吸烟运动的高涨和市场的减退，云南正努力摆脱对烟草产业的过度依赖。

　　近 800 年来，昆明一直是云南文化的轴心，这座"天气常如二三月，花枝不断四时春"的春城在激烈的文化嬗变中一直饱含着宏大的风情与美丽的哀愁。

叛逆的地脉

神奇的秘境正在褪色。

1851 年,在美国华盛顿州的布格海湾,印第安酋长西雅图发表了其著名演说:"在我们的记忆里,在我们的生命里,每一根晶亮的松板,每一片沙滩,每一撮幽林里的气息,每一种引人自省、鸣叫的昆虫都是神圣的。树液的芳香在林中穿越,也渗透了亘古以来的记忆……溪中、河里的晶晶流水不仅是水,是我们世代祖先的血,流水里的每一种映象,都代表一种灵意,映出无数的古迹,各式的仪式,以及我们的生活方式。流水的声音不大,但它说的话,是我们祖先的声音……大地是我们的母亲,大地的命运,就是人类的命运,人若唾弃大地,就是唾弃自己。我们确知一事,大地并不属于人;人,属于大地,万物相互效力。"

在云南白雪日减的雪峰下阅读西雅图酋长的这番灵魂之音,喉咙会被乡愁卡住,紧接着一只"忧愁之虎"窜向思想的灵地。

云南是闻名遐迩的山地王国,境内 94%的领地为山地或半山地,整体地形由西北向东南呈阶梯状倾斜,最高处为滇藏交界处的太子雪山卡瓦博格峰,海拔 6740 米,最低处为滇南河口县的南溪河口,海拔 76.4 米。

中国的山脉大都为东西走向,作为喜玛拉雅山余脉的横断山脉却是一个异端,它在云南形成一系列纵贯南北的山群,这是云南能长期保持民族文化多样性和生物多样性局面的根本保障。南北走向的群山使得区域内的物种未受到第四纪冰期大陆冰川的覆盖,并使该区域成为欧亚大陆生物物种南来北往的避难所和主要通道。

横断山区最神奇的区域是北部"三江并流"地区,该地区从西向东交替排列着四座高山和四条大江——担当力卡山、独龙江、高黎贡山、怒江、怒山、澜沧江、云岭、金沙江。这是地球上最壮丽的高山河谷组合,怒江与澜沧江之间的最短直线距离为 18.6 千米,怒江与金沙江之间的最短直线距离为 66.3 千米,从海拔 760 米的怒江河谷到云南第一高峰卡瓦博格峰,海拔竟相差 6000 米。"三江并流"地区占中国国土面积不足 0.4%,却拥有中国 50%以上的种子植物种类,66%的鸟类种类和 50%的动物种类, 该地区云集了相当于北半球南亚热带、中亚热带、北亚热带、暖温带、温带及寒带等多种气候类型，拥有 10 个植被型，23 个植物被亚型，90 余个群系，拥有北半球除沙漠和海洋外的生物群落类型，几乎是北半球生物生态环境的缩影。1904 年至 1930 年，英国爱丁堡皇家植物园的乔治·弗瑞斯特先后七次来到"三江并流"地区，采集到 31015 号植物标本，分属 6 千多种不同品类的植物，他共发现了 1200 种植物新品种（仅杜鹃新种就达上百种），还发现了鸟类学领域从未发现过的 30 多个新种，另外，在蝶类标本和民族文化资料收集方面也大有收获。鉴于他作出的前无古人的突出成就，他被欧洲人赞誉为"植物学探险界的第一人"。1931 年 12 月，即将满载而归的弗瑞斯特在一次打猎活动中突然死去，他随后被安葬在出事地腾冲。

席卷全球的技术主义浪潮对云南这一"生物多样性的宝库"的冲击是极其严重的，1949 年前，云南天然林覆盖率高达 50%，如今锐减至 24%，且大多是次生工林，天然林仅残留于"三江并流"地区、西双版纳等几个自然保护区内。以昔日令人神思飞扬、心向往之的西双版纳为例，热带雨林、季雨林大都遭到毁灭性破坏，现保存较完好的仅零星地散布于勐㴗、勐腊、尚勇等 5 处。西双版纳国家级保护区只是将这 5 片互不相连的保护站汇总在一起，保护完好的热带雨林、季雨林的面积仅占其总面积的 6%，这使得众多前往参观热带原始森林的人失望不已。1999 年 11 月，中国科学院植物研究所的李渤生从缅甸仰光乘飞机回国时，只见一望无际的热带雨林像翠绿色的裙裳遮盖着大地，偶尔在林间闪过几个村落，这种伟丽的景观一直延续到泰国、老挝，但当飞机飞入我国时，扑面而来的红褐色斑块越来越大，由热带雨林组成的绿毯被切割得支离破碎。

神奇的秘境正在褪色，充满魔幻般风情的山河正被人们雕饰得日益平庸，大自然亮出了它的达摩克利斯之剑，直指被过度开采的红土高原。

民国初期，腾冲商人和他的骏马

235

醉乡葬地有高原

"万古到头归一死,醉乡葬地有高原。"这是南唐后主李煜最后的长叹之句。

白雪上摩天,大江流日夜。在广袤的野草疯长的土地上,一代云南人过去,一代云南人又来。千百年来,26个兄弟民族在千里红土高原上偏居一隅,过着各自日月邻身、春花冬雪的日子。《圣经》上说:"一代过去,一代又来。地却永远长存。日头出来,日头落下,急归所出之地。风往南刮,又向北转,不住地旋转,而且返回转行原道。江河都往海里流,海却不满。江河从何处流,仍归还何处。万事令人厌烦,人不能说尽。眼看,看不饱,耳听,听不足。已有的事,后必再有。已行的事,后必再行。日光之下并无新事。岂有一件事人能指着说,这是新的。哪知,在我们以前的世代,早已有了。"

"万古到头归一死,醉乡葬地有高原。"这是南唐后主李煜最后的长叹之句,却可用于在山高皇帝远的高原上世代生息的云南之子身上。

云南人大都住在"鸟窝"里,这鸟窝是群山间窝槽状的盆地,当地人称之为"坝子"。据初步统计,云南大于一平方公里的坝子共1442个,这些人口稠密沃野环布的粮仓同时是滋养民族文化的温床,它夹杂着某种隐在的山野野性和天高云旷的光影,熏染着云南人朴实倔犟的心灵。高山厚土,造就一方风土。一个正宗的云南人是老实巴交的自然之子,重情尊礼,因循保守,敬畏天地,祭祖爱家,遍体本色,深藏血性。

抗战期间,为躲避战乱,大批内地人来到云南,当他们看到许多奇特的民间风土人情时,忍不住在茶余饭后的闲谈中编凑出流传甚广的云南十八怪:粑粑叫饵块,蚕豆数着卖,三个蚊子当盘菜,竹筒作烟袋,青菜叫苦菜,鸡蛋拎着卖,草帽当锅盖,草绳当裤带,大姑娘叼烟袋,姑娘叫老太,穿鞋脚趾露在外,鞋子后面多一块,屋檐下面摆棺材,新娘要把墨镜戴,老来又把红帽戴,火车没有汽车快,火车不通国内通国外,警察喊"猫菜"。

"一山有四季,十里不同天。"作为中国民族多元文化最集中最复杂的区域,人们在这里可看到有的家庭由四五种民族血统混合而成;哈尼人错落如阶梯式的土掌房与四方形竹篱的傣家竹楼相邻,傈僳人干栏式的木楞房与"三房一照壁"的纳西土楼共处一山;曳长裙的彝家女、披羊皮的纳西女、戴黑布头巾的傈僳女、穿红坎肩的白族女共住一地;喇嘛教徒、天主教徒与信奉万物有灵的萨满教徒共居一乡。某种神奇的力量把不同民族、不同宗教、不同风俗的人甜蜜地糅合在一起,让他们同享一抔红土。

天行健,民族自强不息,地势坤,百姓厚德载物。在长期的文化沉淀过程中,各兄弟民族参赞化育形成了自己特有的风俗。以婚俗为例,普米人订婚时,先由男方送去酒肉和一颗猪心,女方接到后,将猪心一剖为二,一半还给男方,然后将自家的猪心也切成两半,留下一半,另一半送给男方。双方将对方的半颗心和自家的半颗心合在一起,表示永结同心。其后男方还得送女家一头黄牛,表示女方嫁出"两只脚",得到"四只脚",不算吃亏。墨江哈尼人结婚时,新郎新娘要同吃一条猪的右前腿,表示"同甘共苦风雨同舟"。德昂人有过水节时"背篓"择婚的风俗,当天,未婚男子都要把背水用的竹篓送给心爱的姑娘,有的姑娘收到个背篓,就要看第二天她背水用的是哪个小伙子送的背篓,此举表明她已挑选了自己的意中人。个旧锡,东川铜,普洱茶,玉溪烟,宣威火腿,丽江粑粑,文山三七,保山棋子,后屏豆腐,蒙自米线,大理弓鱼,建水汽锅,中甸虫草,版纳橡胶。云南多特产、多山珍。

千里江山红装素裹,云南的一大风物是鲜花。花如锦、花如潮、花如海,此中有大观。古人言:"花有喜、怒、窘、寐、晓、夕。淡云薄日,夕阳佳月,花之晓也;狂号连雨,烈焰浓寒,花之夕也;檀唇烘日,媚体藏风,花之喜也;晕酣神敛,烟色迷离,花之愁也;敧枝困槛,如不胜风,花之梦也;嫣然流盼,光华溢目,花之醒也。"云南最闻名的花是八大名花:山茶、杜鹃、木兰、报春、百合、兰花、龙胆、绿绒蒿。其中最具代表性的是常绿山茶,名品有白玉红晕的"童子面",大如白瓷碗的9蕊18瓣"雪狮",媚艳似绢的"松子鳞",深紫近墨的"紫袍茶",芳华赛过牡丹的"大牡丹茶",以及"恨天高""蝶翅""柳叶银江"等。

云南同时是动物生息的大自然乐园,计有野生兽类235种,占中国427种的一半以上,鸟类772种,占中国总种数的60%以上。

1933年5月2日正午,昆明市大板桥路忽有"白蝶数千万漫空蔽野,由东面飞来遍布该镇之田亩林木及屋角墙壁等处"。

云南动物中最令人感喟的是长着象牙色嘴巴的"爱情鸟"——犀鸟。犀鸟有冠斑、双角、棕颈、白喉四种,雄鸟雌鸟总是相依为命从不分离,如果它们之中的任何一方死了,那么另一方也必将绝食而亡,决不独自偷生另觅新欢。

昆明的旧日子及玫瑰卤酒

1931年，埃德加·斯诺到昆明时，看见这两座优雅崇丽的牌坊上系着一些纸做的供品，
下面点着几炷香。

　　左金马，右碧鸡，东骧神骏，西翥灵仪。金马碧鸡二山是昆明的门户。明代时，金碧路与三市街的交叉处建有金碧辉煌的金马坊、碧鸡坊（晚清重建），在旧时代这是昆明的象征。1931年，埃德加·斯诺到昆明时，看见这两座优雅崇丽的牌坊上系着一些纸做的供品，下面点着几炷香，蓝天光洁的影像飘忽于上面。

　　公元13世纪，忽必烈的蒙古马队扛着牦尾旗子，浩浩荡荡地征服了昆明，从此这座城市取代大理成为红土高原的政治、经济、文化中心。在元代，昆明叫作"雅岐"，在《马可·波罗游记》中，它被描述为一座壮丽的大城，城中有众多商贾和工匠，周围土地肥沃，盛产稻米和小麦。

　　与近代云南关系颇为密切的法国驻云南总领事方苏雅对昆明成堆成簇的玫瑰花和大如牡丹的山茶花留下了深刻印象。他在1899年的记述中说，昆明筑有砖垒的雄阔城墙，差不多呈正方形，砖已发黑发霉，城墙上有宏伟的五层木楼，每层屋檐的四角就像翘头皮鞋的鞋尖，城墙内街道纵横、狭窄，各种通道形同一座迷宫，街道上堆满了杂色物品，光着腿杆、穿着宽大齐膝棉裤、脚蹬草鞋的人流穿行于其中。"在嘈杂的人群中，有时也会碰上个把穿天蓝色棉布长衫的先生、着绸缎的阔佬或盛装的妇人。妇人们很少单独出行，多是结队成伙，她们的三寸金莲缠着两端有绣品的红裹脚布，相当困难地蹒跚地走着，就像在踩高跷。有的妇女涂着厚厚的脂粉，脸颊上有鲜红的胭脂。双唇上点着口红，耳边梳得溜光，喜鹊尾巴似的头发上插了些鲜花，并别有一些银饰品。"

　　在昆明期间，有件事情把方苏雅逗乐了。一个皓月当空的夜晚，突然发生了月食现象，一时间，全城鞭炮声和枪声大作，足足持续了两个小时，每家每户都在敲盆击锅对着天空呐喊。方苏雅被吓了一跳，以为发生了暴乱，一打听，才知道是发生了月食现象，总督、府台等地方政府的父母官正在发动群众拯救月亮，以驱赶正在吃月亮的天狗。结果，此举大获成功，不久天狗便乖乖地把月亮从嘴里吐了出来。

1931 年初夏，游荡在昆明街头的埃德加·斯诺对昆明的鸦片感到吃惊："昆明到处是鸦片烟味；所有的市场上都卖烟枪和烟灯；鸦片就像大米一样容易买到，在大街上，有的母亲哄孩子不用自己的奶头，而是给他一根涂了鸦片膏的甘蔗。"抗战期间在昆明留滞了 7 年的汪曾祺则终生难忘昆明的茶馆，他在昆明期间，几乎天天坐茶馆。"昆明茶馆卖的都是青茶，茶叶不分等次，泡在盖碗里。文林街后来开了一家摩登茶馆，用玻璃杯卖绿茶、红茶——滇红、滇绿。滇绿色如生青豆，滇红色似'中国红'葡萄酒，茶叶都很厚，滇红尤其经泡，三泡之后，还有茶色……我在昆明喝过烤茶，把茶叶放在粗陶的烤茶罐里，放在炭火上烤得半焦，倾入滚水，茶香扑人。"

　　青山之光，绿水之色，鲜花之气。风鬟雾鬓的昆明曾长期拥有沉鱼落雁的山水，其最大的靓点是母亲湖滇池。于坚曾在《我在美丽的云南》中回忆说："在 30 年前，一个人走进滇池，到了齐胸深的水，还可以看见自己的脚。他可以低下头来，像河马那样饮水。鱼在双腿这儿撞来撞去……许多地方，水草茂密得像原始森林。在船上看，水是深蓝的，森林幽深，鱼群像天空中的群马，又像闪闪发光的小镜子……滇池的水，通过大观河淌进城时，每到黄昏，大观河上，就停着一溜溜渔船，冒着烟子。有的船头，站着一只雄鸡，不叫。间或有一只猫也爬上来，和鸡站在一起。有的船头，摆着几盆文竹、瓜叶菊、兰草。船上的男女，都在做饭，空气里尽是南瓜饭、豆焖饭的香味。夕阳红若一只橘子，炊烟恍若一片蓝纱，是极美的景致。天黑下来，一江渔火沿岸亮开，船上人影幢幢；渔佬们，有的哄儿子，有的唱花灯，有的熄了灯，做人类永远做不完的事情。明月照着船篷，像一块块亮瓦，山风吹来缆索，发出嗖嗖之声。"

　　当我们大碗喝着昆明的玫瑰卤酒，在一株粉艳的童子面茶花下怀想于坚笔下昆明那令人感怀的"童子面"时，就像一位穿着青衣、鬓边插着一朵莲花的采莲女越走越远，透亮而乡土清香味十足的那座昆明城已杳如黄鹤。在狂飙突进的 20 世纪，这座云南最大的城市伸出一只穿着传统圆头布鞋的脚警惕地探索着路径，另一只穿着现代亮漆大靴的脚则在风雷与闪电中快速突进。穿着大靴的脚越走越快，直至拖垮了穿着布鞋的脚，步伐才慢下来。如今，钢筋混凝土已砌平了昆明与北方或南方的城市间的差别，污浊不堪的滇池形同一处硕大无比的化粪池或是酱缸，昆明人已不再像祖先那样大年初一早早起来打"头水"，点烛焚香，用鲜果、米花糖来祭祀老祖宗，立夏之时在门前插皂角枝、红花以避虫蛇，九月初九登螺峰山吃重阳糕饮菊花酒了。

1894 年，一个云南妇人和她的 3 个孙子 莫里循 摄

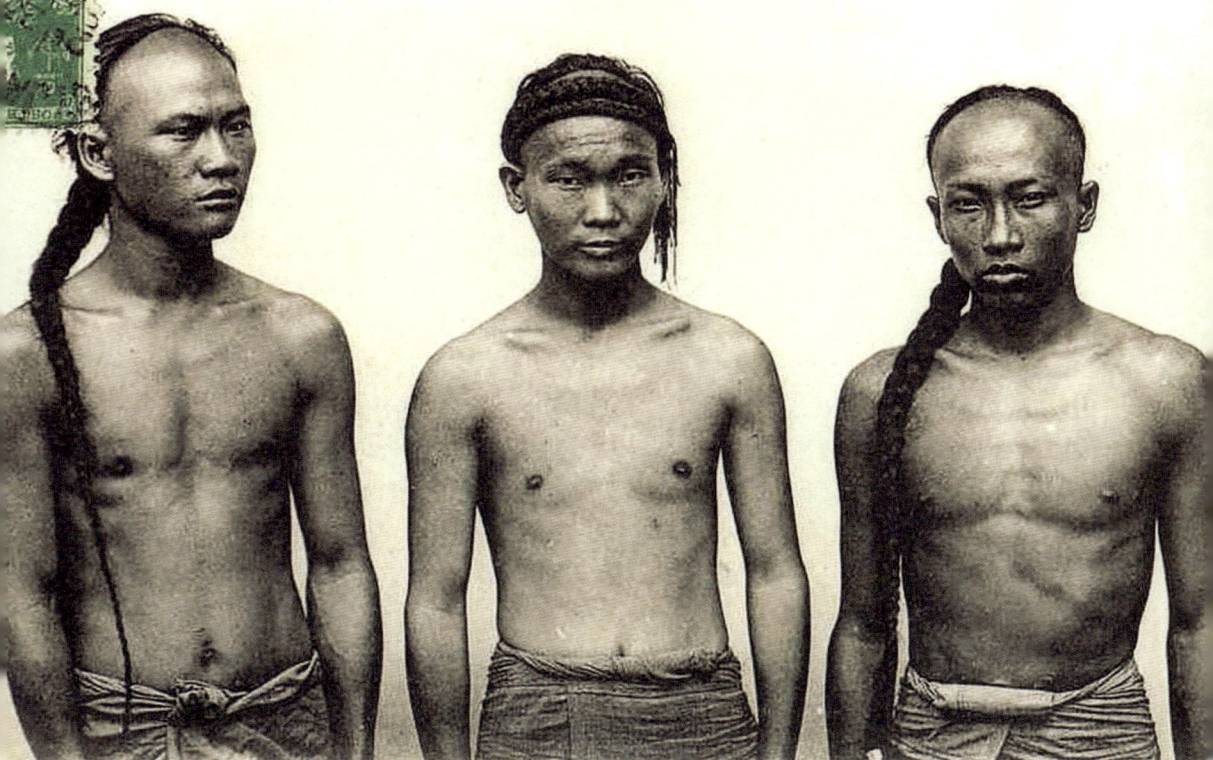

1505 P. COCHINCHINE — Saïgon – Chinois mécaniciens à bord des Chaloupes

晚清时，明信片上与云南比邻的越南华人

茨中,西藏门槛处的蓝桉

从地缘角度,茨中已处在云南通往西藏的"门槛"上,两者之间仅隔着一座梅里雪山。

　　澜沧江青碧的蛇形急流上,断岸千尺,秋风拖着深蓝天影,几匹骡马的眼瞳映出白茫雪山的莽莽新雪。这是 1923 年 10 月,澜沧江上游雪域秘境,约瑟夫·洛克带着他的美国国家地理学会云南探险队抵达茨姑村对岸,他们从大江东岸坐溜索到西岸,稍作休整,然后顺江而上前往 2 公里外的茨中村。茨中也有过江用的溜索,是单根溜索,叫平溜,往往需要攀爬一段才能到对岸,洛克之所以选择在茨姑过江,是因为这里的溜索是上下双根的陡溜,陡溜比起平溜来安全且容易得多。那些习惯于过溜的人在悬空的江面上轻松地滑来滑去,他们嘴里往往含着一块牦牛酥油,一边滑一边将油液吐在溜索上以增强润滑度。第一次过溜索的洛克被绑在一块半圆形的橡木滑板上,滑板泛着浓重的酥油味,两端用皮制吊带固定在溜索上,当在嗖嗖的江风中箭一般射向空中时,向来以英雄气自许的洛克吓了个半死。而被绑在溜索上的骡马滑过江时,张大的嘴发出一阵尖利的怪叫,蹄子在空中乱蹬,尾巴上翘,到对岸后,过度的惊吓使它们摊倒在地上。

　　从茨姑到茨中的江岸有众多紫色斑岩,西岸的高山遍披浓黛,冷翡翠秋光濯濯如洗,高处的山茱萸、厚皮杜鹃、铜黄桦树、金红枫树令洛克流连,秋风起,偶有山果落下,这一带的美丽山野让他备感旷逸,早忘了过溜时的惊慌,当洛克"坐在一根横倒在地上的树干上记笔记时,两只小鸟飞来,一只勇敢地站在我的手上,另一只站在我的臂上,我停笔不写,凝神注视着友好的来客"(见《中国西南古纳西王国》)。

　　穿着"帝国主义"外衣的茨中教堂能在时光的重重铁幕和无边马刺中幸存下来,是一个奇迹。要知道在当年席卷一切的破四旧风潮中, 这可是梅里雪山一带最大的"四旧"。崇丽的教堂高耸着欧式灰白砖石,拱门上端的弧形砖饰上有三圈文字,里圈的英文和法文已失去,外圈的拉丁文尚存。一般认为,茨中教堂的修造时间是 1909 年至 1921年。但开建时间显然有问题,因为茨中当时属于德钦林喇嘛寺的辖地,据德钦县档案馆保存的资料, 德钦林寺于大清宣统二年二月二十一日与法国传教士彭茂美正式签署了相关地契文书,所以开工时间不可能早于此时。准确的开工时间是宣统二年,即 1910年,到 1921 年竣工刚好 12 年,符合茨中的老人们"教堂修了 12 年"的说法。经过多方求证,茨中教堂工程的实际负责人正是彭茂美。这位留着长长络腮胡的大脸庞神父有着超卓的艺术修为,同时是一位杰出的工程师,他采用传统的包土方式主持修建了这一砖石结构的经典建筑。那年头是中西猛烈撞击的年头,中西混搭的艺术调性成为时代风尚,茨中教堂虽远在与世隔绝的大江雪山深处,但仍被这股风尚所挟裹,它整体上的巴斯利卡式教堂风范,随处布满了精微细美的中式传统藻饰。茨中教堂建成后成为天主教西藏教区云南总铎区的主教堂,工程一完工彭茂美即升任为打箭炉主教。

黄昏,纯粹而清澈的春光变得深邃,那浅金色流淌着秘密的灵息。缄默的教堂正醒着,敞开深沉的意识,吸入一群群光粒,对着微茫天际的远山白雪呼出隐匿的体香。教堂如此宁静,静得令人倍感诸法皆空,像山谷中的一棵松安静地喜悦着,让大片光从耳朵中涌进,立时便可听到远处澜沧江野生的沧浪之音,如海音,如松风,无止境。教堂两边是葡萄园,边缘处有巨大蓝桉、树冠蓬勃的月桂,这两棵古树与另一棵油橄榄俱是百年大树,被称作茨中教堂的"三海客",都是当初传教士从海外引种的,他们秘不示人的乡愁,因得着这三棵树的医治而减淡。距月桂树几米外,有两座传教士的墓地,有碑文的是法国人伍许中的(近年重修的墓碑上写作"伍许冬",据《云南省天主教大事记》应为"伍许中"),约瑟夫·洛克到茨中时碰到过他,伍许中系西藏教区云南总铎区的主教,他在宗教音乐方面造诣颇深,懂藏文,常以四线谱为藏文教歌谱曲,参与藏文教课编写,1930年代,他在一场严重的瘟疫中不治身亡。

从地缘角度,茨中已处在云南通往西藏的"门槛"上,两者之间仅隔着一座梅里雪山。2012 年 3 月 12 日是星期天,晨光旖旎,日头一翻过山梁,茨中的天主教信徒就聚集在教堂参加弥撒,他们一遍又一遍地唱藏文赞美诗和藏文圣歌,不停地祷告。茨中村有六百多个天主教徒,这天来了一百多个,大多是藏族,也有些汉族、纳西族、傈僳族、白族,在日常生活中大家都已藏化。空旷的教堂里飘满了甘甜的颂音,双手合十的信徒们脸上挂着谦卑。两排圆拱型门廊绘满了古朴的卷草纹和如意纹,与上部数不清的圆形植物绘饰构成一种深切的瑰丽。光从四面的拱窗、圆窗涌进来,明影和暗影纷纷散为幻影,与深处斑驳的褐色、黑色、蓝色、橘色、白色糅合为神秘的渊面。清寂的灿烂,灿烂的清寂。踩在红莲花上的圣像、环绕圣像的靛蓝缠枝、铜质十字架旁的点点白烛、藏族婆婆头上玫瑰大花似的头巾、捧在心口上的发黄经书、受洗婴孩的啼哭、华丽廊柱下嬉耍的儿童……生活是一种呼吸,不可言说的微妙存于细节,一切尚活着,古老的昨日在延续。

带领大家环绕教堂做祷告的是 83 岁的肖杰一,他捧着的经书格外大。每个星期天,只要没有特别的事,肖杰一都会由孙女扶着来参加弥撒,他令人惊讶地会说汉语、藏语、法语、拉丁语、纳西语、傈僳语,能流利书写汉文、藏文、拉丁文及部分傈僳文。肖杰一的教名是弗朗索瓦,于 1929 年出生于茨中教堂,其父肖国恩是四川打箭炉的汉人,精通拉丁文,追随传教士伍许中来到茨中,母亲是修女院的预修生,系不远处巴东村的藏族人,肖杰一从小即在教会学校学习藏文,13 岁时到维西花落坝教会预修院跟着瑞士传教士杜仲贤学习拉丁文、汉文,16 岁后被选派到昆明约瑟修院深造,1951 年 2 月被抓到丽江大研农场劳改,1984 年落实政策回到茨中。1985 年,政府把茨中教堂归还给信教群众时,里面满是垃圾和粪便,此后教堂大门大开,但没有人敢进去,工作队来做了几次工作,于是肖杰一大着胆子带头领着几位老人进去念经,信徒们观察了一段见没出事,才陆续进了教堂。现茨中信众使用的圣教经课都是肖杰一编的,他对民国期间茨中教堂的状况非常清楚。据他说,那时的传教士中最有学问的是法国神父古纯仁,他是一位博士,藏文极好,编写过藏文教义经典、藏文字典,能自己印刷藏文教经,著有法文版《藏边二十年》一书,另一个法国神父安德烈曾参加过欧战,是位工程师,主持开通了茨中到怒江白汉洛教堂的人马驿道,同时是巴美溜筒江铁索桥的设计者,夏天时他特别喜欢穿木屐,法语把这种鞋叫 sabot。进入 1930 年代后,瑞士圣伯尔纳铎会逐渐取代巴黎外方传教会成为在滇藏边域传教的主力,肖杰一指着老照片上一个骑马的传教士说,这是瑞士神父赖昭,他骑的是杜仲贤神父的马,这匹全身红白相间的马四蹄俱白,叫花脚,赖昭是个音乐师,脚踏风琴弹得极好。瑞士神父国尊贤在傈僳文方面颇有造诣,编写的傈僳圣歌、经书很受傈僳人欢迎,他曾用废旧的钟表发明了一种专门对付苍蝇的小机器,一天能消灭上千只苍蝇。另一个瑞士神父罗维是古纯仁的高足,精通藏文,医术不凡。肖老师告诉我,1951 年传教士被遣返时,茨中教堂的三个驻堂神父是古纯仁、沙伯雷、罗维,回到瑞士的罗维后来成为整个瑞士的红衣大主教,活了九十多岁,2004 年才去世。

在茨中,往昔苍穹的赠礼之一是法国古老的玫瑰蜜葡萄,那不断浮动着紫晕的藤蔓,仿佛是时光密布着奥义的脐带。当年法国人带来的这种葡萄从不用打药,在法国本土已绝迹,却在遥远的茨中传奇般茂盛地生长着。当年,传教士走到哪里,葡萄都会跟着,因为做弥撒时,象征耶稣宝血的葡萄酒是必不可少的,顺着澜沧江而上,在西藏一头,有个地方就叫"给拉",藏语意为"葡萄园"。站在密密麻麻的百年葡萄旁,碗口粗的根藤有若神秘之蛇，一条连着一条，缓缓上升的黑色骨脉形成弧形的环，凝视这个环，会感受到一种时间之外的存在。

茨中村藏族村民杨汉生与教堂有很深的关联，他是上门女婿，妻子是傈僳人，教名为日诺尼伽，两岁时父母即双亡，被瑞士神父罗维收养于教堂，罗维被遣返时，将其委托给在教堂中专职酿酒做饭的藏族人约瑟。杨汉生有三个女婿，在家的女婿叫吴鹏，是白族支系拉玛人，来自维西县文登乡，他是汉传佛教的信仰者，杨汉生的另外两个女婿没在家中，一个是藏族，一个是汉族，都信仰藏传佛教。像杨汉生一家这样多民族多信仰的家庭，在茨中一带很普遍，信什么，这是每个人自己的灵命，是每个人的缘分，各人信各人的，不应受到干涉。当天主教徒在家中按照天主教的礼俗办事时，佛教徒会友好地参与进去，而当佛教徒在家中按照佛教的礼俗办事时，天主教徒也会友好地参与进去。在这诸神之地，人们学会让万事相互效力。

2012年，梅里雪山外的茨中天主教堂 白郎 摄

云南乡村虔诚的佛教徒 和照 摄

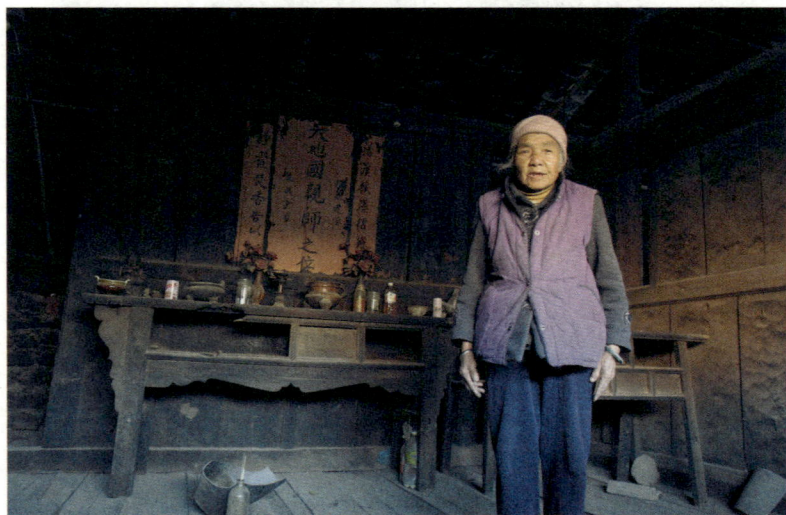

2012年,永胜,独守老屋的母亲 白郎 摄

云南历史舞衣

　　1956 年，云南开远小龙潭煤矿第三纪煤系中出土了 10 枚臼齿化石，1980 年，又再度出土 12 枚牙齿上凳骨和 3 枚下齿，至今的研究表明，它们分属于 1200 万年左右的腊玛古猿和西瓦古猿。

　　史书关于云南最早的历史记载源于《史记·西南夷列传》："楚威王时使将军庄蹻将兵循江上，略巴蜀黔中以西。庄蹻者，故楚庄王苗裔也。蹻至滇池，地方三百里，旁平地，肥饶数千里，以兵威定，属楚，欲归报，会秦击夺楚巴黔中郡，道塞不通，因还，以其众王滇，变服从其俗以长之。"

　　血气十足的云南蛮子在南诏国时曾威风过那么一阵子。公元 829 年，南诏大军狂暴地攻克了大唐王朝的重镇成都，南蛮子们以锦江之水饮马濯足，掠走了大批美女和珍宝。一个叫徐凝的成都人泪水涟涟地站在鸣咽的流水畔写了首《蛮入西川后》："守隘一夫何处在？长桥万里只堪伤。纷纷塞外乌蛮贼，驱尽江头濯锦娘。"

　　历史上，神秘主义在云南大行其道，各种宗教信徒众多，佛教在南诏大理国时代兴盛一时，大理国 20 个国王中，竟有 7 个退位去当了和尚。南诏多印度僧侣，如国师赞陀崛多、菩提巴坡、李成眉贤者、罗岷大师、白胡神僧等都是来自印度（天竺）的高僧。而在明朝初年，有许多日本僧侣踏着万里云月来到云南，他们中较著名的有机行、天祥、斗南、宗泐、昙演等。他们长期在红土高原的金碧苍洱间修行，并用汉文写下了许多真挚的诗歌，如"异域十年天万里，几番梦回海云东"，"十年游子在天涯，一夜秋深又忆家。恨煞叶榆城上角，晓来吹入小梅花"。滇西名山鸡足山是释迦牟尼大弟子摩诃迦叶的道场，历史上云南佛教徒众多，曾被称作"妙香国"。

　　南诏产红藤杖，这种手杖呈六节，朱红，圆润，高过人身，它受到大唐王朝众多墨客骚人的珍爱，如白居易当年便与红藤杖形影不离，视其为钟爱之物，他曾深情地说："南诏红藤杖，西江白首人。时时携步月，处处把寻春。"流放云南数十年的状元郎杨慎则对大理出产的公鱼（弓鱼）、油鱼恋恋不舍，公鱼被有的古籍赞为鱼味中的"鱼魁"。状元郎吃过"状元鱼"后，开玩笑道："大理公鱼皆有子，云南和尚岂无儿。"

　　所谓邦有道道在庙堂，邦无道道在江湖。江湖者，民间也。红土高原的真豪杰之士往往笑傲于民间，陈佐才、担当、孙髯翁便是这些人的代表。

妙香国王半为僧

段正严又名段和誉,也就是《天龙八部》中段誉的原型,在位 39 年,是大理国 22 个王中在位最久的。

只要想起大理——这一古典时代的妙香佛国,明月就拖着苍茫的梵香从洱海升起。

1942 年,在深青色、鸦碧色、鹦绿色的几重水光中,苍山 18 溪中最美的清碧溪令徐悲鸿如醉翡翠仙境,他灵光乍现地吟出一句"乞食妙香国,销魂清碧溪"。

苍山兰峰东麓无为寺有千年香杉,初为 5 株,由南诏时一代高僧赞陀崛多从天竺带来,古老香杉的"佛枝"垂示了一方佛土的漫长与隐秘。

大理国时期直接留下来的信史资料较为有限,宋史中《大理国传》仅有五百六十多字。这个神秘的国度由段思平开创于公元 937 年,1253 年被忽必烈剽悍的远征军消灭(末代国王为段兴智)。

在史上存在了三百多年的大理国以佛立国,全民信佛。元人郭松年在大理国灭后 40 年撰写的《大理行记》中记述道:"其俗多尚浮屠法。家无贫富,皆有佛堂,人不以老壮,手不释数珠。一岁之间斋戒几半,绝不茹荤、饮酒,至斋毕乃已。沿山寺宇极多……"可见,崇佛遗风尚盛。

大理国素有"妙香国"之别称。"妙香"二字的出处,晚清云南著名文士袁嘉谷认为,"妙香之名,古经无之,迨因苍山之香而附会耳"。这一说法显然有问题,佛经《悲华经》中即有"十方佛世界,周遍有妙香"之句。据《维摩诘经》,在娑婆世界之极上处,有佛土名为"众香",其地"香作楼阁,经行香地,苑园皆香,其食香气,周流十方无量世界……"众香菩萨对维摩诘说:"我土如来无文字说。但以众香令诸天人得入律行。菩萨各各坐香树下闻斯妙香。即获一切德藏三昧。""妙香"二字,含敛着佛法的明觉与施洗,让人想起《法华经》之"法师品"列出的十种供养:花、香、璎珞、抹香、涂香、烧香、缯盖、幢幡、衣服、伎乐。梵香氤氲,山青水吉,收四时之烂漫,度人心于醇和。

在武侠小说的渲染下,像《天龙八部》中那株十八学士极品茶花,大理国一连串的传奇令许多人有种蚀骨的醉幻感,其中最传奇的莫过于君王竞相逊位为僧。史上的真实情形是,大理国 22 代国王中有 10 代出家为僧,这 10 代王分别是第二代段思英、第八代段素隆、第九代段素真、第十代段素兴、第十一代段思廉、第十三代段寿辉、第十四代段正明、第十五代段正淳、第十六代段正严、第十七代段正兴、第二十代段智祥，其中从段寿辉到段正兴竟有 5 代君王连续出家。这一切背后隐伏着剧烈的政治撞击、调式迥异的君王之道、绽若幽兰的心灵秘药。二代王段思英法名为"宏修大师"，在位仅一年就被其叔父段思良废黜。八代王段素隆是受叔父段素廉之托即位的，托管王位 4 年后还位给侄子段素真，遁入空门以表永绝国事。九代王段素真逊位，据说是因为在梦中遇到佛祖在一处世外乐园讲经，醒来有所了悟，便出家于崇圣寺。十一代王段思廉是段思平的玄孙，在位 31 年，在位期间高氏以拥立之功日益坐大，段思廉晚年时体力渐衰，遂禅位为僧。十三代王段寿辉仅当了一年国王，因疑惧拥立他的高氏，常忧心忡忡，出现"日月交晦，星辰昼见"的天相更令他深感不祥，遂急忙出家为僧。十四代王段正明寄情山水，热衷于建寺，据说他每月和群臣议事的时间不超过 3 天，后逊位为僧，将帝位让给统管朝政的高升泰，这是公元 1094 年发生的事。高升泰改国号为大中，在位一年多即崩逝，死前嘱儿子将王位还给段氏。1096 年，段正明之弟段正淳即位后不久复改国号为大理。十五代王段正淳以后，大理进入"后大理国"时代，高氏专权，政令皆出其门，国人称为"高国主"，段氏徒有虚位，在一场大瘟疫发生后，段正淳"引咎辞职"，一心向佛。十六代段正严又名段和誉，也就是《天龙八部》中段誉的原型，在位 39 年，是大理国 22 个王中在位最久的，励精图治数十年仍不能改变高氏专国的局面，晚年时因诸子内争外叛，索然出家归隐。段正严活了九十多岁，传说他善画荷花，精于古琴。十七代王段正兴、二十代王段智祥出家原因不明。

　　如此多国王竞相逊位出家的原因很复杂，其中一个重要内因来自王权继承制度，大理开国君主段思平是个气度惊世的虔诚佛教徒，揭开大理国的历史大幕后，他制定了与汉地嫡长子继承制全然不同的王位继承制度。据《段氏传灯录》的记载，段思平规定，王族嫡系后人，需从 6 岁开始学习文武知识，10 岁时善于骑射，13 岁能演阵操兵，到 15 岁，文能写诗词牍文、武能带兵打战，无能的王子不能登大位，若王子中挑选不出来，可从整个王族中选文武全才又有德行的人为国君，若王族中仍选不出良才，朝中若有大德大才的贤者，可立为君。

　　这一制度使王权世系的法源基础有王裔继承、让贤两种模式，国王禅位出家意味着"让贤"，"让贤"不仅仅止于父子，亦存在于王亲，甚至是异姓，段正明让位给高升泰，算是一个极端。

　　佛教于公元 7 世纪传入云南，最早传入的是内地汉传佛教。南诏王劝丰佑（824-859）时，以梵僧赞陀崛多为首的密宗阿吒力教受到推崇，到大理国时期，阿吒力教大行其道。这个教派与当地灵巫信仰及汉地佛教相杂糅，逐渐世俗化，重视灌顶、息灾、祈福、度亡等日常生活中的法术仪式，后期教法(包括经典、仪轨等)主要来自汉地佛教。大理国的国王不断禅位为僧或避位为僧，显然和阿吒力教独特的在家僧教法有关，在家僧可娶妻生子，密法可在家人间代代相传，所以国王做了僧人后，妃嫔旧臣可相随出家，仍可过富贵风流的日子，正所谓"帝王出家，随臣一帮，嫔妃一串，素裹红妆，早晚拜大士，禅室如世家"。据说段思英出家后，随同"出家者有清平官三，军将八员，文武臣佐一百余，及将士五百余。三十六妃各有庵堂，众虽出家，犹如置身宫廷"。

　　大理君王纷纷出家与严峻的现实窘境关系也很大，大理国的政治局面是"段与高，共天下"，在这个以佛治国的国度，段氏在宗教上享有至高地位，但世俗政治军事命脉则掌控在相国世家高氏手中，尤其是"后大理国"时代，高氏族裔分治大理国的地方八府，段氏大权完全旁落，二者的关系有点像幕府时代的日本，段氏形同拥有虚位的天皇，而高氏相国类似于实际执政者幕府将军。高氏长期把持政权，却与段氏王室一直有联姻关系，两者间保持着某种特定的深藏的默契。高氏家族也是狂热的佛教徒，他们在首府之外的八府大兴佛法，修建了无数寺庙，与段氏虔诚信奉阿吒力教不同的是，许多高家子弟醉心于汉地禅宗，云南重要的禅宗道场水目寺的二祖和三祖即是高氏子弟。

　　大理妙香古国的佛教圣源是观音菩萨。传说观音菩萨化现为"披缨浣纱妇"点化了段思平，使其顺利立国，在段思平的推动下，这位无限悲悯的大菩萨成为大理国最重要的神祇，也是当时大多数大理人修持的本尊。大理国信奉的观音菩萨是南诏时就广为信仰的阿嵯耶观音，"阿嵯耶"在梵语中的意思是"圣"，其造像特征是男身女相，细腰宽肩，高耸的发髻中安住一尊阿弥陀佛，身上佩有璎珞项圈，手结"妙音天印"。在著名的《南诏画传》《张胜温画卷》及剑川石钟山石窟中都能看到阿嵯耶观音的曼妙身姿，1944 年，美国学者海伦·查平撰文将这种极为独特的观音像命名为"云南观世音"，认为"源于印度东北帕拉王朝，经由尼泊尔和爪哇传至大理"。海伦的研究从一个角度解释了为什么阿嵯耶观音的造像风格会接近东南亚一带的佛像。

　　大理古国缥缈的梵呗之音早已化入一溪云水。在时光的陷阱之上，一阵妙香之气从过去刮来，闻到的人心尖会发出甜蜜的颤抖。一群橘色的大鸟在月光里掠过洱海，当我们遍披清光，在渔歌中拈住一朵花，可曾想到喂养这朵花的泥土是一撮"佛土"？

三个云南高士

天下游来一布袍,不乘金马气犹豪。

奇僧担当(1593-1673)在遁入空门前曾是性情高逸的特立独行之士,时人钱士晋誉其为"云中一鹤"。担当的俗名为唐泰,字大来,他曾过着散怀山水的游吟生活,澄怀味道独鹤与飞,行迹几遍江南燕赵。在江南期间,担当在大名鼎鼎的董其昌、陈继儒门下精研深造,得诗书画三昧真传。

"天下游来一布袍,不乘金马气犹豪",当豪气干云的担当结束游历生涯回到云南时,大明王朝已兵戈四起大厦将倾,苟活于残山剩水之中。担当一度涌起兼济天下之志,积极投身于救亡图存的斗争中,后见大势已去事不可为,遂深怀亡国之恸,削发为僧,法号普荷。担当在鸡足山凤毛峰下宗古寺的废址上修了所罔措斋,烟霞托迹隐居于此。据乾隆《丽江府志》载,丽江土司木增与唐泰交厚,曾在玉龙雪山西南山麓为他造了一栋叫"冰壶"的庐屋,宝珠天花润映千里的玉龙白雪常令他豪饮不止、诗兴大发,这显然是担当出家之前的事了,那时,木增曾在扇面上写了首意味深长的诗送给他:"双眼非青非白,一场无毁无成。木石皆成道侣,烟岚醉倒先生。"

迥脱根尘皈依佛门后,亡国之痛仍时时像甲虫噬咬着担当壮怀激烈的内心,他常常借明月青山浇愁,寄至味于天纵其才的书画。他创造了大量漂浮着隐忍的哀伤与风骨的作品,如在一幅小品中,千峰高指,层林尽枯,其中一枝斜迤如铁,旁边一僧提杖高立,画旁题诗道:"僧手披霜色有无,千层林麓尽皆枯。尚留一干坚如铁,画里何人识董狐。"

1667年,74岁的担当在大理名寺感通寺重修杨升庵当年住过的号韵楼,随后从鸡足山迁来定居。苍山戴雪,洱海月圆,在雪与月之间的不二法门中,一生与山水为伍的担当彻明地体证着圆融的禅境。在尘世的最后一年,他仍豪情不减当年,连作《拈花颂》一百首。担当圆寂后,葬于感通寺后佛顶峰下,现感通寺内存有《担当禅师塔铭》,其辞曰:"洱海秋涛,点苍雪壁,迦叶之区,担当之室。"

1662年,南明小朝廷的永历帝朱由榔被枭雄吴三桂绞死于昆明五华山金蝉寺,明王朝朱姓帝室的最后一点龙脉被铲除了。噩耗传出,担当的忘年交陈佐才目眦尽裂,哀恸欲绝。随后陈结束气吞万里如虎的救亡生涯,背负着一把相随多年的长剑归隐于巍山县盟石村,这一年他33岁。

251

1894 年, 云南南部围观大象的人群 莫理循 摄

　　陈佐才,字翼叔,号睡隐子,慷慨耿介素有英雄气象。归隐后,他在盟石村住处遍植梅竹,侍奉老母,过着清贫的耕读生活。当时,清王朝已在云南大举推行削发令,在"留发不留头"的淫威下,一时间人心惶惶,无敢不从。在此危急关头,陈佐才不顾生死悄悄蓄发明志,被江湖豪杰之士叹为"义士"。

　　陈佐才生前曾在幽僻的青山绿水间用天然巨石凿成一具长13米、宽10米、高3米的石棺,石棺前30米处立有5米高的两支石笔,石棺周围有用石料凿成的亭、凳、碑、桌,石棺四周遍刻诗章,陈佑才自题曰:"明末孤臣,死不改节,埋在石中,日炼精魄,雨泣风号,常为吊客。"

　　胡未来,鬓先秋,泪空流,天地赋命生必有死,自古圣贤,无人能免。1692年,死不改节的明朝遗民陈佐才离开了人世,遵照他的遗嘱,后人将他瘗于石棺中,此举寓含着至死不愿归顺清朝的操守,其所作所为有如上古时代的义士伯夷、叔齐。

　　陈佐才死后不久,省城昆明出现了一代高士孙髯。孙髯,名髯翁,号颐庵,早年目睹科举制度的黑暗,于是终生不复应试,成为混迹市井每天为稻粱谋的寒士。孙髯翁虽身处卑微,但才华高卓,情志非常,有着一醉累月轻王侯的浩然长气,他以滇池畔的大观楼长联惊煞海内——

　　五百里滇池,奔来眼底。披襟岸帻,喜茫茫空阔无边!看,东骧神骏,西翥灵仪,北走蜿蜒,南翔缟素。高人韵士,何妨选胜登临,趁蟹屿螺洲,梳裹就风鬟雾鬓;更苹天苇地,点缀些翠羽丹霞。莫辜负四围香稻,万顷晴沙,九夏芙蓉,三春杨柳。

　　数千年往事,注到心头,把酒凌虚,叹滚滚英雄谁在?想,汉习楼船,唐标铁柱,宋挥玉斧,元跨革囊。伟烈丰功,费尽移山心力,尽珠帘画栋,卷不及暮雨朝云;便断碣残碑,都付与苍烟落照。只赢得,几杵疏钟,半江渔火,两行秋雁,一枕清霜。

　　布衣粝食,乐天知命。贫贱不能移的孙髯翁在住处种有大片梅花,自号"万树梅花一布衣"。晚年,他在圆通山南侧的圆通寺咒蛟台以卜算为生,自号"咒蛟老人"。相传元代时,此处曾有蛟蛇为害,寺僧便念咒将蛇赶走。圆通山上螺峰叠翠,花之朝,月之夕,胸中尽藏铜琶铁板的孙髯翁常在山上放怀一笑,赏略昆明的金碧湖山。一段时间后,他的女儿将晚景凄凉的父亲接到了一座叫弥勒的小县城。孙髯翁于1774年死在那里,坟墓至今犹在。

民国初期，滇越铁路的一处洞口　岛崎役治 摄

洋人与近代云南

　　就像一束强光打在一条幽秘的蛇上，鱼贯而入的洋人惊扰了近代云南人的春秋大梦。历史的闷雷砸在彩云南端，狂飙突进的闪电下，苍天泪水涟涟，丰腴的山河喘着粗气。在近代，云南不再是与世隔绝的蛮荒边陲，而是燃烧着新旧两重烈火的西南之窗。进入近代，与云南有密切关系的洋人有奥尔良王子、戴维斯、弗朗索瓦（方苏雅）、大卫·妮尔夫人、小西奥多·罗斯福、金顿·沃德、乔治·弗瑞斯特、约瑟夫·洛克、赫伯特·斯蒂文斯、埃德加·斯诺、顾彼得等等。洋人们在阳光中骑着矮种马在红土高原上到处游荡，当他们揭下云南那古老而神秘的帷面，这一地区的真实面容令全世界大吃一惊。

　　1910 年 4 月，被当时的西方记者称为巴拿马运河、苏伊士运河之外的世界第三大工程——滇越铁路正式通车，其使用权属于法国。滇越铁路从昆明直通越南重要海港海防市，也可直接出洋通往世界各地。报纸、书籍、科学仪器、文教用品、电影、西医药、新型建材、欧化生活方式等西方资本主义的东西陡然间大量涌入，云南封闭的传统文化格局被打破，近代化历程宣告来临。

　　抗日战争期间，中美两国政府开辟了从印度东北部阿萨姆到昆明的驼峰航线，它为中国抗战做出了巨大贡献，同时它是世界上最险恶的航线，飞机必须穿越喜马拉雅山系和横断山脉白色奔马似的群山，负责护卫该航线的是著名的"飞虎队"，在短短数年间，中国航空公司的 90 多架飞机损失了 50 多架，美国更是损失多达 563 架飞机。

　　混杂着阳刚的激进与阴柔的退让，在近代，红土高原开始了从蚕到蛾的蜕变。

255

滇越铁路的嚎叫

滇越铁路使得云南一夜之间从蛮荒的边陲之地变成了联结世界的前沿地区。

1871 年,法国商人让·底比斯从昆明出发,步行到达越南安沛,他发现了把云南同印度支那联结起来的道路。不久,法国探险家弗兰西斯·卡尼埃即对底比斯发现的道路进行了勘测。

1899 年,中法两国签订了《滇越铁路章程》。同年 3 月,法国派出了一个银行考察团对云南地段进行取经考察,测定滇越铁路的造价预算为一亿零一百万法郎,考察团的成员达成了一项协定,规定法国人对铁路线享有 75 年的使用权。

1903 年,从越南海防经河内直通昆明的滇越铁路中国段正式上马修建。整条铁路全长 800 公里,云南部分有 465.2 公里,它是当时中国的第三条铁路,西部地区的第一条铁路。据统计,7 年工期中,法方共招募劳工 6070 人,由于工程浩大,地况险恶、条件低劣,需在高山峡谷中建设沟渠 413 座、桥梁 3963 座(占云南段的一半以上长度),开工过程中,欧洲籍工程技术人员死亡 80 多人,劳工死亡 12000 余人。到 1910 年 4 月,被称做"一根枕木一条人命"的滇越铁路终于全线通车。

当飘满资本主义气息的火车像黑色的恐龙嚎叫着闯进红土高原亘古不变的乡土世界,所有的云南人都被这一洋怪物惊得张大了嘴巴,连火柴都从未见过的家乡宝们纷纷挥舞着拳头,以表达对帝国主义的愤慨。云南讲武堂的学员听说滇越通车了,就全体跑到火车站去闹事,其中的一些民族主义分子甚至放声大哭,乒乒乓乓地扳动了机枪。

然而,野性十足的云南蛮子并不是脑袋瓜子毫不开窍的蒙昧刁民,他们很快就发现妖魔似的火车并非一无是处,会给他们带来从未见识过的大大的好处。从河口、蒙自到昆明的时间被火车缩短了几十倍,以前,从昆明到遥远的上海需要走上几个月才能到,如今坐火车转轮船六七天就能达到香港,9 天就能到上海。

滇越铁路使得云南一夜之间从蛮荒的边陲之地变成了联结世界的前沿地区,罐头、炼乳、饼干、咖啡、饮料、香烟、手表、闹钟、香水、香粉、香皂、玻璃、水泥、香槟酒、缝纫机、化妆品等令云南人大开眼界的欧式新奇物品大量涌进来。火车甚至很快就运来了发电机,1910 年 7 月,中国第一个水电站石龙坝水电站在昆明正式开工。几年之后,昆明便已流行喝法国白兰地酒。报纸、电影、西医等资本主义生活方式的产物,已寻常可见,法国、日本、德国、美国、捷克等国纷纷在金碧路一带开洋行,周围盖起了不少西式房子,出现了西餐馆和咖啡馆,许多越南人甚至赶着火车在昆明的大街小巷上卖香蕉、菠萝。

1925年10月10日,从昆明大观街到西山碧鸡关长14.9公里的公路修建完毕,这是云南第一条公路。第一批汽车运抵昆明,包括4辆美制福特轿车、两辆恒若汽车及两辆压路机。这时,后来被称作"火车没有汽车快"的滇越铁路已通车整整14年了。

斯诺于1930年12月5日由河内搭乘上午7点半发往云南的火车前往昆明。滇越铁路的壮丽险途给他留下了难以磨灭的印象:"爬山的机车在喘息着,把烧红的煤渣喷向幽暗的森林,奋力向着更高的高度前进,只有过桥的时候不爬坡,桥身狭长,设有护栏,桥墩建在巨大的鹅卵石上,高达一百多英尺,下边是一条奔腾咆哮着的激流。有一段一两英里长的路程,火车擦着岩壁而过,下面是峭直的岩壁,激流奔腾咆哮,可以听得见声音,但却看不见河流,仿佛下面有无底深渊在茫然地仰视着你。隧道很多,有的长达数千码,在坚硬的岩石上凿成。"

斯诺时年23岁,他乘坐的列车分为四等车厢,车上挤满了人,他支付了40银币才坐上头等车厢。半途中,有十几个衣裳褴褛的伤兵窜到了斯诺身边,他们满脸都是尘土和汗水结成的污垢,浑身散发着肮脏的小客栈的臭气。这些伤兵友善地递给斯诺烟草、鸦片和一只橘子。当到达昆明的时候,斯诺给了伤兵们每人一块钱,并把剩下的一瓶酒、一篮水果及一盒糕点给了他们,伤兵们手足无措的感激神情让斯诺的泪水忍不住流下来。

滇越铁路由法国经营三十多年后,于1946年被中国政府收回使用。

晚清时,英国驻腾冲领事馆

257

1931,斯诺的大理

洱海和苍山以一阴一阳的双重壮丽,丈量着斯诺那四海为家的灵魂的深度。

　　1931 年 2 月 13 日,即庚午年(马年)结束前的第三天,一个怀揣勃朗宁自动手枪的理想主义者抵达了大理古城,他是美国密苏里州堪萨斯市的埃德加·斯诺——日后大名鼎鼎的《红星照耀中国》的作者,与他同行的是另一个传奇人物、孤独的雄狮般的著名学者约瑟夫·洛克。两年前,斯诺"在华尔街的投机中赚了几个钱"后,告别一起在纽约从事广告工作的哥哥霍华德只身来到了上海,那时,他还差 8 天才满 23 岁。起初斯诺只准备在中国逗留六个星期,哪知却被这个东方古国正在经历的巨大变迁深深吸引住了,一待便是 13 年。

　　1930 年 11 月 23 日,敏锐而浪漫的斯诺从香港乘一艘叫"广州号"的 400 吨小轮船,来到处处是白色建筑物和棕榈树的越南海滨城市海防,接着雇了一部汽车直奔河内,从那里开始了他一生引以为豪的云南之行。

　　斯诺离开昆明前往大理的时间是 1931 年 1 月 31 日,他在马背上待了近两个星期。抵达大理时,雨过天晴,青天碧若大海,大地空明如洗,万物明媚地饱含着骄阳的光幕,一种本真的自然之境,令斯诺激越的青春蓬勃上扬,他热烈地形容说自己已经来到"世界屋脊的屋檐"下面了。高处是一串斗篷似的苍山,上面遍披华艳的白雪和玉带状的白云。据洛克考证,由 19 座高峻山峰组成的苍山旧时又叫灵鹫峰,因秃鹫常在山顶上做巢而得名。自雪人峰至马龙峰一段,万松葱茂山光凝黛,这些英伟的青松是清代嘉庆年间任大理知府的广东人宋湘号召栽种的。在靠近山麓的斜坡上,斯诺看到了成千上万座石墓,其中有一座万人冢,他想当然地认为里面安葬着 1272 年忽必烈远征大理时阵亡的将士。石墓周围桉树成荫,许多雕饰精丽的墓门正对着远处湛蓝的洱海。美丽而澄澈的洱海静若处子,它婀娜的丰神瑰姿倾城倾国。洱海和苍山以一阴一阳的双重壮丽,丈量着斯诺那四海为家的灵魂的深度。

　　大理古城坐落于平坝上,古老的城墙上砌着锯齿状的城垛,南北向的大道是主街道,两条重要的街道成直角相交,分别连接四座城门,其中南门有两个,小南门即著名的五华楼,据说始建于公元 856 年的五华楼原址在城中央,原楼高 30.5 米,可容纳 1 万人,后毁于兵火。在 1925 年的大地震中,重建于小南门的五华楼严重受损,作为大理象征的三塔中的一座也在这次地震后倾斜得相当严重。

这是异彩纷呈的大好时光,斯诺如愿以偿地在云之南的故都欣赏到了一场视觉盛宴。街上摆着许多有天然图画的大理石,收购皮毛、药材的商铺弥漫着一股浓烈的混合气味,出售玉石、翡翠及琥珀的商号喊出的价格便宜得出人意料。不时有打着长长哈欠的鸦片鬼出现,几个光着身子的孩童在冷风中乱跑,一队马帮驮着一年中最后一批驮子慢慢走过。雄健的头骡上插着一面写有马帮招牌的绿色齿边三角黄旗,脖子上系了脆响的铜铃,骡嘴上戴着用细皮带编成的花笼头,额前挂有红缨和圆形护脑镜,骡鬃两侧披着染成大红色的牦牛尾巴。马脚子们大声地吆喝着骡帮,身边挎着用油布包边的大草帽,宛如一朵朵硕大的葵花。

戴着狐皮帽的瘦高藏人穿着厚厚的羊裘,骑在铺有彩色氆氇的藏马上兴致勃勃地从人群中穿过。白族妇女上着鲜艳的紧身上衣,下着镶有一道红边的蓝布长裤(裤腿扎在漂亮的裹腿里),身上背着大捆大捆的枞树树枝。长得比印度人还黑的纳西汉子,其服装一半用皮毛一半用各色小布片拼缀而成,他们佩带宝剑,走路时迈着潇洒的大步。一些从海青色衲衣里挺出光头的和尚在化缘,念经的声音很大,压住了其他的嘈杂声。分散在各处的穆斯林们戴着白布帽子,多半是些店铺的主人。当然,最多的还是汉人,他们当中的许多人没完没了地围着货物讨价还价。经常能碰到东游西荡的狗,不停地怪叫,结果往往被人踢上一脚。饮酒、喝茶、抽烟、闲聊、大笑、咳嗽、吐痰、吵架、骂人,差不多每个人都在尽情享受,这一切令斯诺难忘。他在大理古城待了 5 天,愉快地在红土高原的深处享受了羊年春节。

大年三十这天,古城铺满石板的街道被打扫得格外干净,商铺纷纷关门,各家在灶王爷面前供了香火,头戴瓜皮帽的富人们穿着黑绸制的长袍马褂,把手笼在长袖子里搓摸着精致的玉器,碰到熟人便鞠躬作揖相互祝福,"他们一笑,就会散发出一股淡淡的酒味和鸦片味"。一些老头懒散地蹲在太阳下,端着银质或铜质的水烟壶吞云吐雾,穿着棉袄和开裆裤的顽童们脸颊通红,乐呵呵地吃着苹果蜜饯和糯米团。不少绸衣妇女在喜气洋洋地聊天,她们莲步轻移,一双小脚塞在华丽的三寸金莲绣鞋里。当斯诺在街上游荡时,许多人像看笼子里的猴子似的伸长脖子盯着他看。

259

这天,各种喜庆活动中最令斯诺着迷的是舞龙灯。"龙灯非常奇妙,我跟随着它加入了狂欢的人群。龙的身子长20英尺左右,是用竹条编成的,外面覆盖着一层仿佛是涂过漆的透明的绿色布料。十几个和尚藏在龙身子下面,手持火把照着龙身,并引导龙踏着一种奇怪的舞步前进。在前面开路的是一个乐队,他们纵情地敲着锣、鼓、钹,吹着笛子,拉着胡琴。在锣鼓喧天的乐队后面,是驱鬼的队伍,其实就是几个和尚,他们忙着放鞭炮,时而念咒,时而念一些其他的句子。龙灯上上下下几乎每条街都去过了……队伍后面,跟着一大群小孩,还有一群欢笑着拥挤向前的青年男子,他们一个劲儿地忙于把旧年的邪灵从每一家门槛清扫出去,各家的人都出来迎接代表新的一年的龙灯……"

在此之前,斯诺在街上意外地碰到了讲一口纯正美国英语的白人传教士库恩,应这位穿着中式长袍的大眼同胞之请,他住进了其位于城南的寓所。当天晚上,斯诺惬意地躺在铁皮浴缸里痛痛快快地洗了个热水澡,他已有很长时间没洗过澡了。

大年初二,即2月18日,斯诺组织了一个由三头骡子和三匹矮种马组成的"小马帮",开始了长达近一个月的缅甸之旅。马锅头是个白族人,光头上裹着红黑相间的头巾,其助手是一个打着赤脚的精悍白族人。由于是春节期间,没有一个赶马人想出远门,所以斯诺开出了诱人的价格,每天每头骡马约合一美元,超过正常价格的一倍。另外两个随从是当地的基督徒,他们被聘请为厨师。除了必备的日常用品外,斯诺的小马帮还带了几驮盐和针,在云南与缅甸的交界区域,这两种东西像法定货币一样可以通用。

斯诺在大理的"南行漫记"结束了。这座曾长期浸泡在佛教的妙香之气中的故都给他留下了不少值得再三咀嚼的东西。离开大理后不久,作为南诏故地的别时赠礼,斯诺在下关以南的苍山坡地上看到了大批美若仙葩的山茶花。接着,在静默的敬意和甜蜜的回味中,这位浪漫骑士继续西行。

260

"香格里拉"制造者希尔顿

这是一场加冕，冠冕背后布满了玄机。

英国佬詹姆斯·希尔顿从未到过遥远得如同处在天涯尽头的云南，但却成为与云南干系重大的近代洋人。这使人不禁想到鲁迅的诗句："于无声处听惊雷。"

詹姆斯·希尔顿于1900年9月9日生于英格兰兰开夏郡的莱伊，青年时代曾就读于剑桥大学，在剑桥大学读书时就开始了小说创作，毕业后，担任伦敦《每日电讯报》的文艺评论员。1933年，伦敦麦克米伦出版社出版了其长篇小说《失去的地平线》，同年还出版了另一部长篇小说《没有甲胄的武士》。第二年，希尔顿花四天时间创作出了其代表作《再见，辛普森先生》。他写的许多著名小说，如《没有盔甲的武士》《失去的地平线》《天国的愤怒》都陆续被搬上银幕拍成电影。1935年起，他来到美国定居好莱坞，除创作小说外，还与人合作编写电影剧本，如《茶花女》等；其中他与人合作编写的《米尼弗夫人》获得第15届奥斯卡金像奖最佳电影剧本奖。1954年12月20日希尔顿因患癌症在美国加利福尼亚去世。

《失去的地平线》叙述了英国驻巴基斯坦的领事康韦及助手马里森上尉、法国女传教士布林克洛小姐、美国人巴纳德在飞机失事后的神奇之旅。侥幸生还的他们来到了喜马拉雅山附近的蓝月亮山谷，山谷的最高处耸立着世界上最美丽的卡拉卡尔雪山，那洁白无瑕的金字塔状轮廓，单纯得如同出自一个孩童的手迹。狭长的山谷内隐藏着世外桃源般神秘灵秀的香格里拉，它仅通过马帮与外界联系，这里有翠玉似的草甸、明镜般的湖泊、丰富的金矿、漂亮的喇嘛庙和其他教派的庙宇，万物深深沉浸在宁静的喜乐中，生活在此的人们都很长寿，保持着同大自然之间伟大的调和，每个人的生活都被瑞祥与幸福灌满。根据香格里拉的最高喇嘛佩劳尔特的预测，行将到来的"黑暗纪元"将像一个棺材罩住整个世界，既无逃脱之路，也无避难之所，这场风暴将践踏每朵文明之花，人类所有的一切都将变得浑浊不堪，在这场劫难中，与世无争的绝密乐土香格里拉将保全下来……

1933年，整个西方尚处在历史上最大一次经济危机带来的巨大震痛和恐慌中，到处是忧心忡忡的人群，《失去的地平线》出版后立即刮起了一阵旋风，成为许多人的心灵止痛药，当年该书即获得了著名的霍桑登文学奖。《不列颠百科全书》指出，《失去的地平线》的一大功绩是为西方世界创造了世外桃源——"香格里拉"一词。"香格里拉"与世无争的纯洁与安静，成为了千疮百孔的经济危机魔爪下人们的心灵丹药。1936至1937年，美国哥伦比亚电影公司耗资一百万美元，以当时美国电影投资的最高纪录，聘请意大利裔大导演卡普拉将《失去的地平线》搬上荧幕，该影片上映后连续三年打破票房纪录，以"壮观之景、兴奋、罗曼蒂克、骚动、奇妙、激情和同情、一场精彩绝伦的冒险、一个心中的欲望成为现实的梦"轰动全球。影片几年之后传入中国，被精于中国世故的引进者译作《桃花源艳迹》，红歌星欧阳飞莺演唱的主题曲《这美丽的香格里拉》风行一时。由此，希尔顿成为了站在时代大幕背后的秘密巫师。

20 世纪 30 年代以来,西方刮起了一股强劲的"香格里拉热",希尔顿做梦都没想到的找寻和各种争执从未停止过。"香格里拉"几乎变成了一个与"神祕"同义的词汇,以至二战期间,有人问罗斯福总统美军轰炸日本的飞机从哪里起飞,罗斯福郑重其事说道:"从'香格里拉'。"

许多人坚信,尽管希尔顿本人从未去过"香格里拉",但是与伊甸园的原型位于古巴比伦一样,充满梦幻般浪漫蓝调的"香格里拉"也一定有一个原型,它就在与喜马拉雅山相邻的某个幽谷中。二战后的几十年内,一些地方陆续宣称在本地找到了"香格里拉",这些地方包括克什米尔的拉达克,尼泊尔,不丹,中国滇西北、川西、西藏东南部,巴基斯坦的 Hunza 山谷,乃至中亚的某些偏僻地方。在漫长的找寻后,1975 年,印度国家旅游局向全世界宣布:位于印控克什米尔喜马拉雅山南麓的巴尔蒂斯坦镇,正是人们寻找已久的"香格里拉",一时间游客蜂拥而至,30 年间这座原本默默无名的小镇创造了近 7 亿美元的旅游收入。山地之国尼泊尔的木斯塘,从 1992 年起也以"香格里拉"的名义向外界开放,吸引了大批旅游者的目光。

然而,按照希尔顿的交代,"香格里拉"位于喜马拉雅山东南麓的藏区,巴尔蒂斯坦和木斯塘显然不符合这一标准。

至 20 世纪末年,人们把找寻"香格里拉"的目光前所未有地汇聚到了云南西北部与西藏接壤的迪庆藏区,在当地政府主持下,一些专家从文学、民族学、宗教学、地理学、藏学、文化学等多角度对这一地区进行了大规模的田野考察、历史追踪和资料查证,证实该地区与希尔顿在《失去的地平线》中描叙的"香格里拉"有着惊人的相似。越来越多的人相信希尔顿当初的创作灵感,有可能来自在西方影响较大的洛克、大卫·妮尔夫人、奥尔良王子等人对该藏区深入细致的实地考察文章。1997 年 9 月 14 日,云南省政府正式宣布,"香格里拉"在云南省中甸县,它正是人们苦苦找寻了半个多世纪的世外桃源。数年后,中甸正式更名为香格里拉县。这是一场加冕,冠冕背后布满了玄机。

孤独的雄狮洛克

作为与近代云南交道最深的洋人之一,"洛克的世界为我们挽住了多少记忆,
留下足迹犹如飘浮的彩云"(埃兹拉·庞德语)。

约瑟夫·洛克于 1884 年 1 月 13 日出生于维也纳,父亲弗兰兹·洛克是一位严厉的男仆,母亲弗朗西斯是匈牙利人。洛克 6 岁的时候母亲就去世了,这使他成为一名性格古怪的问题少年,他在学校里心不在焉,总是幻想着出远门去旅行。由于长期与父亲和世俗社会格格不入,18 岁后洛克开始了浪迹天涯的漫游生活,并靠做卑下的工作来维持生计。21 岁那年,洛克以船舱服务员的身份被一艘邮轮带到了纽约,在纽约,他不得不去洗盘子以养活自己。两年后,深受结核病折磨的洛克身无分文地去了夏威夷。

在碧海蓝天的夏威夷,洛克的病一天天好起来,并显示了自己一直坚持自学的惊人才华,他掌握了匈牙利语、法语、拉丁语、希腊语、汉语等 9 种语言。语言上的才能使他找到一份传授拉丁语和自然史的教师工作。洛克授课之余,为当地千奇百怪的植物所吸引,开始全身心地投入到植物学研究领域,不久他来到夏威夷学院任教,并成为植物学教授,在此期间他出版了五部专著和数十篇论文,其中至少有两部专著至今仍被认为是经典。1920 年,自视甚高性格暴躁的洛克因自己收藏的 28000 件植物标本的归属问题与校方闹翻脸,一怒之下拂袖离开夏威夷前往美国本土谋求发展。

同年秋天,受美国农业部委派,洛克满怀着孩提时代的梦想来到远东地区,他此行的目的是寻找可以医治麻风病的大风子树种。两年后,永不安分的洛克为寻找抗枯萎病的栗子树种进入了云南,他把根据地设在丽江玉龙雪山南麓的雪嵩村村民李文彪家中,不久即收集到 60000 件植物标本、1600 件鸟类标本及 60 件哺乳动物标本。

1923 年的一天,在隔壁纳西人家里举行的为一位病妇驱邪除病的宗教仪式吸引住了洛克:"有三个男巫身着宗教服饰,未加工的松木牌被染成黄色并画上各种鬼神,它们与冷杉枝一起插在土堆上。在后面一张桌子上摆满了麦种、陈蛋和各种干的豆类。此外男巫们用生面揉成各式各样的动物俑,五彩小旗上面写了咒语,那些生面揉成的动物俑有正在饮酒的蛇、山羊、绵羊等等,男巫们绕着它们舞蹈,其中一位使黄铜钹,另一位用他的剑周而复始地敲锣,还有一人击鼓。病妇则躺在床上注视着这一切看似单调愚昧的行为。"

某种强烈的冲动使洛克在仔细观察这一仪式后,为美国《国家地理》杂志撰写了《中国腹地土著纳西人的驱病魔仪式》。从此,他从植物学研究转入到历时 40 年之久的纳西学研究,并成为这一领域的一代宗师。

与寻章摘句在书斋里做雕虫文章的学究不同,暴烈而倔犟的洛克高度关注现实中的人文景况,他的研究是建立在大量翔实细致的田野考察基础上的,以云南西北部的壮丽山河为轴心,像一个高山白雪世界中的浪漫骑士,喜欢喝丽江窖酒、吃纳西火烤粑粑

的洛克置身于文化现状的最前沿，在广袤而神秘的中国西部地区进行了一次次颇具传奇色彩的探险活动。

1923年起，他率领一队忠实的纳西卫士对金沙江、怒江、澜沧江三江并流区域，泸沽湖，木里，稻城明雅贡嘎山，岷山山脉，甘肃卓尼，青海阿尼玛卿山等地进行了探险考察。在探险过程中，他深情地亲近了隐匿在大地上的古老传统，获得了大量美不胜收的考察成果，拍摄了大批令人啧啧惊叹的精美照片。激情似火的洛克终生未娶，对工作永不知疲倦。1934年，他开始着手撰写其代表作《中国西南古纳西王国》，历经种种坎坷，终在1946年完成，并于第二年由哈佛大学出版社出版。1949年8月3日，由于政治原因，洛克被迫离开寓居20多年的丽江，经昆明、香港去了印度的喀里木蓬，在那里苦苦观望中国时局的变化，希望能够尽早返回丽江，然而现实撕碎了他的希望，两年后，他无奈地回到了夏威夷。

20世纪50年代中期，风烛残年的约瑟夫·洛克正在拼尽全力完成纳西学巨著《纳西语—英语百科辞典》。为了替洛克筹集到足够的资金，意大利东方研究所决定忍痛将所收藏的六百多本东巴经精品卖出，德意志联邦共和国国家图书馆的负责人W.弗格特博士得到这一消息后，赶回了素有文化传统的家乡马尔堡。在狭小的市政厅里，满脸涨红的弗格特作了一场关于东巴经重要性的演说，演说结束后，当时每天仅靠几个玉米饼充饥的马尔堡市民纷纷自愿捐款，把这批东巴经从意大利买回，放进了新落成的德国国家图书馆。这件事惊动了80岁的总理康拉德·阿登纳，这位酷爱品尝葡萄酒的老人闻讯后专门给马尔堡拨了一笔政府基金。用这笔基金的一部分，马尔堡博物馆又从美国和法国购入了四百多本东巴经的复制品。

"马尔堡"事件是一个见证，它表明了纳西文化在国外受到珍视的程度。但在纳西文化的母地，各种焚琴煮鹤的极端举动随时都在发生，倡导生命必须服从于自然的东巴教遭到禁止，东巴经书被大量清除，那被遮隐在日常生活中的、将现状和过去融为一体的人文根基正在坍塌，了解一些情况的国际藏学泰斗图齐感慨说："在近来急剧演变的亚洲时局中，纳西文化已面临消亡。"

20世纪60年代在激情和饥饿中到来了，荒凉的大地被黄昏低徊的鸦群蒙上了阴影。1962年12月5日，在夏威夷一处私人住所，"纳西学之父"——约瑟夫·洛克就像一头孤独的雄狮在书房的安乐椅上睡着了，突然发作的心脏病使他再也没有醒过来。他最后的陪伴之物，是一大堆陈旧的东巴象形文典籍，其中有几本是年代久远的孤本。碧绿的海水把混杂着咸鱼味和海草味的海风送了进来，带走了洛克毕生在白雪和海水之间冥想的灵觉。弥留之际，他一定怀想起了玉龙雪山，那是他一直魂牵梦萦的地方。在此之前，他就常常感慨时日已经不多了，他曾躺在夏威夷一家医院的病床上给好友写信说："我想重返丽江完成我的著作……与其躺在医院凄凉的病床上，我宁愿死在玉龙雪山的鲜花丛中。"

在漫长传奇人生的最后时光，洛克为纳西文化不顾一切地燃烧着自己，他完成了历时 30 年之久的《纳西语—英语百科辞典》的扫尾工作，撰写了绝笔之作《纳西族的文化与生活》，并请奥地利科学家安第德用新技术对一些被认为是最古老的东巴经进行准确的年代测试。去世前两月，他前往瑞士杰森医生处医治折磨自己大半辈子的牙病，病好后，他把几本心爱的东巴经送给了这位多年来一直无偿为自己诊治牙病的好心人。洛克去世后，一直把他当作亲人的莱丝特·马克斯将他安葬在了位于夏威夷港湾的马克斯家族墓地，坟墓的位置应证了张九龄的名句"海上生明月，天涯共此时"。在澄明的海水畔，明月的一头连着洛克肉身的安息地夏威夷，另一头连着他魂灵的安息地玉龙雪山。

1924 年，云南的牌坊和马帮 约瑟夫·洛克 摄

云之南，乱世飞虎

一个退役上尉，率领着他的临时拼凑起来的雇佣军，成为规模空前、战果辉煌的正规部队。

    1941 年抗战期间，美国国会批准《租借法案》。4 月 15 日，中美达成秘密协议：美国允许预备役军人和退役军人前往中国参加对日作战，并贷款给中国以购买美国战斗机。

    不久，受中国当局委托，青少年时代曾长期游荡在美国南部丛林地带的棉农之子陈纳德，以中国空军作战顾问的身份带着一笔资金，艰难地从正在拼命抢购美式战斗机的英国人手中及美军现役飞机中抢购到共 2000 架性能良好的 P-40 鹰式战斗机。接着，他又想尽各种办法，说服许多已经退役或正在服役的美国飞行人员以平民身份前往中国参战。

    1941 年 10 月，作为雇佣军的中国空军美国航空志愿队正式成立，主要任务是保卫滇缅公路和大后方中心城市昆明。总部设在昆明巫家坝机场，陈纳德为司令官，下辖 3 个中队，共拥有 200 架左右的战斗机，150 多名飞行员，及数百名其他服务人员。志愿队的第一中队被命名为"亚当和夏娃"，队标是一只被蛇缠绕的绿苹果，苹果正面的图案上，夏娃正在追逐亚当；第二中队被命名为"熊猫"，队标是一只温和的熊猫（也许第二中队的飞行员大都来自海军，行为散漫，最不好管理，所以选择熊猫作为队标）；第三中队被命名为"地狱之火"，队标为一个长着翅膀的裸体天使（地狱之火是一战中描绘飞行员生活的一部电影的片名）。航空志愿队的人员名义上受聘于中国中央飞机制造公司，飞行员的月薪为 600 美元，中队指挥官 750 美元，中国方面支付给参战飞行员 10000 美元的人寿保险金。

    航空志愿队成立之初，美国军方的绝大多数人认为这不过是一群乌合之众而已，成不了什么气候，但仅仅过了两个月，他们的偏见就得到了纠正。1941 年 12 月 20 日上午，10 架日本轰炸机从越南飞抵昆明执行轰炸任务，陈纳德当即命令 24 架 P-40 战斗机升空发起第一次战役。经过一阵混战后，航空志愿队一举击落 9 架日机，几乎全歼来犯之敌。所有昆明人都怀着激动的心情目睹了这场难忘的空战，几年来，他们天天生活在恐惧与不安之中，敌机一来，全城人就只好在长长的警报声中前往安全地带躲避，而今，终于可以扬眉吐气了。第二天，昆明的报纸即把航空志愿队誉为"空中飞老虎"，这一喜讯传到美国，也令许多人振奋不已。陈纳德和他的飞行员们非常喜欢"空中飞老虎"这一赞誉,从此干脆将航空志愿队称为 Flying Tigers(飞虎队)。

不久,美国迪斯尼公司专门设计了一头正在愤怒地撕咬日本太阳旗的双翼飞虎,作为飞虎队的非正式标志。

在航空志愿队创立之初,一个叫埃里克·希林的飞行员在图片上看到英国皇家空军的澳大利亚籍飞行员在自己机头上画鲨鱼锋利的牙齿,他很喜欢这一极具个性的装饰,便去问陈纳德,可不可以在自己的飞机上也涂上类似的装饰,陈纳德愉快地答应了他。很快,其他人也纷纷仿效埃里克的做法,在自己的机头上画鲨鱼牙齿的图案。随着"飞虎队"的声名远播,"鲨鱼牙齿"也越来越有名,以至于到今天,它仍然是美国空军最具代表性的机头装饰。

1941年12月7日,珍珠港事件爆发后,美国随即向日本、德国宣战,第二次世界大战全面升级,美国国内大大加强了对"飞虎队"的支持,而飞虎队也在云南、滇缅公路、缅甸的对日作战中取得了一系列令人瞩目的战绩。1943年3月,飞虎队全面扩编,正式番号为美国陆军第14航空队,陈纳德升任少将司令官,到1944年底,14航空队由当初航空志愿队的3个中队扩大到36个战斗机中队,共拥有1.7万人,各种战斗机、轰炸机、重型轰炸机的数量近700架。到1945年,14航空队继续扩大,拥有飞机数量超过1000架,人员超过2万,飞行员的数量和飞机数量都大大超过了日本驻中国的空军。

抗战后期,飞虎队的飞机掠过昆明的民房

飞虎队转入美国军正式现役部队并扩编后，主要任务是护卫昆明至印度的驼峰航线，护卫昆明至仰光的滇缅公路运输线（曾一度中断）。以驼峰航线为例，在开通后的两年多时间里，一共有80多万吨物资通过这条空中生命线运到了国内，其数额超过了包括滇缅公路在内的中国所有对外通道接受外援的物资数额，尤其是在滇缅公路一度中断的情况下，驼峰航线更是对中国的抗战起着至关重要的作用。平均每天有100多架飞机在驼峰航线上穿梭，最繁忙的时候，昆明的巫家坝机场一度平均每分钟就有一架飞机起飞或降落。而如果没有飞虎队的护卫，这一切将无从谈起。仅从这一点，就可看出飞虎队对中国的抗战起着多么重要的作用。

1945年7月6日，陈纳德将军正式卸职，为了表彰他对中国抗战做出的突出贡献，当局授予他最高荣誉——青天白日大蓝绶带。临别之前，在重庆，在昆明，成千上万的人赶来送行，面对中国人民的深情厚谊，浑身江湖英雄之气的陈纳德落泪了。这位从小失去了母亲、长期在本土得不到重视的老军人嘴里不停地说着什么，内心满怀着感激之情，因为正是中国在他人生最低谷的关头敞开胸膛接纳了他，为他提供了大展身手的舞台，并让他一跃成为美军历史上绝无仅有的传奇将领——一个退役上尉，率领着他的临时拼凑起来的雇佣军，成为规模空前、战果辉煌的正规部队。

1945年8月1日，陈纳德沿着自己再熟悉不过的驼峰航线绕道返回美国，在回国途中，他激动地听到日本无条件投降的消息。

飞虎队的徽章

纳西古乐团　和照摄

2012 年，洱海渔舟 白郎 摄

2012 年,澜沧江上游,一个乡民拿出父亲的照片 白郎 摄

2014 年，玉龙雪与冷翡翠山林 白郎 摄

1960 年代，白沙壁画临摹图

1941 年的丽江

　　1941 年,丽江古城尚处在传统文化的果壳中,工业时代横扫一切的现代狂飙已将一丝劲风吹进了这座雪山下的边陲小邑,但未形成大的气候。这一年年初,丽江从蔓延云南全省的霍乱中复苏过来,瘟疫使得众多的人死去,光碧楼下靠捐款组建起来的施棺会甚至把棺材都施舍完了。心有余悸的人们刚刚平息下来,一场罕见的冰雹就在 4 月 27 日突然袭来,农田大面积受灾,致使粮食严重歉收。然而,这一切与战争猛烈的风暴比起来显然算不上什么。中日战争已到了生死攸关之际,日本人的马刺直指中国人的胸膛,他们切断了所有通往内地的国际商道。这时,昆明—拉萨—印度卡里姆邦之间的茶马古道发挥了重要作用,成为中国连接海外的唯一通道,作为这条商道上重要的中转站,丽江古城在战争的夹缝中陡然繁荣起来。

275

那马帮的尖峰时光

丽江在 1941 年尚未开通公路,是马帮创造了奇迹。

马帮在 1941 年扮演了重要的历史角色, 它是丽江成为抗战期间万商云集的商业重镇的主要因素。从未有人统计过这一年有多少匹骡马穿行在茶马古道上,但最保守的估计,也应在 5000 匹以上,加上丽江其他马道上的骡马,将是一个很大的数目。

事实上,当时的长途马帮极少让马匹参与到驮队之中,取代它的是雄健的畜中贵族骡子。骡子比马的耐力更强,力气更大。一队马帮往往拥有数十匹到百余匹骡子,排头的头骡、二骡是经过精心挑选的上好母骡,头骡头上插着一面写有马帮招牌的绿色齿边三角黄旗,脖子上悬着脆响的铜铃,骡嘴上戴着用细皮带编成的花笼头,额前挂有红缨和圆形护脑镜,骡鬃两侧披着染成大红色的牦牛尾巴。整个驮队的最后一匹骡子,是老练而压得住阵脚的尾骡,它使一长队骡子形成一个整体。

在云南南部的马帮中,一匹骡子可驮载 60-70 公斤的物品,考虑到漫长而危险的行程,丽江马帮的马锅头只让骡子驮载 40-50 公斤的物品。路途中,食量惊人的骡子一天大约要吃掉几十公斤的草料,其中包括蚕豆、玉米一类的精料,所以足够的马食是马帮每天不得不考虑的头等大事。这也是马帮通常在绿草遍野的五六月份开拔进藏的原因之一。

作为无比昂贵的运输方式,云南并不是唯一用骡子来组织驮队的地方。在拉丁美洲历史上,骡队一直是举足轻重的运输动力。如 1776 年,潘帕斯草原上放牧着成千上万的骡子,秘鲁王国拥有 50 万头骡子,巴西大概也有这么多,它们被广泛使用于运输。史学家布罗代尔在评价骡队对这一区域的贡献时说:"没有骡帮,任何城市都无法生存。"

丽江古城的积善巷、牛家巷、双善巷、兴仁街是当时马帮的主要落脚点,许多旅马店的老板同时是马帮的商贸经纪人,他们往往会讲一口流利的藏语。"玉龙旅马店""瑞春旅马店"是成功的例子,后来发展成了规模较大的商号。积善巷以前是造纸村,如今成了

"马帮村",这里有一块 500 平方米的马草专卖场,纳西语称做"子启丹",生意异常红火。马草场前是专营马料和糌粑的和六嫂家,每天门庭若市。

丽江仁和昌、达记、聚兴祥、裕春和等大商号的纳西马帮,藏区松赞林、东竹林、德饮林的藏族喇嘛马帮是当时名头最响的马帮。从丽江驮往拉萨的大宗物品有沱茶、红糖、铜器用品、皮革制品、火腿、绸缎等。沱茶主要来自普洱和思茅,在藏区最畅销的是"宝焰牌";铜器用品是丽江最繁忙的行业,仅白沙街就有二百多个打铜匠,铜器成品有大铜锅、火锅、水瓢、脸盆、水桶、铜铃、挂锁、茶盘、茶壶、灯盏等,杨深、杨香圃、和亮生都是当时大名鼎鼎的精工良匠;皮革制品主要是藏靴、藏式钱串袋等,主要制作地点在束河街,染制高手马鹤仙用五倍子、苏林、菜籽油等植物原料染制的红绿羊皮在藏区声名远播,狐皮高手杨金河用狐皮、猞猁皮鞣制的皮袄名贵一时。拉萨驮来丽江的大宗物品有从印度辗转运来的咔叽布、毛呢、香烟、西药、手表、化妆品,及产自藏区的虫草、贝母、熊胆、麝香、鹿茸、兽皮、细羊皮、藏红花等。麝香最好的是"波密香",贝母最好的是"榛子贝",而鹿茸最好的是"蝴蝶茸"。

丽江在 1941 年尚未开通公路,是马帮创造了奇迹,使纳西古城在战事频仍的乱世得以偏安一隅,但这奇迹中隐伏着马帮苦海无边的旅程和血肉模糊的命运。并不是每一个马帮都能顺利地走完丽江与拉萨之间的 1500 公里鸟道,路途如此艰难,死亡事件随时都会发生。事实上对马帮来说,有 90% 的骡子能抵达目的地是相当不错的结果,损失一半骡子的事经常会发生。在三个月左右漫长的旅程中,对他们考验最大的地点在德钦县境内的溜筒江(澜沧江)。这条大江夹在梅里和白玛两大雪山之间,通过时必须借助于溜索,溜索用粗大的篾绳编成,固定在两岸的巨型木桩上,溜索上有一个用栗木制成的半圆状溜帮,溜帮两头的圆孔中穿有皮绳。过溜时,司溜工用皮绳把人、骡子、货袋捆牢,然后使猛力一推,溜帮即在江风中依次快速滑向对岸。过溜索是令人畜心惊肉跳的事,不少赶马的马脚子被吓得魂飞魄散,许多骡子则被惊得屁滚尿流,稍有不慎便有葬身于滔天恶浪的可能。

277

一个叫四方街的中心

1941 年，四方街无疑是云南西北部最繁忙的集市。

　　四方街不是甲第连云的富贵红尘之地，而是自然之子的衣食乐园。丽江古城有六条主要街道汇聚于此，形成 1500 平方米的街场，纳西人把它称做"芝滤古"，意思是街市的中心。街场由西向东倾斜，中间铺有小卵石，四周围是长条花石板，相邻的河面上有三座漂亮的桥：映雪桥、卖鸭蛋桥、卖豌豆桥。

　　1941 年，四方街无疑是云南西北部最繁忙的集市。周围覆盖着小青瓦的土楼全被改造成了商铺，当街的木制柜台呈现出简陋的板栗色，所有商铺整天都点着香，既可以充作火柴之用，又可以计算时间，只有紧急情况下人们才使用被称作洋火的火柴，进城的山民则自备有古老的火镰和火草。商铺里随处可见到各种本地商品及马帮从印度驮来的商品，在有的商铺里可以买到俗称"红十字""大白旗"的进口香烟及 25 元一瓶的高价进口啤酒，甚至可买到崭新的歌手牌缝纫机。

　　街场上到处是竖有遮阳油伞的临时摊点。由于长期约定俗成的结果，这些杂乱无章的摊点及附近的街口被分为了许多专卖地，主要的为：卖细粮处、卖粗粮处、卖布处、卖铜器处、卖陶器处、卖山货处、卖皮革处、卖草鞋处、卖马匹用品处、卖蔬菜处。外地商贾为分得一份羹也拼命挤进街场，鹤庆人贩卖大宗的棉布、茶叶、火腿，宁蒗人用羊皮口袋驮来腊肉、腊油、植物油，永胜人出售大米、草席、鸭蛋、土碱，藏族人则摆出细羊毛、兽皮、麝香、虫草、藏红花、绿松石。

　　四方街每天都热火朝天，来自乡下的村民大都穿着草鞋，城里的女人通常穿鞋尖有蝴蝶状布饰的绣花鞋，城里的男人则喜欢穿牛皮底鞋底上有九颗粗钉的皮鞋。摊点和商铺的经营者大多是一身"喜鹊打扮"的纳西妇女，她们热情能干，从不知疲倦，如果仔细打量的话，她们的陪伴之物，是一个每天都在背上背来背去的竹篮，有五眼篮、七眼篮或尖顶篮，许多妇女一边做生意一边搓羊毛线，以便把这些线织成氆氇毛布。

　　被光顾次数最多的是蔬菜专卖点，江边阿喜村的辣椒，拉市海的鲫鱼，山中的松茸菌、鸡枞菌都是值得一提的本地土货。纳西女子在卖豆腐、豆芽、粉丝时，从不用秤称，而是以一只比手掌稍大的平底小笆箕来盛东西。每当夏秋之时,丽江各地的村民前来卖鲜果,街场上便浮起一股淡淡的果香,有名的乡土果品有茨满村的茨满梨、指云寺的酥油梨、三仙姑村的核桃、塔城乡的柿子、茨可村的板栗、大东乡的石榴、羊见乡的黄果等。

想来如此为数众多的人在四方街一定乱作一团、污臭不堪了,但实际上四方街每天清晨均有专人负责清洗工作。由于街场西高东低自然形成一个坡面,所以只要用一块桌板堵住西头的河流,湍急的河水便会自然冲刷街场,将垃圾冲入东边的河流中,再用竹帚扫一扫,街场便气象一新了。早些年隔 10 天才洗一次街场,政府让轻刑犯人来做这件事,作为奖赏,犯人完工后被特许向屠户讨一小块肉,并可以在水果摊上抓一两个果子。

"道"唤醒了俄罗斯人顾彼得

凭着永无止息的爱,他在丽江古城实践了老子之道,
获得了美不胜收的人生体验,成为与纳西社会交道最深的外国人。

丽江古城在 1941 年迎来了一位戴着玳瑁近视眼镜的秃顶洋人,他是 40 岁的俄罗斯人顾彼得。作为国际援华组织"中国工业合作协会"的一员,他前来丽江开办工业合作社,低息贷款给下层手工业者,帮助他们组建发展合作社。此后的九年,他一直生活在下层平民和穷苦村民当中。凭着永无止息的爱,他在丽江古城实践了老子之道,获得了美不胜收的人生体验,成为与纳西社会交道最深的外国人。

顾彼得出生于 1901 年,自小一直在莫斯科以南的一座小城里过着亲近自然的乡间生活,小城周围环抱着黛色的青山,流淌着一条沿岸长满白色睡莲和黄色水百合的清澈河流。在他两岁时父亲去世了,具有唯美主义倾向的母亲带着他和帕拉吉外婆、塔蒂娜姨妈住在一幢老房子里,他们自己种菜,饲养牲畜,并拥有一个幽香四溢的花园。大自然和数位女性长期的双重呵护对顾彼得形成了温和的束缚,使他身上弥漫着过多的阴柔之气。这符合道教"上善若水"的法则,同时也会让一个男孩沾染上女性气质。

279

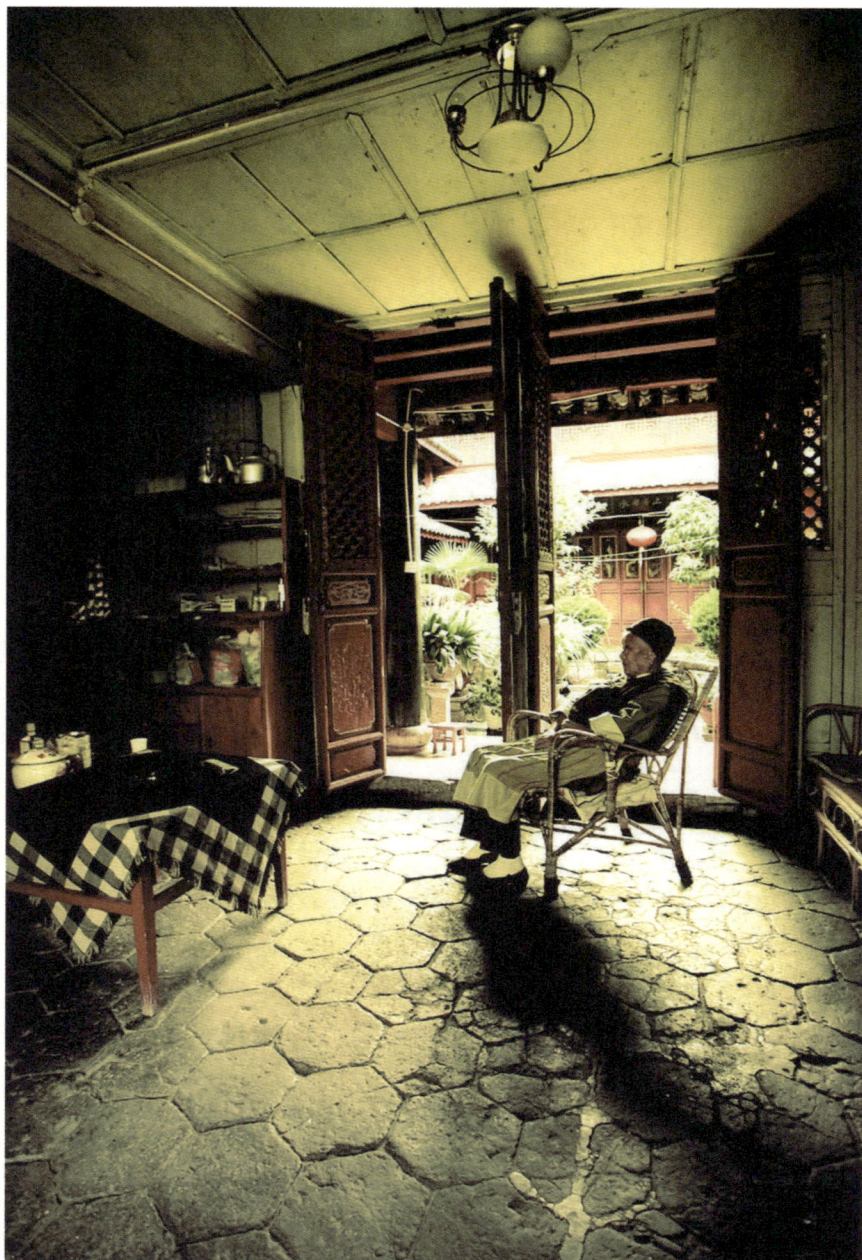

2005 年，丽江古城，静静的老母亲　和照　摄

顾彼得十多岁时，和母亲一道颠沛流离辗转来到上海。1924年，患有严重忧郁症的母亲在哀怨中死去，这使顾彼得无限悲戚，彷徨于冰冷的伤感和空苦的幻灭中。这种状况一直持续到在西子湖畔碰到李林山、吕春干两位道长为止。在美丽的西子湖畔的玉皇山吉星观，顾彼得成为一名正式的龙门派道教徒，"道"唤醒了深藏在肉身中的灵性，使他脱胎换骨，找到通往救赎之门的路径。

尚未被繁杂的现代生活所触动的丽江是另一处重要的人生驿站，顾彼得在1941年来到这里后，立即认定这是一个具有老子精神的地方——山水是如此高洁，终年白雪遮顶的雪山总是像神殿一样矗立在大地的中央，由雕梁画栋和鸳墙黛瓦组成的古城宛在白云间，绿水如映，鸡犬之声相闻，顺从于自然的生活得到倡导，人与大自然之间保持着伟大的调和。

顾彼得迷恋上了丽江，他在古城狮子山下的乌托村租了一座院子，新生活就在这座被周围的纳西人认为闹过鬼的宅院开始了。通过一个叫和家聪的年轻人搭桥，他成功地组建了第一个工业合作社，接着是第二个、第三个，直至第36个。顾彼得想要亲近的不是由富人官僚组成的上流社会，而是那些靠小手工业和小生意勉强糊口的小老百姓。工作之余，他把挂着东巴神幛的办公室充作临时医务室，用美国红十字会捐赠的药品为穷人免费治病。纳西人感觉到了顾彼得那发自本心的爱，这些质朴的土著人用更加慷慨的深情来回报他。

一段时间后，顾彼得完全把自己当作丽江古城的一分子了，而纳西社会也把这位漂泊半世的俄罗斯游子揽入到宽厚的怀抱。对此他感叹道："那些皮肤黝黑的子民，他们是自然之子，依然沉浸在老子的教义中，向我敞开了他们的心扉，因为他们辨认出我和他们有着同源的精神。友爱的财富一下子堆积在我的周围。我的灵魂似乎打开了，生长着，一种全然的喜乐包围了我。非凡的'道'宛如一股充满恩典的河流穿行在我的身心。我给予人们的越多，我得到的就越多，我越是站到隐蔽的位置，我就越受到尊敬和关爱。在那儿，大自然无私地播撒她的恩泽，神灵在俗世中传达着吉祥的福音，人类、自然和神灵彼此合而为一，相互交融。每一个人都能感知到这一切就在自己身边。"

281

传教士的丽江苦旅

长期在云南西北部传教的奥佛拉德神父曾对洛克说：
"给一个纳西族人传福音比给一个藏族喇嘛传福音更艰难。"

基督教五旬节会曾在丽江开设过五个福音堂，分别位于古城五一街、古城新义街、石鼓、巨甸、大具，其中心是五一街王家庄（今文华巷）的福音堂。受英国教会的委派，荷兰籍传教士郭嘉于1912年前来丽江建立五旬节会在云南西北部的大本营，此后相继有英国籍传教士安永静、杰西、高丽、史哈顿，德国籍传教士郭祖寿、德永乐、俞助华等来到丽江传授五旬节会的教义。除此之外，古城还有法国天主教神父开设的一座小型教堂。

基督教和天主教的传教事业显然在丽江遭受了重挫，由于信徒寥寥，到1941年，其活动重心已转移至傈僳人聚居的澜沧江河谷地带。

1941年，对王家庄福音堂的传教士来说是寻常的一年，即使在黑龙潭的三月龙王庙会和狮子山麓的七月骡马交流会上以张搭帐篷的方式来教化四野山民，信众仍然没有增加。福音堂是一处典型的纳西式宅院，高耸的十字架和有着拱顶的欧化窗户使它从外观上和周围的建筑区别开来。福音堂是丽江唯一使用电灯照明的地方，附近的河沟里装有一台微型水力发电机；钟楼上挂着一口半米高的意大利铁钟，每星期拉响一次，钟声旷远悠扬。传教士们喂养了两匹凉山马，以方便到偏远的山区去传教，还养有六七头牛，以保证经常能喝到新鲜牛奶。

长期在云南西北部传教的奥佛拉德神父曾对洛克说："给一个纳西族人传福音比给一个藏族喇嘛传福音更艰难。"实际上拥有泛灵信仰的纳西人对传教士并无恶意，但19世纪中叶以来遍及全国的强烈的民族主义情绪，使得他们对洋人的传教动机保持着谨慎的拒斥；所有加入基督教的纳西人都被讥笑为"洋奴"。福音堂每逢星期天要做礼拜，虔诚地祈祷，念读圣经，并高声唱颂赞美诗，前来参加的人往往能获得耶稣画像和一两片饼干，每次都有许多儿童前去凑热闹。福音堂旁边住着赫赫有名的商号仁和昌的总经理黄嗣尧一家，他的哥哥黄学典在孩提时代便被认定为一个藏地活佛的转世灵童，由于家里反对他出家去继承活佛的衣钵，所以他一直在自家的楼上设立经堂念佛诵经。有一段时间，福音堂唱颂赞美诗时过大的声音惹恼了这位"活佛"，他将窗户打开，使足力气高声念诵喇嘛经，形成了传教士和"活佛"吵架的局面。

纳西人最熟悉的传教士是安永静牧师，他非常热爱丽江，分别给自己的两个孩子取名为"安丽生""安丽花"，他于1949年时被迫离开，其他传教士也在这时纷纷撤离。几十年间，传教士在丽江古城累计发展了五十名左右的教徒（其中不少是四川来的移民）。1932年前后，能讲满口纳西话的荷兰传教士苏淑添研创了一种拉丁化的纳西拼音文字，但没有形成影响。传教士为丽江最早引入了苹果，他们离开时已有百余棵苹果树，如今丽江已成为名闻遐迩的苹果之乡。

再也喝不到王阿丹的窨酒

王阿丹的瓜子脸上总是泛着灿若秋花的笑容。

王阿丹来自金沙江畔的奉科乡，她在顾彼得的《被遗忘的王国》中被视为丽江纳西女的代表，由于她丈夫是儒雅而深通古乐的李茂和，所以人们又亲切地称她为李大妈。1941年，王阿丹已54岁，但仍然丰姿绰约，风韵犹存，在当时，她以善制窨酒而闻名。

1941年的丽江没有汉族城乡随处可见的茶馆，杂货铺取代了这一颇具中国特色的公众社交场所。杂货铺除了出售各种日常用品外，同时是酒铺，酒是最大的一宗生意，顾客既可自备器皿把酒带走，也可以当堂饮用，一般情况下想把酒带回家的人都得自带酒坛或酒瓶，玻璃酒瓶相当抢手，一个空瓶的价格在两元左右。杂货铺除了有一个面朝街道的柜台外，还有另一个更长的柜台与之形成直角，长柜台前放着两根长条木凳，以方便客人坐着喝酒。人们在办完事后都喜欢到自己熟悉的杂货铺喝上两杯，这是一天中最放松的时候。

杂货铺的酒完全由自家酿制，主要有三个品种。清白酒被称做"日"，用包谷或大麦酿成，酒力、味道与杜松子酒相当；梅子酒用青梅、大麦加少量红糖泡成，酒色呈玫瑰红，味道浓郁，回味无穷，有点像巴尔干半岛的李子白兰地酒；窨酒用小麦、大麦、高粱、蜂蜜、红糖、特制的酒药配上雪山清泉酿成，属于酿期较长的低度黄酒，酒液呈红褐色，透着清亮的琥珀光泽，甘而不腻，味道有点像欧洲的托考伊葡萄酒。丽江许多富贵之家在孩子降生时，往往用陶罐在地下埋几罐窨酒，当孩子长大后才挖出来加些芝麻、大枣作为订婚的礼酒。按照古城当时的风俗，订婚那天的喜酒必须是窨酒。

　　王阿丹的酒铺在现七一街兴文巷 5 号,旁边住着丽江历史上唯一"一门双进士"的另一个李氏家族,这个家族出过李樾、李坛两名进士,李樾甚至贵为翰林。酒铺不远处是位于关门口的木柴、松明、栗炭专卖地,纳西语叫做"桑启楚",每天都有许多鬻柴卖炭的乡民聚集在那儿。王阿丹已经是上了点年纪的人了,但仍然像年轻时代那样终日操劳不知疲倦,她每天都忙于用一大堆陶罐酿制窨酒、梅子酒、清酒,腌制青菜、黄瓜、大蒜,泡制梅子、桃子、橘子果脯。除此之外,她还得经营酒铺,并喂养几头肥猪以备冬季时制作火腿、腊肉之用。王阿丹做的所有东西口味都是第一流的。对饮食十分讲究的约瑟夫·洛克向来喜欢喝她酿的窨酒,他订购了头道酒,每当打开一坛新的陈酿,头道酒就被盛到一个供他专用的酒坛里送往住地。顾彼得每天黄昏都要到酒铺里来喝窨酒,他和一般的酒客一样喝的是二道酒,他对王阿丹做的鲜嫩醇美的火腿、洛凯伏特豆腐似的奶酪和令人垂涎的酸甜大蒜赞不绝口,经常品尝。

　　王阿丹的瓜子脸上总是泛着灿若秋花的笑容,一双灵柔的大眼睛写满慈爱,她酒做得好,人也好,不论是城里人还是乡下人都对她十分尊敬。她的酒铺每天上午 9 点或 10 点开门,但是,由于她常常忙得顾不上照料客人,顾客们便自己动手取用自己所需要的东西,然后把钱放在柜台上离去。下午以后要在王阿丹酒铺里找到一个座位是困难的,座位属于男人,按照风俗妇女从不在酒铺里坐下来陪男人喝酒,她们一般站在柜台前同王阿丹一边闲聊一边喝酒。在这里,有钱有势的人并不显得势利,而穷人也不会阿谀奉承,窨酒平等地斟满每一个酒杯,给所有人带来欢乐。

　　王阿丹于 1964 年去世,从此,人们再也喝不到丽江最正宗的窨酒了。